Rudi Kost
Fisch oder stirb

Rudi Kost

Fisch oder stirb

Dillinger ermittelt in Hohenlohe

Rudi Kost, 1949 in Stuttgart geboren, war Redakteur bei Tageszeitungen und arbeitet seit langem als freier Autor und Herausgeber. Er hat Hörfunkfeatures und Hörspiele veröffentlicht, PC-Fachbücher, Reiseführer und vieles mehr – darunter die Krimiserie um den Versicherungsvertreter Dillinger aus Schwäbisch Hall. Er lebt in einem kleinen Dorf bei Schwäbisch Hall.
www.rudikost.de

© 2020 Rudi Kost
Die Erstausgabe erschien 2012 im Piper Verlag
Überarbeitete und aktualisierte Neuausgabe 2020
Coverfoto: Pixabay/MarkMartins

Prolog

Ich rudere und strample und halte die Luft an und schlage wild mit den Armen um mich. Kein Grund zur Panik, ich kämpfe ja nur um mein Leben, und ich gebe mir noch ungefähr fünf Sekunden.

Die ganze Geschiche ist von Anfang an dumm gelaufen, und nun sitze ich in der Patsche. Genauer gesagt: bis zum Hals in der Scheiße. Denn ich plansche in der Jauchegrube von Bauer Buchholz in Knittinghausen.

Ich weiß, dass mir nicht mehr viel Zeit bleibt. Über einer Jauchegrube stehen giftige Gase, die einem schnell das Bewusstsein nehmen. Und dann ist es aus.

Irgendwie schaffe ich es, den Rand der Grube zu packen und mich hochzuziehen. Ich liege auf dem Boden im Dreck und japse nach Luft. Mein Herz pumpt literweise Adrenalin. Mir ist schwindlig und kotzübel.

Vorsichtig hebe ich den Kopf und schaue auf zwei Paar mistverschmierte Gummistiefel, ein größeres Paar und ein kleineres. Und ich sehe den Lauf einer Schrotflinte, der genau auf meine Nase zielt. Der Lauf bewegt sich hin und her, was ich als Aufforderung deute, mich zu erheben. Mühsam rapple ich mich hoch und sehe vor mir den Bauern und seine Frau. Keiner sagt ein Wort. Ich sowieso nicht, ich keuche noch immer.

Der Bauer wartet, bis ich mich etwas beruhigt habe, dann fragt er: »Wer bist du?«

»Dillinger«, bringe ich mühsam hervor. »Dieter Dillinger.«

»So, so.«

Der Bauer starrt mich finster an, drückt der Frau die Flinte in die Hand und geht davon. Als er wiederkommt, zieht er einen Gartenschlauch hinter sich her und dreht auf. Das Wasser ist eiskalt und trifft mich wie ein Hammer. Ich zucke zusammen und schnappe nach Luft. Die kalte Dusche bringt mich wieder halbwegs zur Besinnung.

»Ausziehen!«, sagt der Bauer.

»Ausziehen? Hier? Mitten auf dem Hof?«

»Ausziehen!«, befiehlt der Bauer erneut. »Wird dir schon keiner was weggucken.«

Von wegen! Die Bäuerin, die kurz verschwunden war, steht wieder neben ihm, in der einen Hand einen Müllsack, in der anderen ein Handtuch.

Ich bin heute ganz besonders aufgebrezelt. Ich trage einen Anzug von Brioni, dazu eine Krawatte und ein maßgefertigtes Seidenhemd. Meine Unterhose allerdings ist von Schießer, Feinripp, und das ist peinlich. Ich hätte ja auch nicht gedacht, dass sie heute jemand zu Gesicht bekommt. Hätte ich nur auf meine Mutter gehört! Bub, hat stets sie gesagt, zieh immer eine saubere Unterhose an, man weiß nie, was kommt.

Sauber wenigstens war sie gewesen. Bis jetzt.

Für den Anzug war ich seinerzeit in einem Anfall von Verschwendungssucht extra nach Mailand gejettet, weil ich auch einmal so elegant aussehen wollte wie unser damaliger Kanzler. Und jetzt? Schöne Scheiße!

Ich ziehe mich also aus, bibbernd vor Kälte, während der Bauer weiter mit dem Schlauch auf mich zielt. Die Bäuerin guckt nicht weg. Im Gegenteil. Sie guckt interessiert hin. Sie mustert mich von Kopf bis Fuß, langsam und genau. Um ihre Mundwinkel sehe ich einen spöttischen Zug.

Kein Wunder. Alles an mir ist bis zur Nichtigkeit geschrumpft. Wegen des kalten Wassers. Vielleicht auch aus Verlegenheit. Oder wegen der Unterhose.

Der Bauer hört nicht auf mit dem Wassergespritze. Will seiner Frau wohl was gönnen. Sie ist Anfang Fünfzig, nicht hübsch, aber rassig. Ihn schätze ich auf Mitte Sechzig. Uralt also im Vergleich zu mir.

Endlich dreht er den Hahn zu. Schlotternd stehe ich da.

Die Bäuerin reicht mir den Müllsack.

»Stopfen Sie Ihre Kleider hinein«, sagt sie. »Ich werfe sie gleich in den Müll.«

Ich will protestieren, aber ich weiß, sie hat recht. Gegen eine Jauchegrube kommt keine Reinigung an. Besonders, wenn der Bauer Schweine hält. So schnell also wird aus meinem schönen Brioni Abfall.

Die Bäuerin reicht mir das Handtuch. Es ist bestimmt nicht ihr bestes.

»Damit Sie mir nicht alles nassmachen«, sagt sie. »Und jetzt ab unter die Dusche.«

Ich trotte hinter ihr her. Die heiße Dusche ist das Paradies. Ich stinke immer noch erbärmlich.

6

»Ich bringe Ihnen alte Kleider von meinem Mann«, sagt sie und geht.

Bald darauf kommt sie wieder. Und guckt. Guckt zu, wie ich dusche. Guckt zu, wie ich mich abtrockne. Guckt zu, wie ich in die alten Kleider steige. Sie hat immer noch diesen spöttischen Zug um den Mund. Das macht mich verlegen. Schließlich hat die heiße Dusche mittlerweile meine Lebensgeister wieder geweckt und anderes auch.

Sie reicht mir eine Hose. Der Bauer, schätze ich, hat ungefähr meine Statur, Idealmaße also, aber es gibt eine bestimmte Person, die bemängelt bei mir einen Bauchansatz. Von wegen! Ich muss die Hose festhalten, damit sie nicht rutscht. Wenigstens ein Lichtblick an diesem absolut beschissenen Tag.

»Die Kleider können Sie behalten«, sagt die Bäuerin. »Seit mein Mann auf Diät ist, passen sie ihm nicht mehr.«

Sie hat eine feinfühlige Art, mich aufzurichten.

Ich tapse mit ihr in die Küche. Die Bäuerin stellt mir einen heißen Tee hin, dem Bauern eine Flasche Bier. Sie guckt weiterhin spöttisch. Mir dämmert, dass sie immer so guckt.

Auf dem Tisch liegt die Schrotflinte, und sie zeigt genau in die Richtung, in der ich sitze.

»So, mein Junge«, sagt der Bauer gemütlich, »und jetzt erklär mir mal, was du in meiner Jauchegrube zu suchen hattest.«

Die Lady ist ein Vamp

Es begann an einem Dienstag Ende März kurz nach zwei Uhr. Die ersten lauen Lüftchen ließen den Frühling erahnen und hatten die Schneeberge weggeschmolzen, die uns den ganzen Winter begleitet hatten. Ich saß in meinem Büro und war angenehm gesättigt und leicht schläfrig nach einem ausgedehnten Lunch in Rebers »Pflug«, zu dem ich einen Kunden eingeladen hatte. Der Aufwand war nötig gewesen, weil der Kunde sich etwas geziert hatte. Komischerweise gibt es immer noch Menschen, die standhaft glauben, ein Versicherungsvertreter wolle ihnen nur überflüssige Policen aufquatschen.

Nach einem Damhirschrücken mit Gänseleber und Holunderjus und einer Flasche Burgunder unterschrieb er endlich. Die Rechnung ging natürlich auf mich, doch angesichts der Provision, die ich mir eben verdient hatte, konnte ich das schon verkraften.

Ich hatte also eigentlich keinen Grund, unzufrieden zu sein. Und trotzdem saß ich in meinem Büro, hatte die Füße auf den Schreibtisch gelegt und langweilte mich.

Sicher, wenn ich auf meinen Schreibtisch schaute, was ich im Moment zu vermeiden suchte, hätte der Eindruck entstehen können, dass es genügend zu tun gab. Doch nicht jeder ist für Schreibkram geeignet. Ich war es definitiv nicht. Sonja schon.

Nachdem dieser Punkt geklärt war, lehnte ich mich befriedigt zurück und langweilte mich weiter.

Sonja, meine Geschäftspartnerin, hatte mit langer Verzögerung Feng Shui für sich entdeckt und unser Büro neu eingerichtet. Feng Shui war ziemlich blöd. Es zwang mich, zur Türe zu starren, was ausnehmend trist war. Viel lieber hätte ich zum Fenster hinausgeschaut, in den frühlingsblauen Himmel und auf die kleinen Wölkchen, die vorbeizogen. Das war wenigstens ein inspirierender Anblick und vermittelte die Illusion von gutem Wetter.

Ich hätte meinen Stuhl ja auch herumdrehen können. Aber worauf sollte ich dann meine Füße legen? Das war ein Punkt, den die Feng-Shui-Experten noch mal diskutieren mussten. Bis dahin starrte ich unverdrossen die Türe an und verlor mich in meinen Gedanken.

Jetzt, dachte ich, müsste die Tür aufgehen und eine berückend schöne Frau hereinkommen.

Und was sage ich? Die Tür ging auf, und eine berückend schöne Frau kam herein.

Schnell nahm ich die Füße vom Schreibtisch und setzte mich ordentlich hin.

Das blassblaue Kostüm mit dem sehr kurzen Rock war so eindeutig Chanel, dass sogar ich das erkannte, und der leise Duft, der von ihr ausging, war dann wohl No. 5. Ich dachte natürlich sofort an Marilyn Monroe, an wen auch sonst, aber im Vergleich zu der Dame in Blassblau war die gute Marilyn ein rechter Pummel gewesen. Perfekt ausgemergelt war die Dame, könnte man sagen, dabei machte sie nicht den Eindruck, als sei sie der knochige Typ. Aber Fettabsaugen war ja ein Routineeingriff heutzutage.

Berückend schön, in der Tat. Wenn man auf ältere Semester stand. Die Dame verstand es blendend zu kaschieren, dass sie die Vierzig überschritten hatte.

Ein ebenmäßiges Gesicht, von einem kunstvoll modellierten Blondschopf umrahmt, gerade Nase, volle Lippen. Und reichlicher Gebrauch von Make-up. Bei genauerem Hinsehen würde man sicher ein paar Narben hinterm Ohr finden. Wenigsten konnte sie noch lächeln, was für mäßigen Botox-Einsatz sprach.

Vielleicht bin ich gehässig. Aber mit allem jenseits der, sagen wir mal, neununddreißig hatte ich derzeit meine Probleme.

Ich tippte auf eine Lebensversicherung für ihren überzüchteten Rassehund.

»Sind Sie der Privatdetektiv?«, hauchte sie mit sanfter Stimme. »Unten am Haus ist jedenfalls ein Schild.«

Ich konnte mir den dummen Spruch nicht verkneifen: »Sehen Sie außer mir noch jemanden?«

Sie lachte. Sympathisch, diese Frau. Es war diese Art keckerndes Lachen, die man lange üben muss, damit es seine erotisierende Wirkung entfaltet.

Es kommt nicht eben häufig vor, dass mich ein Klient in meiner Eigenschaft als Privatdetektiv aufsucht. Normalerweise stolpere ich eher zufällig über Leichen und muss dann sehen, wie ich damit zurecht komme.

Das war so ein Fall.

Genauer gesagt war es der erste Fall. Mein erster richtiger Klient! Und dann noch eine Klientin! Und eine, die man nicht von der Bettkante schubsen würde! In Asien spricht man dem ersten

Kunden des Tages eine große Bedeutung zu. So ein bisschen Aberglauben war vielleicht nicht schlecht. Was immer diese Frau von mir wollte, sie würde es bekommen. Alles.

Ich deutete auf den Besuchersessel, ein ältliches Ding aus rotem Leder, das ich vor langer Zeit bestens erhalten aus dem Sperrmüll gezogen hatte.

Aus einem Grund, den ich nicht verstanden hatte, harmonierte er nicht mit Feng Shui, aber in diesem Punkt hatte ich mich durchgesetzt. Der Sessel blieb, basta! Man saß gut in dem alten Möbel, wenn auch manche Frauen ihre Probleme damit hatten, weil die Sitzfläche nach hinten leicht abfiel. Vor allem Frauen mit kurzem Rock. Diese Frau meisterte das Problem souverän. Sie hatte auch die passenden Beine dazu.

»Was kann ich für Sie tun?«, fragte ich ganz professionell.

»Ich möchte, dass Sie meinen Mann beschatten.«

»Ich mache keine Ehegeschichten«, erklärte ich bestimmt.

»Wieso Ehegeschichte?«

»Wenn eine Frau ihren Mann beschatten lässt, steckt eine andere Frau dahinter.«

»Mein Mann hat keine Freundin, ganz sicher nicht. Ich glaube, mein Mann wird erpresst.«

»Und warum?«

»Das sollen Sie herausfinden.«

»Warum fragen Sie ihn nicht einfach?«

»Das habe ich schon getan.«

»Wohl mit keinem durchschlagenden Erfolg.«

»Woher wollen Sie das wissen?«

»Sonst säßen Sie nicht hier.«

Von mir aus konnte sie gerne noch eine Weile so sitzen bleiben. Sie saß nämlich keineswegs so sittsam da, wie es sich für eine Dame der besseren Gesellschaft geziemt, sondern gab den Blick frei auf viel ansehnliche Oberschenkel. Wenn ich das richtig beobachtet hatte, dann hatte sie nicht, wie das die meisten Frauen automatisch tun, den Rock nach unten gestrichen, als sie sich auf dem Sessel niederließ, sondern ein wenig hochgezogen.

Mein Blick wanderte nach oben. Was ihr knappes Jäckchen zum Schwellen brachte, war ein Wunderwerk der Natur oder höhere Chirurgenkunst. Jedenfalls zeigte die Dame reichlich von dem, was sie hatte. Ältere Frauen haben auch ihre Reize, musste ich eingestehen.

»Sie haben recht«, räumte sie ein. »Er hat gesagt, dass ich mir das einbilde. Aber ich weiß, dass etwas nicht stimmt. Als Ehefrau hat man ein Gespür dafür. Ich mache mir Sorgen.«

Sie schaute mich mit kummervoller Miene an, wühlte in ihrer Handtasche und kramte ein weißes Taschentuch hervor, mit dem sie vorsichtig ihre Augen betupfte. Vorsichtig genug, damit die Schminke nicht verrutschte.

»Entschuldigung«, sagte sie, »ich habe mich noch gar nicht vorgestellt.«

Ein weiterer Griff in das Monstrum von Tasche, das unübersehbar von Dolce & Gabbana stammte, förderte eine Visitenkarte zutage. Susanne Eulert stand darauf. Und eine Adresse.

»Esslingen?«, rief ich entgeistert. »Was soll ich denn in diesem Kaff? Da kenne ich doch niemanden!«

»Eben drum«, lächelte sie. »Deshalb kennt auch Sie niemand.«

»Wie kommen Sie gerade auf mich?«

»Eine Freundin hat mich auf Sie aufmerksam gemacht. Sybille Schneider.«

»Sagt mir nichts.«

»Ich glaube, sie ist eine Bekannte Ihrer Sekretärin.«

»Sekretärin! Lassen Sie das nicht Sonja hören! Sie ist meine Partnerin.«

»Ich sollte eigentlich Grüße ausrichten, aber Ihre ... Partnerin scheint nicht da zu sein. Ihre ... Partnerin hat Sybille viel von Ihnen erzählt. Sie scheinen mir der richtige Mann für diese Sache zu sein. Sie machen das professionell und vor allem diskret. Also? Nehmen Sie den Auftrag an?«

»Dazu muss ich erst mehr wissen. Wer ist Ihr Mann?«

»Mein Mann ist Helmut Eulert, er hat die Firma Eula gegründet.«

»Muss ich die kennen?«

»Die Eula ist Weltmarktführer im Bereich Pumpentechnologie. In Ihrer Waschmaschine, in Ihrer Kaffeemaschine, in Ihrem Auto sind garantiert Teile von uns.«

»Aha, das nächste Mal werde ich darauf achten. Erzählen Sie von Ihrem Mann.«

»Ich glaube, um meinen Mann verstehen zu können, muss man wissen, woher er kommt.«

Ein Porträt des Unternehmers als junger Mann

Helmut Eulert war nicht an der Wiege gesungen, dass aus ihm einmal ein schwerreicher Unternehmer werden sollte. Denn er kam, wie man das so nennt, aus einfachen Verhältnissen. Er war Jahrgang 1950 und stammte aus Stuttgart, genauer: aus dem Stadtteil Bad Cannstatt, wo sich die Eltern auf dem Hallschlag niedergelassen hatten, einem nicht sonderlich gut beleumundeten Viertel. Doch im zerbombten Stuttgart der Nachkriegszeit war man froh, wenn man überhaupt eine Wohnung zugewiesen bekam.

Helmuts Vater war mehrfach verwundet aus dem Krieg heimgekehrt, ein verschlossener, verbitterter, zu Jähzorn neigender Mann, der nie darüber sprach, was er in Polen, in Frankreich, auf dem Balkan, in Russland erlebt hatte. Die sechs Jahre Krieg und die sechs Jahre davor waren ein absolutes Tabu im Hause Eulert.

Auch die aktuelle Politik war nie ein Thema. »Alles Verbrecher«, spuckte Eulert senior allenfalls verächtlich aus, wenn er einen über den Durst getrunken hatte. Dann war er allerdings schon gefährlich nahe am Vollsuff, und da war es ohnehin besser, ihm aus dem Weg zu gehen, denn er wurde gern ausfallend. Der junge Helmut lernte, die Anzeichen zu deuten und sich rechtzeitig aus dem Staub zu machen.

Als gelernter Schlosser versuchte sich Eulert senior zunächst mit einem Fahrradgeschäft. Es war eine gute Geschäftsidee, allerdings nicht in dieser Gegend und nicht in dieser Zeit, und so war er froh, als er schließlich beim Daimler unterkam.

Damit war auch der Lebensweg des Sohnes vorgezeichnet. Gymnasium? Abitur? Die Mutter erträumte sich ein besseres Leben für ihren Jungen.

»Kommt nicht in Frage«, beschied der Vater, als seine Frau das Thema einmal zaghaft zur Sprache brachte. »Der Junge soll was Ordentliches lernen und Geld nach Hause bringen.«

Geld war knapp in der Familie, denn zu Helmut hatten sich im Laufe der Jahre drei Geschwister gesellt. Und wer beim Daimler schaffte, der hatte ausgesorgt fürs Leben, dem konnte nichts mehr passieren. Als sei man beim Staat untergekommen. Damals war das noch so.

So begann der vierzehnjährige Helmut gleich nach der Volksschule seine Lehre beim Autobauer in Untertürkheim. Die Beatles standen mit fünf Singles in den amerikanischen Charts, darunter »I Want to Hold Your Hand« und »Can't Buy Me Love«, die Rolling Stones debütierten eben mit ihrem erstes Album, die so hieß wie die Band. Wer die Platten wohl kaufte? Helmut jedenfalls nicht, dafür war kein Geld übrig. Überdies besaß die Familie Eulert nicht mal einen Plattenspieler. Das ist das Erste, was ich mir kaufe, wenn ich etwas Geld übrig habe, schwor er sich.

Helmut war trotzdem gut informiert, weil er AFN hörte, den amerikanischen Soldatensender. Heimlich, denn wenn das der Vater mitbekam, setzte es Prügel. Er war nicht gut zu sprechen auf die Amerikaner, die sich in der ehemaligen Reiterkaserne auf dem Burgholzhof niedergelassen hatten. Er war auf überhaupt niemanden gut zu sprechen. Im Herbst, wenn sich auf dem Cannstatter Wasen das Volksfest drehte, trieb sich Helmut bei den Boxautos herum. Da waren immer die aktuellsten Hits zu hören, kostenlos.

Dem Beschluss des Vaters, ihn zum Daimler zu schicken, setzte Helmut keinen ernsthaften Widerstand entgegen. Die Schule langweilte ihn sowieso, er war keiner, der über Büchern hockte, er wusste nicht, was er anderes tun sollte, und außerdem war es sinnlos, dem Vater zu widersprechen, wenn der etwas entschieden hatte. Immer mehr war der Vater in seinem brütenden Schweigen gefangen, immer häufiger waren seine despotischen Anfälle. Der Sohn war zu jung, um auch nur zu erahnen, was das für ein Wrack war, das ihn drangsalierte.

Der Lehrling Helmut erwies sich als geschickter Handwerker, der schnell lernte, korrekt arbeitete und überhaupt recht anstellig war. Die Situation zu Hause hatte ihn gelehrt, Konflikten aus dem Weg zu gehen und Widerspruch hinunterzuschlucken. So einen konnten sie gebrauchen beim Daimler.

Er war aber auch einer, der genau beobachtete und sich seine Gedanken machte.

Am 12. April 1968, dem Karfreitag, kurz nach seinem achtzehnten Geburtstag, saß Helmut Eulert auf einer Bank am Aussichtsturm auf dem Burgholzhof und schaute hinab ins Neckartal. Die Beatles hatten »Lady Madonna« herausgebracht und die Rolling Stones »Jumpin' Jack Flash«, in Berlin hatte gestern irgendein Verrückter Rudi Dutschke niedergeschossen (geschieht ihm recht, diesem Kommunisten, sollten seine Arbeitskollegen später sagen, soll er doch rübermachen, wenn es ihm hier nicht passt, wobei die wenigsten wussten, dass er von »drüben« in den Westen gemacht hatte), ein paar Tage zuvor war in Memphis Martin Luther King ermordet worden (ist ja nur ein Neger, hatten seine Arbeitskollegen gesagt), in Esslingen und sonstwo noch hatten Demonstranten die Auslieferung der »Bild«-Zeitung blockiert, Autos brannten.

Helmut Eulert wusste nicht so recht, wovon die Studenten redeten, die Worte waren ihm fremd, aber zwei Dinge zumindest hatte er verstanden: Eine neue Zeit war angebrochen, und er hatte die Absicht, auf seine Weise daran teilzuhaben. Und die autoritären alten Säcke, wie sein Vater einer war, hatten ausgedient. Helmut Eulert fasste einen Entschluss. Genauer gesagt zwei Entschlüsse.

Mit einundzwanzig, sobald er volljährig war und ihm niemand mehr dreinreden konnte, würde er sich eine Frau suchen und seine eigene Firma gründen. Die richtige Reihenfolge musste sich noch zeigen.

Er war es leid, beim Daimler das machen zu müssen, was andere ihm anwiesen. Außerdem hatte er eine Idee. Mehr noch, eine Vision.

Das mit der Heirat hatte rein praktische Gründe. Er hatte es satt, Zeit und Geld in zickige Weiber zu investieren und dafür nicht mehr zu bekommen als ein bisschen Fummelei. Die sexuelle Revolution, musste er immer wieder erbittert feststellen, hatte den Cannstatter Burgholzhof bisher noch nicht erreicht. Vielleicht war er auch nur zu schüchtern.

Er verlor sich in seinen Träumen und merkte erst gar nicht, dass sich jemand neben ihn gesetzt hatte.

»Wovon träumst du? Von einer scharfen Braut?«

Es war Horst Kieninger, sein alter Kumpel. Üblicherweise begann nach der vierten Klasse das Kastendenken. Wer aufs Gymnasium ging, wollte nichts mehr zu tun haben mit den Volksschülern, auch wenn man sich im Viertel ständig über den Weg lief. Doch Horst war anders. Sie waren nach wie vor Freunde, stiegen den Mädels nach und gingen gelegentlich einen saufen.

»Ich mache meine eigene Firma«, sagte Helmut.

»Träum weiter.«

»Und wenn du deinen Ingenieur hast, kommst du zu mir.«

Horst seufzte. »Erst muss ich mal dieses Scheißabitur hinter mich bringen.«

»Das schaffst du. Dann der Bund, vier Jahre Studium, das heißt, in ungefähr sechs Jahren fängst du bei mir an als mein Chefkonstrukteur. Dann bin ich aus dem Gröbsten raus.«

»Sechs Jahre! Eine Ewigkeit! Weiß nicht, ob ich das noch erlebe. Übrigens gehe ich nicht zum Bund, ich verweigere. Du etwa nicht?«

Helmut schüttelte den Kopf. »Was die für Fragen stellen! Sie sind also gegen Gewalt? Und wenn jemand Ihre Freundin bedroht, was machen Sie dann? Die legen mich aufs Kreuz. Verweigern ist nur was für Intelligenzbolzen wie dich.«

Er würde die achtzehn Monate beim Bund runterreißen und sich durch nichts, aber auch gar nichts provozieren lassen. Wer am eigenen Leib erfahren hatte, dass Lehrjahre keine Herrenjahre sind, dem konnte kein dumpfer Feldwebel etwas anhaben.

»Gehst du mit zur Demo?«, fragte Horst.

»Gegen was?«

»Gegen die Kapitalistenschweine, gegen den Imperialismus, gegen den Faschismus, was weiß ich, das Übliche halt. Aber sag mal, wenn du deine Firma hast, bist du selber doch auch ein Kapitalistenschwein, oder?«

»Wir nicht. Wir machen das anders. Also beeil dich mit dem Studium.«

»Jetzt geh ich erst mal zur Demo. Komm mit, das wird ein Mordsspaß.«

Aber Helmut blieb sitzen und feilte an seinen Träumen.

Wir machen das anders: Helmut war es ernst damit. Klar wollte er Geld verdienen, viel Geld nach Möglichkeit, aber nicht auf dem Rücken seiner Leute. Niemals, schwor er sich, würde er sie so drangsalieren und ausbeuten, wie er das tagtäglich am eigenen Leib erfuhr. Niemals sollte das Streben nach Gewinn über den Anstand triumphieren.

Pünktlich am 23. April 1971, Helmuts einundzwanzigstem Geburtstag, eröffnete die »Eula – Eulert Motoren- und Apparatebau« in einer aufgelassenen Fabrikhalle in Bad Cannstatt.

Helmut hatte sich in den vergangenen drei Jahren kaum etwas gegönnt und jeden Groschen auf die Seite gelegt, den er erübrigen konnte.

Am selben Tag kam das Rolling-Stones-Album »Sticky Finger« auf den Markt.

Einen Plattenspieler besaß er immer noch nicht.

Dafür seine eigene Firma.

Wenn die auch aus nicht viel mehr bestand als aus veralteten Maschinen, die er bei Betriebsauflösungen zusammengekauft hatte, und der vagen Hoffnung auf ein paar Aufträge.

Er stand in der halb verfallenen Halle und schaute hoch zum

Dach, durch das der Regen tropfte. Zur Feier des Tages hatte er sich eine Flasche Sekt geleistet, die er zusammen mit Horst leerte.

»Du musst verrückt sein, Helmut. Wie willst du das schaffen? Bevor du produzieren kannst, musst du erst mal renovieren.«

»Im Winter wird's kalt werden, die Heizung ist kaputt. Aber ich krieg das hin.«

»Die Halle ist doch viel zu groß für deine Ein-Mann-Klitsche. Eine Garage hätte es für den Anfang auch getan.«

»Eines Tages werden wir den Platz brauchen. Also mach hin mit deinem Studium.«

Horst seufzte. »Wenn's nicht so viel Ablenkungen gäbe.«

»Lass halt die Politisiererei bleiben. Hast du auch was mit dieser Baader-Meinhof-Geschichte zu tun?«

»Politik, ach was! Die Weiber, Helmut, die Weiber und der Wein. Bloß nicht der Gesang, das wäre abschreckend.«

»Ich brauch dich, Horst.«

»Wozu? Für mich gibt es doch nichts zu tun bei dir. Ich steh nicht an der Drehbank, das sage ich dir.«

»Wart ab. Ich habe ein paar Ideen, dafür brauche ich dich.«

»Hier für dich zum Einstand. Was von deinen Lieblingen«, sagte Horst und reichte seinem Freund die brandneue Platte der Rolling Stones.

Zum ersten Mal sah Helmut das Logo mit der herausgestreckten Zunge. Er verstand den Hintersinn dieses Geschenkes. Es war Horsts Art, ihm zu sagen, dass er an ihn glaubte. Er wusste, dass er keinen Plattenspieler hatte.

Zwei Tage später starb Helmuts Vater, zermürbt von den Wunden, die das Leben ihm beigebracht hatte. Plötzlich fielen Helmut die vielen Fragen ein, die er zu dessen Lebzeiten nie gestellt hatte, aber nun war es zu spät. Er tröstete sich damit, dass er ohnehin keine Antworten erhalten hätte. Wenigstens war es jetzt zu Hause etwas ruhiger. Er wohnte noch immer in seinem alten Kinderzimmer, um Geld zu sparen, und gönnte sich weiterhin nichts.

Helmut Eulert war zweiundzwanzig, als er defloriert wurde. Es geschah bei einer Studentenfete, zu der ihn Horst Kieninger mitgeschleppt hatte. Aus den Lautsprechern ertönten die sphärischen Klänge einer Band, deren Namen er nicht kannte.

Er war längst nicht mehr auf dem Laufenden, er hatte anderes zu tun. Bis spät in die Nacht war er in seiner Firma, und wenn er nicht an einem Auftrag arbeitete, flickte er das Dach, wechselte zerbrochene Fensterscheiben aus und werkelte an der Heizung, die er im nächsten Winter ganz bestimmt zum Laufen bringen würde.

Auf der Studentenfete herrschte eine eigenartige Atmosphäre. Die Luft war erfüllt von schweren Düften, die Stimmung von heiterer Gelassenheit, über allem schien ein friedvoller, ein liebevoller Geist zu schweben.

Ein Mädchen mit verträumtem Lächeln, in ein buntes Batikkleid gehüllt, nahm ihn einfach an der Hand und zog ihn mit sich. Es war vorbei, bevor er recht wusste, was geschah. Dem Mädchen schien es gefallen zu haben. Aber sie war auch zugedröhnt bis zur Halskrause. Mit demselben verträumten Lächeln ging sie zurück zu den anderen, als sei nichts gewesen.

So war das also. Und es war nicht schlecht. Auf einmal beneidete er diese Studenten. So ließ es sich leben. Er musste am nächsten Tag wieder früh aus den Federn, sehr früh, er hatte einen Auftrag, der termingerecht fertig werden musste und der ihn fast überforderte, er hätte gut noch zwei Leute brauchen können, die er aber nicht bezahlen konnte.

Ob er etwas falsch machte? Ob das Leben an ihm vorüberzog, während er für eine Firma malochte, die zwar seine eigene war, deren Erfolg aber in den Sternen stand?

An manchen Tagen kamen ihm Zweifel.

Bis er die Frau zum Heiraten gefunden hatte, sollte es noch einige Zeit dauern.

Augenschmaus

»Und diese Frau sind Sie?«, fragte ich.

»Ich bin die zweite Ehe. Er hat sich meinetwegen scheiden lassen. Wir sind seit vierzehn Jahren miteinander verheiratet.«

Da hatte sich der Herr Unternehmer ja seinerzeit ein junges Hascherl ins Bett geholt, Respekt, dachte ich und sagte diplomatisch: »Auch eine lange Zeit.«

»Deshalb spürt man, wenn etwas nicht in Ordnung ist.«

»Ihre Gefühle in Ehren, aber gibt es auch konkrete Anhaltspunkte?«

Sie zog ein Blatt Papier aus ihrer Handtasche.

Es war die beliebte Schnipselarbeit aus Einzelbuchstaben verschiedener Größen und Typen: »Finger wek vom Schweinestall.« Ein »g« stand offenbar nicht zur Verfügung, oder der Schnipsler war Legastheniker.

»Was hat Ihr Mann mit einem Schweinestall zu tun?«

»Sie finden das heraus, nicht wahr?«

Ich weiß nicht, wie, aber ihr Rock schien schon wieder etwas höher gerutscht zu sein. Was ich sah, gefiel mir.

»Ist das der einzige Drohbrief?«

»Bisher ja.«

»Hat Ihr Mann das der Polizei gezeigt?«

»Er weiß gar nichts davon.«

»Bitte?«

»Die Drohung war in seiner Post, aber ich habe sie ihm nicht gezeigt. Er soll sich nicht aufregen. Ich weiß nicht, ob das sein Herz aushält.«

»Hm. Das wirkt eigentlich eher wie ein schlechter Scherz, aber wenn nicht, schwebt Ihr Mann möglicherweise in einer Gefahr, von der er gar nichts weiß.«

»Das macht mir ja solche Sorgen. Aber Sie werden uns beschützen.«

»Mit Erpressern ist nicht zu spaßen. Sie sollten die Polizei einschalten.«

»Nein!« Ihre Reaktion kam so heftig, dass ich zusammenzuckte. »Keine Polizei! Wenn erst mal die Polizei im Haus ist, weiß es bald die ganze Stadt, und das darf unter keinen Umständen geschehen. Was glauben Sie denn, warum ich zu Ihnen gekommen bin?«

Ihre Stimme verlor an Schärfe, und sie hauchte wieder: »Niemand darf von Ihrem Auftrag erfahren, das müssen Sie mir versprechen, sonst sind wir erledigt. Ich kann mich doch auf Sie verlassen?«

»Seien Sie unbesorgt, Diskretion ist schließlich mein Kapital. Haben Sie sonst noch etwas, das mir weiterhelfen könnte?«

»Es muss irgendein ›Projekt Goldhamster‹ geben. Ich habe ein Telefongespräch belauscht, da ist der Name gefallen.«

»Und Sie haben natürlich keine Ahnung, worum es da geht.«

»Nicht die geringste. Vielleicht gibt es einen Zusammenhang.«

Schweinestall und Goldhamster? Das wurde ja immer verrückter. Verrückt genug, dass es mich reizen könnte? Oder zu verrückt, weil aussichtslos?

Ich hatte mir geschworen, dass meine erste Klientin alles von mir haben konnte. Vor allem eine Klientin wie diese.

Andererseits musste man ja nicht an Grundsätzen kleben.

Jetzt erst fielen mir ihre Augen auf, ich war bislang von anderen Blickfängen abgelenkt gewesen. Groß waren sie und grün. Augen wie ein Bergsee. Augen, in denen man versinken konnte.

Doch, ja, sie schmachtete mich an.

Nun rutschte sie auf dem Sessel nach vorne, ich wagte gar nicht, auf ihre Oberschenkel zu schauen, und legte ihre warme, sorgfältig manikürte Hand auf meinen Arm.

»Bitte, Sie müssen mir helfen, ich habe Angst. Ich fürchte, mein Mann hat sich da auf etwas ganz Schreckliches eingelassen.«

Sie beugte sich weit vor dabei. Das Dekolleté ihres Chanel-Jäckchens tat, wofür es geschaffen worden war, und gab den Blick frei. Bis zum Bauchnabel, mindestens. Und was darinnen war, folgte den Gesetzen der Schwerkraft. Egal, ob sie echt waren oder nicht, es waren Prachtstücke, und ich würde diesen Anblick noch öfter genießen können. Denn ich gedachte, meiner Klientin sehr häufig persönlich Bericht zu erstatten. Kundenpflege ist schließlich wichtig.

»Klingt nicht uninteressant«, sagte ich und handelte mir dafür ein strahlendes Lächeln ein, gefolgt von einem Scheck aus den unergründlichen Tiefen ihrer Handtasche.

»Das sollte für den Anfang reichen«, erklärte sie.

Ich schaute auf den Scheck und bemühte mich, meine Überraschung nicht allzu sehr zu zeigen. Privatdetektiv schien ein einträgliches Geschäft zu sein.

19

Ich stimmte schließlich zu, und es hätte nicht viel gefehlt, und sie wäre mir um den Hals gefallen. Was sie zu meinem größten Bedauern nicht tat.

Ein Tag wirft seinen Schatten voraus

»Elf Tage noch«, sagte Sonja. Ich tat, als hätte ich nichts gehört, konzentrierte mich auf die Papiere vor mir und sann auf eine Fluchtmöglichkeit.

Es gab nur die Tür, und in der stand meine Partnerin.

Soll sie doch reden, mich ging das nichts an.

»Wir müssen allmählich mal überlegen«, fuhr sie fort, »wie wir das mit der Feier machen. Ich habe mir gedacht, wir ...«

»Es gibt keine Feier«, unterbrach ich sie.

»Aber du wirst vierzig!«

»Ich bin neununddreißig.«

»Deinen Neununddreißigsten hast du im letzten Jahr gefeiert.«

»In diesem Jahr feiere ich ihn wieder. Und im nächsten Jahr sehen wir weiter. Keine Feier. Gar nichts. Und wer gratuliert, kriegt eins hinter die Löffel. aber sowas von! Außerdem werde ich sowieso nicht da sein.«

»Das kannst du uns nicht antun!«

»Ich hasse Geburtstage. Erinnern immer an die Endlichkeit des Seins.«

»Was hast du denn? Ist doch nur eine Feier unter Freunden.«

»Verstehst du denn nicht? Vierzig ist der Rubikon! Hast du dir mit achtzehn vorstellen können, dass du mal vierzig wirst? Und wie du dann bist? Mit vierzig bist du alt. Das ist die Schwelle zum Rentenalter.«

»Mit vierzig werden die Schwaben g'scheit, sagt man.«

»Ich bin frühreif. Ich habe dieses Problem schon mit neununddreißig erledigt.«

»Dein Problem ist eher, dass du auch mit achtzig noch nicht gescheit wirst.«

»Woraus logisch folgt, dass der Vierzigste keinerlei Bedeutung hat. Wenigstens nicht für uns Männer. Ihr Frauen habt ja einen Grund. Mit vierzig kommt ihr in die zweite Pubertät.«

»Du mit deinen Machosprüchen!«

»Habe ich in einer Frauenzeitschrift gelesen.«

Sonja erwiderte nichts, sondern kümmerte sich intensiv um den

Ficus im Bonsai-Format, der seit kurzem ein klägliches Dasein auf der Fensterbank fristete. Ob der zum Feng Shui passte?

»Sonst hast du keine Probleme?«, sagte sie schließlich giftig.

»Doch. Du kennst eine Sybille Schneider?«

»Klar. Wir haben uns mal bei einem Indienseminar getroffen. Du kennst übrigens ihren Mann. Der ist bei der Kripo irgendwo im Remstal.«

»Ach, der!«

Ich hatte ihn tatsächlich mal getroffen, und obschon er sich anmaßte, einen gelben Porsche zu fahren, schien er ein sympathischer Kerl zu sein.

»Was ist mit ihr?«, fragte Sonja.

»Anscheinend hat sie mich jemandem empfohlen. Woher weiß sie nur von mir? Tratschweiber!« Und ich erzählte ihr von dem Besuch und meinem Auftrag.

Sonja schaltete schnell. »Ich soll mich wohl nach der Dame erkundigen.«

»Kluges Mädchen! Die richtige Sekretärin für einen harten Kerl wie mich.«

»Sekretärin!«

»So hat sie dich genannt. Außerdem möchte ich wissen, was du dieser Sybille über mich erzählt hast.«

»Dass du dich jetzt Privatdetektiv nennst, nichts weiter. Wirklich. So interessant bist du auch nicht, Dillinger, dass man stundenlang über dich reden möchte.«

»Eigenartig, wieso sie dann ausgerechnet auf mich gekommen ist.«

»Sie hat dich nicht gekannt. Das erklärt den Irrtum. Du willst diesen bescheuerten Auftrag doch nicht etwa annehmen?«

»Warum nicht?«

»Schweinestall, Goldhamster und ein Pumpenfabrikant. Das klingt reichlich mysteriös.«

»Eben drum.«

»Darf ich raten? Deine Klientin ist eine Schönheit mit viel Holz vor der Hütte.«

»Exakt.«

»Männer!«

»Es geht um die intellektuelle Herausforderung. Aber das versteht ihr Frauen nicht. Außerdem ist sie viel zu alt für mich. Und ich bin in festen Händen. Und ich habe schon zugesagt. Und einen Scheck bekommen. Und gleich morgen trete ich in die Pedale.«

22

»Und wer macht dann die Arbeit im Büro?«

»Du natürlich, mein Schatz. Wer kann das besser als du?«

»Manchmal hasse ich dich, Dillinger!«

»Das geht schon in Ordnung. Artikuliere deine Gefühle. Lass es raus.«

»Du wirst dich mit dieser Sache ganz schön in die Nesseln setzen, glaub es mir!«

Brühe mit Einlage

Letztlich waren es nicht die Nesseln, sondern die Jauchegrube. Ich habe das Gefühl, dass ich diesen Gestank mein Leben lang nicht mehr wegkriegen werde. Er sitzt in jeder Pore.

Vor mir steht inzwischen ein Teller Hühnersuppe und dampft verführerisch vor sich hin.

»Greifen Sie zu«, sagt die Bäuerin, »es gibt nichts Besseres, wenn man sich aufwärmen will.« Was sie auf ihr Gesicht zaubert, könnte man vielleicht sogar als ein Lächeln interpretieren.

In der Tat, das Aufwärmen habe ich nötig, die heiße Dusche hat nicht lange vorgehalten. Vielleicht sind es auch die Nerven. Mir wird immer klarer, dass ich dem Tod gerade noch mal von der Schippe gesprungen bin.

Meine Hände zittern, als ich den Löffel zum Mund führe, und ich verschütte etwas von der Suppe. Große Fettaugen dümpeln auf der Brühe, reichlich Fleisch und Gemüse warten auf mich. Das ist keine Suppe aus dem Päckchen.

Die Schrotflinte liegt immer noch auf dem Tisch, zeigt auf mich und macht mich nervös.

»War wohl schon ziemlich morsch, die Abdeckung von Ihrer Jauchegrube«, sage ich.

Der Bauer schüttelt den Kopf.

»Die Bretter sind alt, aber nicht morsch. Sie waren angesägt.«

Er sagt das ganz gelassen, dabei liegt es glasklar auf der Hand, was diese Entdeckung bedeutet. Niemand konnte damit rechnen, dass ich um den Hof schleiche.

»Gehen Sie oft da lang?«, frage ich.

»Regelmäßig. Da geht's zum Hühnerstall.«

»Haben Sie eine Ahnung, wer das gewesen sein könnte?«

Der Bauer wiegt den Kopf. »In letzter Zeit ist einiges Seltsame passiert hier.«

Ich weiß. An einigem davon bin ich nicht ganz unschuldig.

Im Tal der Erinnerungen

Viele Wege führen von Schwäbisch Hall nach Esslingen. Ich nahm die Schlängelstraße durch den Schwäbischen Wald.

Mein Auto war denkbar schlecht geeignet für eine Beschattung, und deshalb hatte ich es gegen Sonjas Wagen getauscht, was nicht ohne nervige Diskussionen gegangen war.

»Du bist wahrscheinlich der einzige Mensch auf der Welt, der nicht wild darauf ist, Porsche zu fahren«, sagte ich. »Ich habe eine Idee. Fahr nach Aalen, mach einen gemütlichen Shoppingbummel mit Nele ...«

»Shopping! In Aalen!«

»... und tausch meinen Porsche gegen ihren Wagen. Nele weiß mein Prachtstück wenigstens zu würdigen.«

»Geht's noch aufwendiger? Warum machst du das nicht selber?«

»Nele kommt erst heute morgen von einem Termin zurück. Zu spät für mich.«

»Nein! Mein Auto kriegst du nicht! Schaff dir einen Zweitwagen an! Obwohl ... Da könnte ich mit Nele deine Geburtstagsfeier besprechen.«

»Es gibt keine Feier!«

»Du hast da gar nichts mitzureden. Hier sind meine Schlüssel.«

Sonjas gemütlicher alter Golf war der Schrottprämie zum Opfer gefallen und gegen einen Fiesta eingewechselt worden. Sie nannten es Auto, ich bezeichnete es als Blechbüchse auf Rädern. Wie sollte man damit die Kurven genussvoll ausfahren? Mein Navi, nagelneu mit 3D-Darstellung und allerlei sonstigem Schnickschnack, aber mit der gleichen, wenn nicht gar derselben Stimme wie bei meinem alten Gerät, das ich kürzlich entsorgt hatte, führte mich zielsicher übers Remstal ins Neckartal.

Erinnerungen kamen auf. Die Nacht in Schnait, die romantisch gedacht gewesen war und in der mich urplötzlich eine so heftige Erkältung überfiel, dass ich zu nichts zu gebrauchen war. In Stetten im »Ochsen« hatten wir mal ein halbgares Kalbsbries gegessen, als das Halbgare gerade Mode war. Glücklicherweise war es zeitgeistgemäß nur eine winzige Portion gewesen. In den Streuobstwiesen über Strümpfelbach hatten wir einen Riesenkrach, wegen einer

Nichtigkeit. Keine Ahnung mehr, worum es da ging. Es ging ja immer nur um Nichtigkeiten.

Wann war ich zum letzten Mal in Esslingen gewesen? Ewig her. Roswitha und ich hatten ein neues Restaurant ausprobiert, über das man redete. Wir selber redeten nicht viel an diesem Abend, es gab nicht mehr viel zu sagen, außer dem einen, was keiner von uns laut auszusprechen wagte.

Das war das letzte Mal gewesen, dass wir zusammen ausgingen. Am Essen konnte es nicht gelegen haben. Von da an ging es nur noch bergab. Bis zur Einsicht, dass Roswitha und ich uns besser trennten. Mein erstes Auto, mein erster Job, meine erste Scheidung. So hatte ich mir das vorgestellt, genau so.

Ich war mithin nicht in heiterster Stimmung, wenn ich an Esslingen dachte. Gerechterweise muss man sagen, dass die alte Reichsstadt am Neckar für meine Gedanken nichts konnte. Doch deinen Erinnerungen entkommst du nicht, sie lugen hinter allen Ecken hervor und grinsen dich hämisch an. Die Vergangenheit, lärmten die Erinnyen, du musst dich ihr stellen, mach nicht die gleichen Fehler immer wieder. Alles ist in Ordnung, säuselten die Sirenen, du hast Nele, es ist gut so, wie es ist, es gibt keinen Grund, etwas zu ändern.

Ob es wenigstens das Lokal noch gab? Mit Nele würde ich ganz bestimmt nicht hingehen.

Argusaugen

Ich begann meine Überwachung mit Madame Eulert, und dafür gab es nur einen einzigen, allerdings triftigen Grund: mein Gefühl. Außerdem war ihr Mann nicht greifbar, weil er noch bis Sonntag zum Golfspielen auf Mallorca weilte.

»Spielen Sie auch Golf?«, hatte sie mich gefragt.

Ich hatte den Kopf geschüttelt. »Ich halte es für einen bekloppten Zeitvertreib, einen kleinen Ball kilometerweit über eine Wiese zu dreschen, nur um ihn dann in einem kleinen Loch zu versenken.«

»Ums Golfspielen geht's ja gar nicht. Das ist doch nur ein Vorwand, um in aller Ruhe Kontakte zu knüpfen und Geschäfte zu machen. Deshalb sind bei diesem Mallorcatrip Begleiterinnen nicht erwünscht.«

Das hatte vielleicht auch einen anderen Hintergedanken: Die Herren wollten ungestört einen draufmachen, man weiß ja, was auf Mallorca so abgeht.

»Schade«, hatte sie gesagt, »vielleicht hätte ich Sie einschleusen können.«

Dumm gelaufen. Ich hätte sie anlügen sollen, dann wäre ein kostenloser Kurzurlaub herausgesprungen. Malle im März: das hörte sich gut an. Fangfrischer Fisch in der warmen Sonne, im Hintergrund das Meeresrauschen, die Mädels, die sich am Strand entblättern …

Manchmal ist Ehrlichkeit ganz schön bescheuert und wird umgehend bestraft. Zum Beispiel damit, dass man an einem grässlich kalten deutschen Märzmorgen in einer Esslinger Straße darauf wartet, dass irgend etwas passiert.

Der Unternehmer Helmut Eulert residierte standesgemäß in bevorzugter Wohnlage, Halbhöhe, mit bemerkenswertem Blick ins Neckartal und bis hinüber zur Schwäbischen Alb, unterhalb eines hässlichen Betonklotzes, der irgendwelche Hochschulen beherbergte, wie ich im Vorüberfahren gesehen hatte.

Es gab keinen Menschen in Esslingen, der mich kannte, außer Madame. Und gerade die durfte mich nicht sehen. Deshalb hatte ich mich getarnt, eine Mütze in die Stirn gezogen und mir einen mächtigen Schnauzer auf die Oberlippe geklebt. Außerdem trug ich eine schwarze Hornbrille, eines dieser Klugscheißergeräte, die als Nerd-Brillen gerade wieder schwer angesagt waren, wie ich einer Frauenzeitschrift entnommen hatte.

Es dauerte offensichtlich einige Zeit, bis die Mode von der Provinz in die Weltstädte gelangte. Meine Nele trug so was schon lange.

Der Verkäufer hatte skeptisch geschaut, als ich das Ding mit Fensterglas wollte. »Ich finde, die Brille macht mich intellektueller«, hatte ich das begründet. Er war so klug, darauf nicht einzugehen.

Ich sah vielleicht doof aus, und der Bart juckte, aber Susanne Eulert würde mich wenigstens nicht auf Anhieb erkennen, sollte sich eine Begegnung nicht vermeiden lassen.

Es war kein Problem, einen Parkplatz zu finden. Die Schwierigkeit war eher, dass zu wenige Autos am Straßenrand standen. In dieser Gegend brachte man die zweifellos edlen Gefährte in Doppeloder Dreifachgaragen unter. Ich konnte mir schon mal eine halbwegs glaubwürdige Erklärung ausdenken, falls mich jemand schräg anquatschte. Und das würde sicherlich geschehen, wenn ich länger hier ausharren musste. Ich war ungefähr so unauffällig wie ein Eisbär in der Wüste.

Mein Timing war gut. Kaum hatte ich es mir in Sonjas Sardinenbüchse etwas gemütlich gemacht, hielt ein Auto mit der Aufschrift eines Fitnessstudios. Ihm entstieg ein widerlich gut gebauter Typ im Sportanzug und verschwand im Hause Eulert. Auf sein Klingeln hin war ihm sofort aufgemacht worden, als sei er erwartet worden. Wenn er nicht Energiedrinks ausfuhr, wonach es nicht aussah, war er wohl Madames Personal Trainer, schloss ich messerscharf.

Es war neun Uhr. Ich hatte nicht gedacht, dass man in solchen Kreisen zu dieser frühen Stunde überhaupt schon aus den Federn war.

Wenn meine Mutmaßung stimmte, woran ich nicht zweifelte, hatte ich jetzt eine Weile Zeit und konnte mir die Beine vertreten. Ich nahm einen Schluck heißen Tee aus der Thermoskanne, die ich vorsorglich eingepackt hatte, wand mich aus Sonjas Blechgefängnis und nahm das Eulertsche Anwesen näher in Augenschein.

Viel war nicht zu sehen. Eine breite Garage, in der mindestens drei Autos Platz fanden, daneben das pompöse Eingangsportal. Büsche und Bäume verdeckten Haus und Grundstück, konnten allerdings nicht verbergen, dass beide von beträchtlicher Größe waren. Zwei Überwachungskameras, warnend überm Garagentor angebracht, deckten den gesamten Eingangsbereich ab.

Wer fällt in einer solchen Gegend mehr auf? Ein Mann, der unmotiviert im Auto sitzt und ein Buch liest, oder einer, der ziellos lustwandelt und die Häuser intensiv beäugt? Das sollte ich gleich erfahren.

Sie waren ein ungleiches Paar und passten deswegen hervorragend zusammen.

Den Hund hatten sie auf die Größe einer Ratte heruntergezüchtet, damit er besser ins Prada-Handtäschchen passte. Bei seinem Frauchen war die gegenteilige Entwicklung geschehen. Zu viel gutes Leben hatte sie aufgeplustert wie eine gekochte Bratwurst kurz vorm Platzen.

Wenigstens musste sie sich keine Gedanken darüber machen, ob sie sich mit Botox aufspritzen sollte. Sie war so gut gepolstert, dass nirgendwo Falten entstehen konnten.

Sie watschelte mir entgegen, mühelos Schritt haltend mit der Missgeburt von Hund, und zeigte unverhohlenes Misstrauen. Da war einer, den sie nicht kannte und der deshalb nicht hierher gehörte. Ich nickte ihr höflich, aber distanziert zu, murmelte ein »Grüß Gott« und schlenderte weiter. Das Hündchen knurrte mich böse an und zerrte an der Leine.

Nach ein paar Schritten drehte ich mich um. Die Frau stand fest wie eine Tonne und starrte mir nach. Ich widerstand der Versuchung, ihr zuzuwinken. Die Teppichratte an der Leine hatte sich zu etwas aufgerafft, das mit viel gutem Willen als ein Kläffen zu interpretieren war. Himmel, ging mir die Muffe!

So schlägt man ungebetene Eindringlinge in die Flucht: ein herrischer Blick im Verein mit einem blutgierigen Löwen, den man im Notfall auch von der Leine lassen konnte.

Einige Schritte weiter wiederholte sich das Spiel. Ich drehte mich um, sie stand immer noch an derselben Stelle. Sollte das jetzt so weitergehen? Aber der Löwe kackte ihr jetzt beherzt vor die Füße. Damit war der Grund für den morgendlichen Spaziergang eigentlich hinfällig.

Glücklicherweise machte die Straße eine sanfte Biegung, und ich war bald aus dem Blickfeld der beiden verschwunden. Allerdings das Haus Eulert auch aus meinem. Das war nicht Sinn der Aktion gewesen.

Ich schaute auf die Uhr. Zehn Minuten waren vergangen. Also musste ich mir keine Sorgen machen, Madame war sicher erst beim

Aufwärmen. Ich wartete noch eine Weile und machte dann kehrt. Die beiden Straßenkämpfer waren nicht mehr zu sehen. Ich ging zum Auto zurück.

Kurz nach zehn Uhr verließ der Sportler das Haus wieder, mit einem dümmlichen Grinsen auf dem Gesicht und ziemlich erhitzt. Hatte der Trainer etwa selber mitgemacht? Meine Turnlehrer in der Schule standen immer nur daneben und motzten herum. Nun ja, hier war die Bezahlung garantiert besser.

Oder hatte Madame etwa ein Verhältnis mit ihrem Trainer? Das wäre das Oberklischee. Etwas mehr Klasse traute ich ihr doch zu.

Und jetzt? Musste Madame sich duschen und aufbrezeln, und das konnte dauern.

Es dauerte noch länger. Detektiv spielen war blöd, entschied ich. Und wenn, sollte man es wenigstens zu einer freundlicheren Jahreszeit machen.

Die Frühjahrskälte kroch mir langsam die langen Unterhosen hoch. Meine Thermoskanne Tee war fast leer, und ich musste dringend pinkeln, aber alle erreichbaren Bäume standen hinter Gartenzäunen.

Es gibt nichts Langweiligeres, als in einem Auto zu hocken und auf etwas zu warten, wovon man nicht einmal weiß, was es sein wird. Wenn du nicht gerade damit beschäftigt bist, krampfhaft die Augen aufzuhalten, kommen unweigerlich die Gedanken.

Was tat ich eigentlich hier?

Ich war ein klein wenig sauer. Den Scheck hatte sie schon vorbereitet gehabt, einschließlich Unterschrift, sie hatte genau gewusst, dass sie mich rumkriegen würde. Und das ärgerte mich. Sie hatte an meine niederen Instinkte appelliert. Offenbar hatte ich welche.

Eigentlich ärgerte ich mich vor allem über mich selbst. War ich so leicht zu durchschauen?

Irgend etwas stimmte hier nicht. Diese Show mit dem sexy Blondchen war kalkuliert, dessen war ich mir sicher, aber etwas zu dick aufgetragen. Was womöglich auch beabsichtigt war. Hätte nur noch gefehlt, dass sie die »Basic Instinct«-Nummer abzog. Obwohl das seinen Reiz auch verloren hatte, seitdem sich jedes halbwegs prominente Dummchen beim Aussteigen aus dem Auto unterm Rock fotografieren ließ.

Es gab ungefähr dreiundsechzig Gründe, die dagegen sprachen, mich mit diesem Fall zu betrauen (sofern es überhaupt ein solcher war). Und nur einen Grund dafür: Weil ich ein gut aussehender, intelligente Mann im besten Alter war.

Die Frau war nicht echt gewesen, sie hatte mir nur eine schöne Fassade gezeigt. Jetzt wollte ich wissen, was dahintersteckte. Ihr Visier hochklappen. Vielleicht hatte es auch nur mit meinen eigenen Erinnerungen zu tun.

Was wollte Frau Eulert wirklich?

Vorerst schwang um sechs Minuten nach elf Uhr, wie ich akribisch notierte, das Garagentor auf, und heraus kam ein knallroter, hochglanzpolierter Z3 mit Madame am Steuer.

Natürlich stand ich in der falschen Richtung. Als sie an mir vorbeifuhr, rutschte ich in meinem Sitz nach unten, soweit das in diesem Hühnerkäfig überhaupt ging, und wendete dann schnell, damit ich den Anschluss halten konnte.

Es ging hinab ins Neckartal. Jetzt kam der schwierigere Teil. Für mich war Esslingen unbekannte Ödnis, und wenn ich sie aus den Augen verlor, hatte ich keine Chance. Andererseits durfte ich nicht an ihrer Stoßstange kleben, um sie nicht auf mich aufmerksam zu machen. Lass dich zurückfallen, lautete die Regel aus dem Handbuch für Privatdetektive, bring zwei, drei Autos zwischen euch, notfalls kannst du sie überholen, um wieder näher heranzukommen.

Das Handbuch musste aus der Frühzeit des Automobilverkehrs stammen oder auf einem breiten amerikanischen Highway ausgedacht worden sein, ganz bestimmt nicht bei dichtem innerstädtischen Verkehr auf einer Fahrspur.

Ich hatte Glück. Die Fügungen des Straßenverkehrs brachten, bis ich einbiegen konnte, die geforderten zwei Autos zwischen uns, ich kam mit ihr über alle Ampeln, wenn auch einmal ganz knapp erst bei Dunkelgelb, und als sie in ein Parkhaus fuhr, fand auch ich ein Plätzchen, weit genug entfernt, dass sie nicht über mich stolperte, nah genug, damit ich ihr auf den Fersen bleiben konnte.

Ein großer Platz mit ein paar Kirchen und schönen Gebäuden: In unseren Breiten kann es sich dabei nur um den Marktplatz handeln, den man dann gern als »historisch« bezeichnet. An altem Gemäuer war ich im Moment nicht im mindesten interessiert, nur an der Frau, die über den Platz stöckelte.

Madame war heute, soweit das zu erkennen war, nicht als Femme fatale verkleidet, sondern ganz seriös als reiche Unternehmersgattin. Und offensichtlich unterwegs zu einem Shoppingbummel. Sie studierte intensiv die Auslage eines Dessousgeschäfts, streifte kurz durch eine kleine Boutique, während ich mich vor dem Schaufenster herumtrieb wie ein wartender Ehemann, probierte anderswo drei Paar Schuhe an, ohne sich für eins zu entscheiden. Und so weiter.

Ich hatte schon längst die Orientierung verloren in dem Gewirr der Gassen. Webergasse, Heugasse, Strohstraße, Milchstraße, Franziskanergasse: Das klang alles ganz schnuckelig und sah auch so aus. Kein Vergleich mit meiner Heimatstadt Schwäbisch Hall, klar, aber als romantische Mittelalterstadt konnte es gerade noch so durchgehen.

Zum Schauen blieb nicht viel Zeit. Es waren wenig Leute unterwegs, und ich hatte einige Mühe, nicht als ständiger Begleiter aufzufallen und gleichwohl den Anschluss nicht zu verlieren.

Ich hätte ihr jetzt erst einmal zu einem Kaffee geraten, denn mein dringendes Bedürfnis wuchs sich allmählich zu einem Problem aus. Ich konnte den vielen Tee ja nicht durch die Rippen schwitzen. Stattdessen ging es zurück in eine Fußgängerzone, die so fade und austauschbar war wie in jeder anderen Stadt und einen leicht schäbigen Eindruck machte. Schließlich schleifte sie mich in ein Modekaufhaus und steuerte schnurstracks auf die Dessousabteilung zu.

Super! Zwischen knappen Slips und verführerischen BHs kann sich ein Mann alleine bestens herumtreiben, ohne aufzufallen.

Ich drückte mich herum und versuchte, Madame im Auge zu behalten, nahm mal hier ein Stück in die Hand und dort ein anderes, begutachtete es kritisch und hängte es wieder zurück, ganz der treusorgende Ehemann, der ein Geburtstagsgeschenk für seine Frau sucht. Oder für seine anspruchsvolle Geliebte.

Prompt kam eine Frau auf mich zu, eine matronenhafte Mittfünfzigerin. »Kann ich Ihnen helfen?«

»Ich warte auf meine Frau«, antwortete ich und versuchte ein dümmliches Grinsen, was mir in diesem Moment nicht weiter schwerfiel.

Aus den Augenwinkeln sah ich, wie sich Madame mit einem Berg Unterwäsche Richtung Umkleidekabine bewegte. Das war meine Rettung. Aus der qualvollen Erfahrung langer Jahre mit diversen Begleiterinnen wusste ich, dass es seine Zeit dauern würde, bis das alles durchprobiert und von vorn und hinten begutachtet war.

»Sagen Sie«, wandte ich mich an die Verkäuferin, »wo sind denn hier bitte die Toiletten?«

Sie sah erst mich an und dann meine Hände. Ihre Miene professioneller Freundlichkeit erstarrte und zerbröselte. Meine Hände hielten die Ehemanntarnung, einen hauchzarten Slip, der im wesentlichen aus Löchern bestand mit etwas Spitze drum herum. Die Frau, die so etwas trug, konnte es eigentlich gleich sein lassen.

Die Verkäuferin riss mir das Nichts aus den Fingern, das immerhin neunundsiebzig Euro kostete, und zischte: »Im ersten Stock.« Und fügte mit Nachdruck hinzu: »In der Herrenabteilung!« Und rauschte nicht empört, entsetzt, verängstigt oder was auch immer davon, sondern stand wie ein Fels in der Brandung, bis ich mich trollte.

Au weia! Jetzt stand ich auf dem Index der Schlüpferfetischisten. In dieser Verkleidung konnte ich mich hier nicht mehr blicken lassen. Und wie sollte ich dann Madame im Auge behalten? Mehrere Zugänge führten zu den Dessous, und selbstverständlich hatte das Haus auch mehrere Ausgänge. Eh schon egal, konnte ich wenigstens aufs Klo gehen. Erster Stock, für Herren.

Ich hatte wiederum Glück. Ich sah sie von Weitem und konnte aufschließen, ohne nochmals unangenehm aufzufallen. Madame hatte eine große Tüte in der Hand, offenbar genug eingekauft und zog mit mir in gebührenden Abstand zurück zum Parkhaus.

Ich fluchte. Im Handbuch für Detektive stand nichts davon, dass man immer Kleingeld dabei haben sollte, um die Parkhauskasse zu füttern. Der Automat war mit meinem Opfer verbündet und verweigerte meine Scheine so lange, bis ich Madame an mir vorbeifahren sah.

Und ein weiteres Mal war mir das Glück hold. Eine lange Schlange vor der Schranke. Ganz vorne stand einer jener Dummköpfe, denen entgangen war, dass die Kassenhäuschen abgeschafft waren und man neuerdings vor dem Ausfahren bezahlen musste. Ich hätte ihn umarmen können. Vielleicht sollte ich ihn für zukünftige Fälle dieser Art unter Vertrag nehmen.

Madame führte mich durch halb Esslingen, und die Stadt war nicht so klein, wie ich gedacht hatte. Sie war eine miserable Fahrerin.

Unter anderen Umständen hätte sie mich zur Weißglut gebracht. Wurde schon langsamer, wenn sie sich einer grünen Ampel auf Sichtweite näherte, aus Angst, sie könnte umschalten. Machte fast eine Vollbremsung bei Gelb. Hielt überpenibel die Geschwindigkeitsbegrenzung ein, als könnte hinter jedem Vorgartenbusch eine Radarfalle lauern. Und so jemand fährt einen Sportwagen?

Wenigstens schwamm ihr roter Flitzer auffällig genug im Meer der einheitssilbergrauen Autos, so dass ich keine Angst haben musste, sie zu verlieren. Aber es war ja so langweilig. Warum bog sie nicht mal unvermittelt und ohne Blinken ab, rauschte auf den letzten Drücker über eine Kreuzung? Man hätte meinen können, sie schleppte mich absichtlich hinter sich her.

Mein Navi meldete brav die Straßen, durch die wir fuhren. Das war ausgesprochen nett, nützte mir allerdings wenig. Ich hatte keine Ahnung, in welcher Gegend wir uns befanden, als der Z3 vor einer Reihe von Wohnblocks hielt, die schon vor vierzig Jahren einfallslose Architektur gewesen waren und durch das Alter nicht gewonnen hatten.

Madame parkte, und auch ich fand ohne Mühe mein Plätzchen. In dieser Straße fiel ich wenigstens nicht auf, hier parkten genügend Autos. Madame stieg aus, die Einkaufstüte in der Hand, und ich blieb sitzen. Madame öffnete die Haustür zu Nummer 43, wie es aussah, mit einem eigenen Schlüssel, aber das konnte ich nicht genau erkennen, und ich schoss mein erstes Foto von ihr mit meiner nagelneuen Nikon. Madame verschwand, und ich rätselte, wo ich wohl etwas zu essen bekommen könnte.

Sie hatte mich schon geärgert, indem sie sich einem Kaffee für meine Pinkelpause verweigerte, und jetzt machte sie sich über meinen knurrenden Magen lustig. Immerhin war ich seit fünf Uhr auf den Beinen, und weit und breit kein Laden, nicht mal eine Imbissbude.

Ich begann, mein eigenes Handbuch für Privatdetektive zu schreiben. Erste Regel: Begnüge dich nicht mit zwei Brötchen mit Hopfacher Büchsenwurst, nimm die ganze Büchse mit. Zweite Regel: Eine weitere Thermoskanne mit kühlem Riesling.

Eine sáublöde Idee, diese Observierung. Überhaupt eine Observierung. Ich sollte das in Zukunft delegieren. Vielleicht an Sonja. Frauen sind für einen solchen Job besser geeignet. Haben sie endlich mal genügend Zeit, die Haare von links nach rechts zu zupfen und die Fingernägel zu feilen.

Warten macht mich ungeduldig. Vor allem, wenn ich nicht weiß, worauf ich warte. Und wie lange.

Ich parkte mein Auto um, auf die andere Straßenseite, damit ich den Eingang besser im Blick hatte. Ich stellte mich so hin, dass ich direkt vor einer Garageneinfahrt stand, so dass ich nicht rangieren musste, wenn ich losfahren wollte.

Ich zählte die Fenster im Block mit der Nummer 43. Zwölf Stockwerke, auf jedem Stock zwei Wohnungen, macht vierundzwanzig Wohnungen. Jede Wohnung mit zwei Fenstern nach vorne, macht achtundvierzig Fenster.

Ich fotografierte methodisch jedes Fenster, links oben beginnend. Varianten von Gardinen wie aus dem Musterkatalog. Die meisten verwehrten jeden Durchblick, andere waren eher Dekoration. An keinem Fenster zeigte sich jemand.

Ich fotografierte jedes parkende Auto, soweit mein Zoom reichte. Das war reine Langeweile, was sollte ich mit diesen Fotos schon anfangen, Nummernschilder waren nicht zu erkennen. Ich fotografierte das Klingelschild und probierte die Haustüre. Abgeschlossen. Also hatte Madame doch einen Schlüssel, denn geklingelt hatte sie nicht, da war ich mir absolut sicher.

Keiner der Namen neben den Klingeln sagte mir etwas, wie auch? Ob mein Computergenie Rolf sie mal durch ein paar eigentlich unzugängliche Datenbanken jagen sollte? Spekulation: Madame unterhält hier ein geheimes Liebesnest. Indiz: die Tüte mit den Dessous. Vielleicht unter ihrem Mädchennamen? Hatte Sonja endlich ihre Freundin erreicht und etwas über Madame herausbekommen?

Ich rief an. Im Büro der Anrufbeantworter, am Handy die Mailbox. Typisch. Sobald der Herr aus dem Haus ist, tanzen die Mäuse auf dem Tisch. Und ich saß hier ohne wichtige Informationen und kämpfte mit dem Schlaf.

Bestimmt war Sonja bei Nele. Ich konnte mir die beiden lebhaft vorstellen.

Zwei Frauen

Fußgängerzone. Zwei herumschlendernde Frauen.
SONJA: Schick siehst du aus! Da wird Dillinger aber Augen machen! In Berlin gekauft?
NELE: Ja. Schon deswegen sollte man in die Hauptstadt ziehen.
SONJA: Doch nicht ernsthaft?
NELE: Warum nicht? Ich finde die Stadt toll.
SONJA: Das ist mir zu weit im Norden. Und die ganze Zeit unter Preußen? Igitt!
NELE: Für Frauen deiner Sorte ist auf alle Fälle mehr los als hier in der Provinz.
SONJA: Brauche ich nicht. Ich habe Miriam.
NELE: Und nicht mal was nebenbei?
SONJA: Wo denkst du hin! Wir sind ein altes Paar. Auf ewig treu. Und wenn ich eine andere Frau mal länger anschaue, zickt Miriam gleich herum.

Café. Zwei Frauen beim Cappuccino.
SONJA: Was machen wir jetzt mit Dillingers Geburtstag?
NELE: Auf alle Fälle ein großes Fest.
SONJA: Will er nicht.
NELE: Der wird gar nicht gefragt. Das nehmen wir in die Hand.

Herrenunterwäsche. Zwei Frauen bei den Boxershorts.
SONJA: Guck mal, diese weiten Beine, und mit Micky Maus drauf! Tragen Männer das wirklich? Meine Erfahrungen in der Hinsicht sind beschränkt.
NELE: Dillinger nicht.
SONJA: Was dann?
NELE: He, du rührst an der intimsten Stelle eines Mannes.
SONJA: Ich dachte, die kommt, wenn die Unterhose fällt.
NELE: Die kommt, wenn du den Kerl zum ersten Mal in Unterhosen siehst. Vor allem, wenn es nicht vorhersehbar ist. Da zeigt sich das wahre Gesicht des Mannes. Ganz schön peinlich manchmal.
SONJA: Und wie ist das bei Dillinger? Ich darf das fragen, bei mir ist das reine wissenschaftliche Neugier.

NELE: Er hat sogar noch so eine Feinripp. Kennst du die?
SONJA: Nur vom Hörensagen. Und?
NELE: So was von daneben.
SONJA: Dann schenk ihm doch eine schönere. Guck mal, dieser
Tanga. Ich könnte mir vorstellen, dass der gut sitzt.
NELE: Wenn die Freundin Unterhosen verschenkt, kann das leicht
missverstanden werden.
SONJA: Wieso? Ich schenke Miriam auch dauernd Dessous, in
denen sie richtig scharf aussieht.
NELE: Männer sind da anders. Die fassen das als Kritik an ihrem
Kleidungsstil auf.
SONJA: Dann kriegt er sie von mir.

Fußgängerzone. Zwei herumschlendernde Frauen.
SONJA: Wie wäre es mit einem Detox-Wochenende?
Sie prusten los.
NELE: Entschlackung würde ihm nichts schaden.
SONJA: Vor allem geistig. Das mit dem Alter wird ja zu einer fixen
Idee bei ihm.
NELE: Ich glaube, er hat wirklich Angst davor.
SONJA: Vierzig ist doch nichts! Das ist das Alter, in dem wir
Frauen erst richtig interessant werden.
NELE: Männer ticken anders. Er hat Angst, dass es bald keine Frau
in seinem Alter gibt, die noch ungebunden ist.
SONJA: Und auf die frisch Geschiedenen muss er noch zehn Jahre
warten, ich verstehe schon.
NELE: Seine Erfahrungen mit dem jungen Gemüse waren wohl
auch nicht sehr erfreulich. Dafür ist er noch zwanzig Jahre zu
jung.
SONJA: Aber was spielt das für eine Rolle? Er hat doch dich.
NELE: Noch.
SONJA: Holla, ist da was im Busch, was ich noch nicht mitbekom-
men habe?
NELE: Wir sind beide gebrannte Kinder, was Beziehungen betrifft.
SONJA: Wer ist das nicht? Komm, ihr seid doch ein Dream Team.
NELE: Das ändert sich manchmal schneller, als man denkt.
SONJA: In gewisser Weise beneide ich euch. Ihr klebt nicht anei-
nander. Zu viel Nähe kann auch anstrengend sein.
NELE: Wem sagst du das. Vergiss nicht, ich war mal verheiratet.
SONJA: Aber ihr seid zusammen, und trotzdem lebt jeder sein
Leben.

NELE: Genau das kann noch zum Problem werden.

SONJA: Das Detox-Wochenende kriegt er von mir.

Parfümerie. Zwei Frauen vor den Regalen.

SONJA: Riech mal. Ein schöner Duft, das wäre doch was.

NELE: Wenn die Freundin Parfüm verschenkt, kann das leicht missverstanden werden.

SONJA: Wieso?

NELE: Das könnte ein dezenter Hinweis auf mangelnde Hygiene sein.

SONJA: Sind Männer kompliziert! Wie hältst du das nur aus, so als Hetera? Okay, das Parfüm kriegt er von mir. Guck mal, jetzt gibt es auch eine Anti-Aging-Creme für Männer. Süß.

NELE: Ich fürchte, das käme ganz schlecht an. Bei seiner Angst vorm Altern.

SONJA: Der soll sich nicht so haben! Die Anti-Aging-Creme kriegt er von mir. Und eine Packung Viagra obendrauf. Oder willst du ihm die schenken? Sag jetzt nichts, ich versteh schon, bei der Freundin kann das zu Missverständnissen führen.

Fußgängerzone. Zwei herumschlendernde Frauen.

SONJA: Man müsste mit der Zahl Vierzig spielen.

NELE: Das ist nicht gerade originell, finde ich.

SONJA: Da muss uns eben was Originelles einfallen. Lass mal überlegen. Vierzig Kerzen.

NELE: Das ist doch kein Kindergeburtstag.

SONJA: Also was für Erwachsene. Vierzig Kondome.

NELE: Das ist doch keine Teenie-Party. Außerdem könnte das als Aufforderung verstanden werden.

SONJA: Soll es ja auch.

NELE: Falsche Richtung.

SONJA: Versteh ich nicht.

NELE: Ich nehme die Pille.

SONJA: Oh. Das mit der Zahlensymbolik ist sowieso blöd. Und wenn schon, müssen es einundvierzig sein. Um ihn zu ärgern.

Bar. Zwei Frauen trinken Cocktails.

SONJA: Also, alles klar. Wenn er darauf besteht, dass er nicht feiern will – bitte, wir akzeptieren das.

NELE: Und planen eine Überraschungsparty.

SONJA: Das wird wirklich eine Überraschung! Wen laden wir ein?

38

NELE: Das musst du dir überlegen. Du weißt über seine Freunde besser Bescheid als ich. Ist das nicht sowieso eigenartig? Die Arbeitskollegen kennen deinen Mann besser als du selbst, weil sie mehr Zeit miteinander verbringen.

SONJA: Wenigstens gebe ich dir keinen Grund zur Eifersucht.

Kommen und gehen

In der Straße war es ruhig, keiner beachtete den Mann im Fiesta, dem der Fotoapparat am Gesicht zu kleben schien. Ein nettes Spielzeug, so eine Digitalkamera. Und ich hatte endlich ausreichend Zeit, mich mit der verwirrenden Vielzahl von Funktionen dieses Wundergeräts zu beschäftigen.

Es betraten das Haus: eine alte Frau (erschöpft) mit drei Supermarkttüten; ein mittelalter Mann (erwartungsvoll lächelnd), adrett gekleidet, mit Aktentasche; zwei Jugendliche (finster) mit Baggy-Pants; eine alte Frau (zerknittert) mit Handtasche; ein älterer Mann (geschäftsmäßig) in Anzug und Krawatte; eine junge Frau (verbissen) mit Kopftuch; eine mittelalte Frau (blicklos) mit Kopftuch und bodenlangem Mantel.

Es verließen das Haus: eine junge Frau (fröhlich) mit Kinderwagen (still); ein alter Mann (am Stock); eine junge Frau (genervt) mit Kinderwagen (schreiend); ein mittelalter Mann (selig lächelnd), adrett gekleidet und mit Aktentasche; eine ältere Frau (verkniffen) in Kittelschurz und Hausschlappen; ein junger Mann (verschlafen) mit zotteligen langen Haaren; ein älterer Mann (geschäftsmäßig) in Anzug und Krawatte.

Stand irgend jemand davon in Verbindung mit Madame?

Zwischendurch schaute ich immer wieder auf die Fenster. Und siehe da, Hartnäckigkeit zahlt sich aus: eine Bewegung, mehr ein Schatten, ich hielt darauf, zoomte heran, und Madame blickte mir direkt in die Linse.

Eine ganze Weile stand sie da, als posiere sie für mich. Hatte sie mich entdeckt?

Zweiter Stock, linke Wohnung.

Und schließlich, um exakt 14:17 Uhr, kam Madame aus der Tür. Ohne Dessoustüte. Eineinhalb Stunden hatte sie in dem Haus verbracht. Womit? Mit wem? Warum?

Ohne Eile und ohne sich umzusehen schlenderte sie zu ihrem Flitzer, und ich musste blitzschnell eine Entscheidung treffen: Ihr weiter folgen? Oder hier bleiben und den Eingang beobachten? Wenn sie sich tatsächlich mit ihrem Liebhaber getroffen hatte, musste der irgendwann aus dem Haus kommen. Von den männlichen Wesen, die bisher das Haus verlassen hatten, mochte ich keinen mit der eleganten Susanne Eulert in Verbindung bringen.

Ich folgte der puren Logik und fuhr ihr nach. Wenn es diesen Liebhaber gab, war dies bestimmt nicht das letzte Treffen gewesen.

Vielleicht war es ein Fehler. Jedenfalls war es öde. Madame strebte schnurstracks nach Hause, ließ sich nicht mehr blicken, empfing auch keinen Besuch, und ich saß mal wieder im Auto, hungernd, müde und frierend. Ob ich mal klingeln sollte bei ihr? Keine gute Idee, wenigstens im Moment nicht. Ich brauchte noch ein paar mehr Fragen, die ich ihr stellen konnte. Der Nachmittag zerfloss, und ich zog Bilanz. Was hatte mir die ganze Aktion nun gebracht?

Ich hatte die Lebensumstände meines Zielobjektes erkundet. Der Unternehmer Helmut Eulert bewohnte ein repräsentatives, bestimmt sauteures Anwesen in offensichtlich bester Wohnlage. War das eine Überraschung?

Ich hatte herausgefunden, dass Madame eine Zweitwohnung hatte oder zumindest den Schlüssel zu einer Wohnung, die jemand anders gehörte. Wozu sie diente, konnte ich mir ausmalen. Ganz bestimmt nicht, um dort in Ruhe ein Mittagessen zu kochen. Das warf zwar ein interessantes Licht auf diese Frau, aber ihr Liebesleben konnte mir egal sein. Es war ja nicht ihr Mann, der mich beauftragt hatte, seine Frau zu beschatten. Mysteriös. Musste Madame nicht damit rechnen, dass ich mich auch über sie kundig machte und dabei auf ihr kleines Geheimnis stoßen würde? Immerhin, sie hatte mich neugierig gemacht.

Schließlich gab ich auf. Ich hatte noch etwas Besseres zu tun heute Abend, und die Vorfreude darauf verdrängte allmählich meine schlechte Laune, als ich auf der Remstal-Schnellstraße in die Dämmerung hinein Richtung Schwäbisch Gmünd brauste. Ich musste mich beeilen, wenn ich meine Verabredung einhalten wollte.

Alle Müdigkeit, aller Frust waren weggeblasen. Zwei Wochen hatte ich auf diesen Moment gewartet. Ich war aufgeregt wie beim ersten Date. Schmetterlinge im Bauch.

Der Duft der Frauen

Ich hatte einen Schlüssel, aber ich klingelte trotzdem: Überraschung! Als die Tür geöffnet wurde, war ich verdattert.

»Wer sind Sie? Habe ich mich in der Tür geirrt?«, fragte ich.

Vor mir stand eine Frau in einem atemberaubenden grauen Lederkleid mit Hemdblusenkragen, das ziemlich weit über den Knien endete. Ihre Beine waren perfekt dafür. Das Haar war zu einem Long-Bob in Kinnlänge geschnitten und im Nacken leicht ausgedünnt. Die katzenschmalen braunen Augen strahlten mich an.

»Überraschung!«, sagte die Fremde. Ihre Stimme war mir vertraut.

Die Nele, die ich bisher kannte, trug zur Arbeit ein wenig aufregendes Businesskostüm samt Bluse und die Haare streng nach hinten gebunden. In der Freizeit durfte das Haar auch mal schulterlang fallen, das Kostüm wurde gegen eine Jeans getauscht. Nele war die Frau mit der kleinsten Garderobe, die ich jemals gekannt hatte. Und nun das!

»Jesses!«, machte ich. »Was ist denn da passiert?«

Nele drehte sich kokett. »Weißt du noch? Ich will mich neu erfinden. Ich bin schon einen Schritt weiter. Gefällt's dir?«

»Was zwei Wochen Berlin aus einer Frau machen. Weltstadt, was?«

»Weltstädtischer als Schwäbisch Gmünd allemal.«

»Dazu gehört auch nicht viel. Sind das Manolos?«

»Du kennst dich aus?«

»War geraten.«

»Falsch geraten. Louboutin. Manolos sind retro.«

»Echt toll. Wirklich. Kann man darin auch laufen?«

»Dafür sind sie nicht gemacht. Nein, kann man nicht. Außerdem drücken sie.«

»Das kann man beheben.«

»Nicht bei Louboutins.«

»Du musst dir nur den kleinen Zeh wegoperieren lassen. Das macht die Dame von Welt heutzutage so.«

»Andere Schuhe wären billiger.«

»Das sagst du? Als Frau? Apropos operieren. Hast du eine

Ahnung, was die Schönheitschirurgen so alles unters Messer nehmen?«

»Die Stunde der Wahrheit. Jetzt hältst du mir alles vor, was dir an mir nicht gefällt. Aber ich sage dir, meine Nase bleibt, wie sie ist.«

»An deiner Nase ist nichts auszusetzen. Ich rede von interessanteren Stellen. Bist du eigentlich mit deinen Schamlippen zufrieden?«

»Bitte was!?«

»Zu groß? Zu klein? Zu dünn? Zu dick? Kein Thema. Messer ansetzten, ritschratsch, fertig. Labioplastik. Voll im Trend. Die perfekte Vulva. Nach deinen Wünschen modelliert. Oder meinen. Die Frau, die da nicht mitmacht, ist total altmodisch.«

»Oder hat noch ein kleines bisschen Verstand. Willst du mir damit eigentlich irgend etwas sagen?«

»Ich weiß ja nicht, wie tiefgreifend die Änderungen sind, die du an dir vornehmen willst.«

»Lass dich überraschen. Woher hast du eigentlich deine Weisheiten?«

»Ein Friseurtermin, und du bist über alles informiert. Frauenzeitschrift.«

»Du solltest den Friseur wechseln. Nicht nur wegen der Zeitschriften. Und lies was Vernünftiges. Playboy zum Beispiel. Mit Frauenzeitschriften bist du überfordert.«

Ich breitete die Arme aus und drückte sie an mich.

»Ich habe dich vermisst, Nele. So, wie du bist. Oder wie du werden willst. Warum trägst du heute eigentlich keine Brille? Du willst mich wohl nicht so genau sehen?«

»Kontaktlinsen.«

Es war unfassbar. Nele war die Frau, die mehr Brillen als Schuhe hatte. Sollte sich das Verhältnis umkehren? Was kam da auf mich zu?

»Wie waren deine Termine in Berlin, Frau Anwältin?«

»Interessant. Aber lass uns jetzt nicht vom Geschäft reden. Ich habe Essen vorbereitet.«

»Ich rieche Hühnerfleisch. Hoffentlich ist es genug. Ich habe den ganzen Tag noch nichts gegessen.«

»So viel zu tun?«

»Ja. Aber wir wollten doch nicht über Geschäfte reden.«

Nele holte einen Tontopf aus dem Ofen, in dem sie das Huhn mit Gemüse geschmort hatte. Als sie den Deckel öffnete, sog ich glückselig die Aromen ein, die mir entgegenwehten.

»Ah! So liebt es der Mann, wenn er erschöpft von der Jagd ans heimische Lagerfeuer zurückkehrt. Welch verführerischer Duft! Ich meine damit dein neues Parfum. Lass mal schnuppern.«

»Das kitzelt!«

»Du bist zum Anbeißen. Aber in Anbetracht meines Bärenhungers werde ich meine Aufmerksamkeit zuerst dem Geschmorten widmen, bevor ich mich über das Frischfleisch hermache.«

Sie aß einen Schlegel, ich verputzte den Rest. In derselben Zeit.

Ich schaute satt auf den Knochenberg. »Du hast immer behauptet, du könntest nicht kochen. Ich sehe jetzt, dass das eine reine Schutzbehauptung war, damit ich die ganze Arbeit alleine mache.«

»Hat doch funktioniert, oder?«

»Eine hinterlistige Art, sich die Männer gefügig zu machen.«

»Die Illusion der Unentbehrlichkeit trifft es besser. Spezielle Wünsche zum Dessert?«

»Nur das eine. Die zwei Wochen ohne dich waren schrecklich. Du hast mir gefehlt.«

»Nur deswegen?«

»Natürlich nicht. Warum geht dieser verdammte Reißverschluss nicht auf?«

»Nicht so ungeduldig! Das Kleid war teuer.«

»Wer diese BH-Verschlüsse erfunden hat, sollte mit lebenslangem Zölibat bestraft werden. Na endlich! Ah, ich liebe es, wenn diese Handschmeichler frei schweben dürfen!«

»Drück nicht so heftig! Ich steh nicht auf SM.«

»Ist der Slip auch neu?«

»Schön, oder?«

»Schön ist vor allem, was darunter zum Vorschein kommt. Mal sehen, ob ich mich da noch zurechtfinde, nach so langer Zeit.«

»Du machst das ganz gut, Dillinger. Nicht aufhören!«

»Ich muss mal Luft holen. Muss ich mich eigentlich selber ausziehen?«

»Ich mach das schon. Oh, ich sehe, dass ich dir tatsächlich gefehlt habe.«

»Geht das auch mit Kontaktlinsen?«

»Mh. Allerdings sehe ich jetzt alles ganz scharf. Interessant.«

»Tut mir leid, wenn du jetzt desillusioniert bist.«

»Ich komm schon zurecht.«

»Sehr gut sogar. Warum hörst du auf?«

»Ich will dich in mir spüren. Aber hör mal, nicht auf dem Fußboden, dafür sind wir zu alt! Na gut, mach weiter ...«

Später dann, in diesem wohligen Zustand postkoitaler Trägheit, rückte sie mit der schlimmen Wahrheit heraus.

»Man hat mir eine Stelle angeboten. Bei Scholz, Kummer & Arbogast.«

»Du willst deine Selbstständigkeit aufgeben?«

»Meine Kanzlei läuft nicht besonders gut. Nach unserer Trennung hat mein Ex natürlich viele Klienten mitgenommen. Und seit ich auf der Scheidung bestanden habe und ihm klar ist, dass ich nicht zu ihm zurückkomme, macht er mich überall madig.«

»Ist das mit der anwaltlichen Standesehre vereinbar?«

»Sicher nicht. Aber wen kümmert's?«

»Zeit für eine Veränderung.«

»Eben. Vielleicht werde ich sogar Partner.«

»Scholz, Kummer, Arbogast & Bögelsack. Klingt gut. Wäre das eine Verbesserung?«

»Das ist eine renommierte Kanzlei mit interessanten Fällen. Ich habe ein regelmäßiges Einkommen und muss nicht mehr jedem Klienten hinterherjagen wie bisher.«

»Warum überlegst du dann noch?«

»Die Kanzlei ist in Berlin und in Hamburg. Ich kann's mir aussuchen.«

»Oh.«

»Damit eines klar ist: Wegen eines Mannes gebe ich meine Zukunftspläne nicht auf. Das habe ich einmal gemacht, und das kommt nie wieder vor.«

»Ich sag ja gar nichts.«

»Aber du guckst so.«

»Ziemlich weit im Norden, Berlin und Hamburg, von hier aus gesehen.«

»Wir würden uns seltener sehen, richtig.«

»Wir haben uns jetzt auch zwei Wochen nicht gesehen, Nele. Ach so, ich verstehe. Du willst mich langsam daran gewöhnen.«

»Quatsch. Und noch ist ja nichts entschieden.«

»Fernbeziehung!«

Ich schüttelte zweifelnd den Kopf.

»Hat auch seinen Reiz. Und so was ähnliches führen wir jetzt doch auch schon«. meinte Nele. »Living apart together. Ein Paar, zwei Wohnungen. Wir liegen voll im Trend.«

»Aber Fernbeziehung ist eine Verschärfung der Grausamkeit. Und wenn mich ein dringendes Bedürfnis überkommt?«

»In deinem Alter?«

»Das war jetzt aber unter der Gürtellinie.«

»Du kannst ja mitkommen, Dillinger.«

»Nach Berlin? Nach Hamburg? Nie im Leben!«

»Das sind beides interessante Städte.«

»Nele, was soll ich dort? Meine Klienten sind hier. Dort müsste ich ja von vorn anfangen. Und das in meinem Alter! Was ist der Unterschied zwischen Hamburg und Berlin?«

»Die Hamburger machen hauptsächlich Abmahnungen.«

»Widerlich. Da gehst du nicht hin.«

»Wieso das denn?«

»Damit wird unschuldigen Menschen das Geld aus der Tasche gezogen.«

»Du siehst das falsch. Eine Abmahnung ist für beide Parteien die einfachste Lösung. Ein Rechtsverstoß wird festgestellt, und anstatt das vor Gericht auszufechten, was lange dauern kann und teuer ist, gibt es eine Abmahnung. Du unterschreibst eine Unterlassungserklärung, in der du dich verpflichtest, diesen Rechtsverstoß künftig zu unterlassen, deswegen heißt das ja so, und die Sache ist erledigt.«

»Vorher kommt aber noch die Rechnung.«

»Sicher. Das muss so sein.«

»Und Berlin?«

»Da wären es überwiegend Strafsachen.«

»Sagt das etwas aus über die Kriminalstatistik der beiden Städte?«

»Nein. Die beiden Kanzleien haben eben unterschiedliche Spezialgebiete.«

»Strafsachen klingt spannender.«

»Ist es sicher auch. Vielleicht aber auch deprimierender. Die meisten Strafsachen, vor allem Gewaltdelikte, entstehen ja aus einer inneren Not heraus. Und diese kaputten Typen verteidigen zu müssen und nichts ändern zu können an ihrer Situation, das schlägt vielleicht schon aufs Gemüt.«

»Das machst du auf keinen Fall. Wenn wir uns dann am Wochenende sehen, bin ich nur damit beschäftigt, dich wieder aufzurichten.«

»Dann also Hamburg.«

»Untersteh dich! Diese ganze Abmahnerei ist höchst unmoralisch.«

»Was soll ich dann machen? Ach, Dillinger, rutsch mir den Buckel runter. Du machst mich ganz kirre. Das muss ich selber entscheiden.«

»Und ich habe nicht doch ein kleines Wörtchen mitzureden?«

»Nein. Es geht um mich. Um meinen Beruf. Mein Leben. Meine Karriere. Ich rede dir auch nicht rein. Konzentrier dich auf deine Versicherungen. Und auf mich.«

»Wenn du nie da bist.«

»Jetzt bin ich da.«

»Apropos, war Sonja heute bei dir?«

»Wieso?«

»Nur so.«

Ein Schweigen breitete sich zwischen uns aus, das immer schwerer lastete. Alles war doch gut so, wie es war. Warum konnte das nicht so bleiben?

»Ach, Dillinger, nun schmoll doch nicht. Komm kuscheln. Das Thema ist noch nicht gegessen.«

Nichts wird so heiß gegessen, wie es gekocht wird, sagt man.

Warum eigentlich nicht? Besser, man verbrennt sich den Mund, als dass es einen später kalt erwischt.

Dr. Nele Bögelsack-Aufderheyde, Rechtsanwältin mit Büro in Aalen und Wohnung in Schwäbisch Gmünd, die immer noch den Namen ihres geschiedenen Mannes trug. Wir hatten uns bei einem Fall kennengelernt, der als »Leichenacker« in die Geschichte einging. Wir standen auf verschiedenen Seiten und waren uns dennoch näher gekommen. Vielleicht war das gegen irgendwelche Standesregeln, aber es gibt Situationen, in denen das egal sein muss. Und das sollte jetzt vorbei sein?

Wer andern eine Grube gräbt

Die Hühnersuppe ist immer noch heiß, sie hält die Wärme. Dabei ist eine Suppe auch nur Wasser mit Geschmack. Mir scheint, als schaue mich jedes Fettauge vorwurfsvoll an: Warum hast du nicht eher gemerkt, worauf du dich da einlässt, Dillinger?

Mein Zittern lässt allmählich nach, und genüsslich schlürfe ich die Brühe. Nicht die feinsten Tischsitten, aber das ist mir jetzt egal. Eigentlich komisch. Wein darf man schlürfen, Suppe nicht. Bei uns nicht. In China ist es unhöflich, wenn man nicht schlürft.

Aber was kümmern mich die Chinesen? Ich habe meine eigenen Probleme. Zum Beispiel das alte Bauernpaar, das mich stumm mustert, er grimmig, sie mit ihrem ironischen Dauerlächeln. Zum Beispiel die Schrotflinte, die immer noch auf dem Tisch liegt und auf mich zeigt.

»Können Sie das Ding nicht wegnehmen?«, frage ich. »Das macht mich nervös.«

»Und wenn du mir wegrennst?«

»Wie denn? Dann rutscht mir Ihre alte Hose auf die Knöchel.«

Lahmer Versuch eines Scherzes. Die beiden verziehen keine Miene. Ich schlürfe weiter, Auge in Auge mit dem Gewehr.

Plötzlich greift der Bauer danach und legt es neben sich auf die Bank.

»Ich kenn dich. Ich glaube, dir kann man trauen. Du bist doch dieser Versicherungsfritze, oder?«

»Freut mich, dass ich so bekannt bin. Obwohl wir bisher nichts miteinander zu tun hatten.«

»Der Viehhändler hat mal von dir erzählt, dieser Czichon. Scheint große Stücke von dir zu halten. Hab ihn schon lange nicht mehr gesehen, diesen Czichon.«

»Hat aufgehört.«

»Was treibt er jetzt?«

»Macht in Esoterik.«

»So, so.«

»Drüben in Mistlau.«

»Das Leben nimmt manchmal seltsame Wendungen. War der nicht mal beim Militär, diese Czichon?«

»Fallschirmjäger.«

»Und jetzt Esoterik.«

Von mir aus können wir gerne stundenlang über das seltsame Leben des Norbert Czichon plaudern. Immer noch besser als über meins. Aber der Bauer verfällt wieder in sein Schweigen. Ich schließe mich an. Bevor ich etwas Falsches sage, sage ich lieber gar nichts. Eine neue Erkenntnis für mich. Wer hat behauptet, dass der Mensch nicht lernfähig ist?

Der Bauer erhebt sich, geht zum Küchenschrank und kommt mit drei Wassergläsern und einer Flasche zurück und gießt großzügig ein.

»Was zur Stärkung. Selbstgebrannt. Bringt dich wieder auf die Beine.«

Ich nippe vorsichtig daran, ich kenne solche Selbstgebrannten, und muss sogleich husten. Irgendwas wie Salzsäure verätzt meine Speiseröhre. Der Bauer und die Bäuerin leeren ihr Glas in einem Zug.

»Der hat's in sich, gell?«

Ich kann nur nicken, Tränen in den Augen. Als das Feuerwasser endlich unten angekommen ist, registriere ich verblüfft die Veränderung. Pure Energie rauscht durch meine Adern. Schnaps am Morgen vertreibt Kummer und Sorgen. Und ist auch noch legal.

Der Bauer lächelt amüsiert und wird dann wieder ernst.

»Ich hab dir nicht alles gesagt vorhin. Ich hab die Bretter von der Jauchegrube selber angesägt.«

»Warum?«

»Warum wohl? Damit genau das passiert. Dass einer reinfällt, wenn er hier herumschleicht.«

»Wer andern eine Grube gräbt ...«

»Ich kenn den Spruch. Passt hier aber nicht.«

»Passt doch. Man hätte Sie anzeigen können deswegen.«

»Das ist mein Grund und Boden. Hier schleicht keiner herum ohne meine Erlaubnis. Hausfriedensbruch, nennt man das nicht so?« Er lacht leise vor sich. »Den Dicken hätt ich sehen wollen, wenn er da hineinplumpst. Wie er nach Luft schnappt. Die Todesangst in seinen Augen. Der wär nicht mehr rausgekommen.«

»Aber Sie hätten ihm natürlich geholfen.«

»Nein.«

»Rachsüchtig sind Sie wohl gar nicht.«

»Mein ist die Rache, spricht der Herr. Heißt es nicht so in der Schrift?«

»Muss man ja nicht alles wörtlich nehmen.«

»Die sollen mich in Ruhe lassen. Ich geb nichts her, das hab ich dem Dettweiler hundert Mal gesagt. Nicht, wenn man mir so kommt jedenfalls. Diese Drecksäcke!«

»Sie sind doch auch nicht mehr der Jüngste. Sie könnten sich noch ein paar schöne Jahre machen.«

»Das verstehst du nicht. Das versteht keiner. Hier bin ich geboren, hier sterbe ich, wie sieben Generationen vor mir. Man hätte ja vielleicht drüber reden können, aber nicht so. Glauben die, sie könnten einen dummen Bauern übern Tisch ziehen? Da müssen sie aber früher aufstehen. Wenn die kommen, müssen sie sich warm anziehen.«

Schlafwandler

Am nächsten Morgen parkte ich wieder in Esslinger Halbhöhenlage, übermüdet und gereizt. In meinem Kopf lieferten sich angenehme Erinnerung an die letzte Nacht und unangenehme Fragen an die Zukunft einen Boxkampf, und ich bekam viele Treffer ab. Nele. Wie sollte das weitergehen? Warum immer diese Veränderungen?

Diesmal hatte ich vorgesorgt und mir unterwegs beim Metzger eine dicke Tüte belegter Brötchen besorgt.

Heute kein Fitnesstrainer. Dafür müsste jetzt gleich, die Zeit war reif, der Fettkloß mit der Ratte Gassi gehen. Ich war gewappnet. Ich trug einen Bart, der verdammt schwer anzukleben war, und hatte eine Perücke mit längerem schwarzen Haar übergestülpt. Nicht wiederzuerkennen, wie ich hoffte. Dass sie einen Fiesta vom anderen unterscheiden konnte, hielt ich für unwahrscheinlich. Es sei denn, sie hatte sich die Autonummer gemerkt. Ein Restrisiko bleibt immer.

Die Ratte kam nicht. Vielleicht hatte sich der Fettkloß aus Versehen auf sie gesetzt. Die Fummelei mit dem Bart hätte ich mir sparen können. Ich döste vor mich hin und wagte nicht, meinen Posten zu verlassen, weil ich nicht wusste, was Madame vorhatte.

Warum klingelte ich nicht einfach bei ihr und stellte sie zur Rede? Warum ließ ich nicht den Auftrag sausen? Ich pokerte mit dem Schicksal. Wenn jetzt einer kommt und dich blöd anquatscht, dann machst du die Fliege und vergisst die Chose.

Doch niemand kam. Die Straße dämmerte ausgestorben vor sich hin. Ein weiteres Mal stellte ich mir die Frage, was ich hier überhaupt verloren hatte. Welchen Sinn es hatte, Susanne Eulert nachzufahren, anstatt mich um mein eigentliches Zielobjekt zu kümmern. Auch wenn ihr Mann nicht da war, ich konnte wenigstens Hintergrundinformationen sammeln. Ich hätte das gestern doch noch mit Nele diskutieren sollen. Aber ich war damit beschäftigt gewesen, die möglichen Änderungen in unserem Leben zu verdauen. Ich hatte die Ahnung, dass Nele innerlich längst entschlossen war, den Neuanfang zu wagen.

Ich würde ihr bestimmt keine Steine in den Weg legen. Aber was wurde dann aus mir? Die Gelegenheit nutzen und auch noch mal durchstarten? Das vielleicht letzte Mal, bevor die Rente droht?

Der Gedanke war erschreckend und elektrisierend zugleich.

Eine neue Stadt erobern. Herausfinden, wo man am besten einkaufen kann. Neue Gewohnheiten entwickeln. Neue Freunde finden. Die Welt mit neuen Augen sehen. Alles neu. Alles anders.

Und die viele Energie, die ich hier investiert hatte? In meine Beziehungen, bis so etwas wie Freundschaften entstanden waren? In meinen Lieblingsmetzger, bis er mir das perfekt abgehangene Stück reservierte? In mein Lieblingsrestaurant, bis ich unaufgefordert den Extraschlag Kartoffelsalat bekam?

Entschluss gefasst: Nur noch heute würde ich Madame beschatten. Das war eintönig genug, um in Ruhe nachdenken zu können.

Ich musste wohl eingenickt sein, denn ich schreckte hoch, als ich das Garagentor quietschen hörte. Ungefähr zur gleichen Zeit wie gestern verließ Susanne Eulert das Haus und fuhr in die Stadt hinunter.

Kein ausgiebiger Shoppingbummel heute, dafür ein Beauty-Salon, freundlicherweise mit einem Café in strategisch günstiger Lage, von dem aus der Salon gut einzusehen war. Der Kaffee war miserabel, das Croissant aus dem letzen Jahrhundert und die Bedienung unwirsch und alles andere als eine Augenweide.

Warum ist das Leben so grausam? Warum müssen einem immer die Frauen die Laune verhageln? Susanne Eulert mit ihrem undurchsichtigen Auftrag. Nele mit ihren seltsamen Karriereanwandlungen. Sonja, die gemosert hatte, weil ich ihren Wagen erneut in Anspruch nahm. Die Bedienung, die muffig um mich herumschlich und wortlos eine weitere Bestellung einforderte, aber noch eine Tasse von dieser Giftbrühe wollte ich mir nicht zumuten. Hätte sie mich nur einmal angelächelt, bloß ein klein wenig, ich wäre dahingeschmolzen und hätte alle Vorsicht in den Wind geschossen.

Als Madame nach elend langer Zeit dem Beauty-Salon entschwebte, konnte ich keine auffallende Veränderung gegenüber vorher wahrnehmen. Vielleicht waren das auch Feinheiten, die einem schlichten männlichen Gemüt wie mir entgingen. In der Hand trug sie eine Tüte. Werkzeug für Reparaturarbeiten.

Ich durfte weitere Teile der Esslinger Innenstadt kennenlernen, keiner beeindruckte mich übermäßig. Haushaltswaren, Schreibwaren, Buchhandlung. Die Straßen waren heute belebt genug, dass ich nicht auffiel, wenn ich vor einem Schaufenster herumlungerte. Susanne Eulert blieb nie lange, offenbar wusste sie genau, was sie wollte. Kaufte sie überhaupt etwas? Es blieb bei der einen Tüte, aber sie schwoll mit der Zeit an. Umweltbewusst, die Dame. Ich wollte endlich die dämliche Perücke loswerden.

Wieder verzichtete Madame auf ein Mittagessen und ich notgedrungen auch. War auch besser so, wenn ich an mein verkorkstes zweites Frühstück dachte.

Es war schnell absehbar, wohin sie fahren würde. Donnerwetter, jeden Tag, der Kerl hatte Kondition. War garantiert zwanzig Jahre jünger als ich.

Endlich konnte ich selber tätig werden, anstatt brav hinter ihr herzudackeln. Ich hatte mir das auf dem Stadtplan angesehen und eine Route durch Nebenstraßen ausgetüftelt, die mich vor ihr ans Ziel bringen würde, wenn ich ordentlich auf die Tube drückte. Vielleicht bekam ich ihren mutmaßlichen Liebhaber zu Gesicht, wenn er vor ihr ins Haus ging.

Die Idee war gut, scheiterte jedoch an den Widrigkeiten des Alltags. An dem Polo zum Beispiel, der drei Versuche brauchte, bis er seitwärts eingeparkt hatte. Frau am Steuer? Nein, ein Mann, fortgeschrittenes Alter, also über Vierzig. An dem Avensis, der beim Anfahren an der Ampel den Motor abwürgte. Auch ein Mann. An dem Müllauto in der Straße. An der Straße, die sich als Einbahnstraße entpuppte, allerdings in der falschen Richtung. Ein Stadtplan ist auch nur eine eigenwillige Sicht der Realität.

Als ich endlich dort war, zippte Madame gerade ihr Auto zu und ging ins Haus. Man sollte in einer fremden Stadt nicht auf Abwege gehen.

Wenn alles so lief wie beim letzten Mal, musste ich jetzt ungefähr eineinhalb Stunden totschlagen. Ich mampfte ein Brötchen mit Leberwurst, eines mit Pfeffersalami, dann rief ich Sonja an.

»Hast du endlich diese Freundin von dir erreicht?«

»Welche von meinen Freundinnen meinst du?«

Sie wollte mich nur ärgern, ich wusste das. Sie war mit meiner Nebentätigkeit als Privatdetektiv nicht einverstanden und hätte mir lieber ein paar langweilige Schreibtischtätigkeiten in Sachen Versicherungen zugeschanzt.

»Du weißt genau, wen ich meine. Diese Freundin, die angeblich unsere Klientin empfohlen hat.«

»Unsere Klientin?«

»Ja, ich weiß, wir müssen das mal ausdiskutieren. Aber nicht jetzt. Also, hast du etwas erfahren?«

»Schon. Aber ich weiß nicht, ob dir das unbedingt weiterhilft.«

Eine Frau geht ihren Weg

Susanne Eulert, geborene Bornheimer, hatte die typische Karriere einer Zweitfrau hinter sich: Assistentin des Chefs, Geliebte des Chefs, Ehefrau des Chefs. Hatte sie das so angestrebt? Jedenfalls zögerte sie nicht lange und griff entschlossen zu, als sich die Gelegenheiten ergaben, eine nach der anderen.

Sie war gewissermaßen ein Kind der Revolution, geboren an eben jenem 12. April 1968, als die Welt ringsum im Umbruch war und der achtzehnjährige Helmut Eulert den Beschluss fasste, seine eigene Firma zu gründen. Natürlich war das reiner Zufall, viele Kinder wurden an diesem Tag geboren, auch viele Mädchen, aber in den Momenten unerträglicher Verliebtheit, in denen man in jedem Ereignis Zeichen sucht, auch dem blödsinnigsten, sagte sie oft zu ihm: »Wir waren von Anfang an füreinander bestimmt.«

Susanne wurde gezeugt in einer Berliner Kommune zwischen einvernehmlicher Empörung über deutschen Faschismus und amerikanischen Kolonialismus und äußerst kontroversen Diskussionen über die Selbstbestimmung der Frauen und ihrer Rolle als Sexualobjekt in der gegenwärtigen kapitalistischen Gesellschaftsordnung. Und Sgt. Peppers Lonely Hearts Club Band lief Tag und Nacht.

Der Erfolg hat viele Väter, Susanne hatte drei. Als Annegret, die sich Gretchen nennen ließ nach Rudi Dutschkes Frau, dies den drei männlichen Mitgliedern der Kommune eröffnete, herrschte betretenes Schweigen.

Rainer, Soziologe mit ewig belegter Stimme, räusperte sich. »Es gibt doch da so Bluttests.«

»Kommt nicht infrage«, widersprach Gretchen entschieden.

»Warum denn nicht? Dann herrscht Klarheit.«

»Versteht ihr denn nicht? Das ist die historische Chance, die überholte Zweierbeziehung ein für alle Mal hinter sich zu lassen.«

Fritz, Politologe, sagte erleichtert: »Das ist deine Entscheidung.«

Andreas, derzeit Germanist, zog heftig an seinem Joint, nicht dem ersten an diesem Tag: »Als Vater hat man doch auch seine Rechte.«

Das löste einige ideologische Diskussionen aus, die Gretchen resolut und sehr egoistisch unterband: »Es ist mein Kind. Wir sind die

Vorreiter eines neuen Familienmodells. Die Kollektivierung der Vaterrolle. Wir gehen in die Geschichtsbücher ein.«

»Und wir stillen auch!«, riefen die beiden anderen weiblichen Mitglieder der Kommune. Angesichts dieses beispiellosen Aktes der Solidarität wären biologische Bedenken kleinbürgerlich gewesen.

»Wenn's ein Sohn wird, heißt er Rudi«, verkündete Gretchen schließlich.

Es wurde dann Susanne. Über den revolutionären Hintersinn dieser Namensgebung wurde lange debattiert, aber Gretchen schwieg. Es musste niemand wissen, dass sie ihre Tochter nach einer ihrer Großmütter benannt hatte. Oma Susanne war eine zähe, charakterstarke Person gewesen, die sich anscheinend durch nichts aus der Ruhe bringen ließ. Auch nicht, als ihr Mann am letzten Kriegstag aufgeknüpft wurde. Eine Handvoll Dorfbewohner hatte es gewagt, sich schnell noch an ihrem Ortsgruppenleiter zu rächen, bevor die Amis anrückten.

»Das hat er nun von diesem ganzen Blödsinn. Er hat ja nicht auf mich hören wollen«, kommentierte sie ungerührt. »Schmeißt ihn auf die Miste. Ich muss Wäsche waschen.«

Gretchen hatte ihre Oma Susanne in Erinnerung als eine Frau, die ständig kochte und buk, das Obst aus dem Gerten einkochte, das Gemüse einweckte. Das alte Bauernhaus war ständig von köstlichen Düften durchzogen.

Angenehme kleinbürgerliche Erinnerungen.

So also kam die Tochter zu ihrem Namen.

»Und wer ist nun der Vater?«, wollte der Standesbeamte wissen. Gretchen nannte ihre drei Mitbewohner.

Der Standesbeamte schüttelte den Kopf. »Sie müssen sich schon für einen entscheiden, junge Frau.« Und dachte: Zustände sind das! Die Bild-Zeitung hatte doch recht.

Gretchen entschied sich dann notgedrungen für »Vater unbekannt.«

Die Kollektivierung des Windelwechselns bereitete in der Praxis einige Schwierigkeiten, da der unmittelbar bevorstehende Durchbruch des Sozialismus, vor allem die Diskussionen darüber, die drei Väter völlig in Anspruch nahm. Gretchen nahm es mit einem Gleichmut hin, der ihrer Oma würdig war.

Mit dem Ende der Illusionen verschwanden einer nach dem andern auch die Väter. Andreas suchte Erleuchtung in einer kalifornischen Hippie-Gemeinschaft und musste irgendwann ins Nirwana eingegangen sein, denn man hörte nie mehr etwas von ihm. Fritz schloss sich dem bewaffneten Kampf gegen das System an, bekam sein Foto auf den Fahndungsplakaten und galt als verschollen, vielleicht war er auch nur auf ewig untergetaucht.

Blieb Rainer, der zaghafte Schritte auf dem langen Marsch durch die Institutionen setzte.

Ihm dämmerte, dass er vor einer unangenehmen Situation stand. Ein Kind an sich war Hemmschuh genug, aber dann noch ein Kind, das womöglich nicht das eigene war? Zaghaft brachte er abermals einen Vaterschaftstest zur Sprache.

Gretchen lehnte kategorisch ab. Eine Illusion wenigstens musste bleiben. Wenn sie ehrlich war, mochte sie sich keinen der drei Kandidaten als alleinigen Vater und Erzieher vorstellen.

Dann lieber gar keinen.

Gretchen zog mit ihrer Tochter in eine Landkommune in die Lüneburger Heide und vergaß die drei.

Aus Gretchen wurde wieder Annegret, aus dem revolutionären Kampf gegen die Unterdrückung der Welt ein Kampf gegen Unkraut auf dem Acker, aus Rot allmählich Grün.

Susanne bekam neue Väter, neue Ersatzmütter, viele Spielkameraden und unendlich viel Freiheit, die Welt zu entdecken. Immer fand sie einen, der nicht Nein sagte. Weil viele mitredeten, hatte keiner etwas zu sagen. Die beste Erziehung ist immer noch diejenige, die gar nicht stattfindet.

Es war eine unbeschwerte Kindheit, die auch durch den Schulalltag wenig getrübt wurde. Susanne entwickelte Ehrgeiz, was die allgemeine Meinung über diese langhaarigen, verdreckten Penner in der Kommune etwas ins Wanken brachte, erarbeitete sich ein passables Abitur und schrieb sich an der Uni Köln ein. Betriebswirtschaft mit Schwerpunkt Marketing.

Annegret war stolz auf ihre Tochter und sah sich in ihrer Überzeugung bestätigt, dass es auch ohne Vater ging. Ohne Ehemann sowieso. Männer gab es ja genügend auf der Welt.

Eines Tages ließ Annegret, als sie schon ziemlich zugekifft war, einen Namen fallen. Ein vierter Vaterkandidat. Wieviel mehr mochte es da noch geben? Susanne war verblüfft. Kandidat Nummer vier war einer ihrer Professoren. Lange kämpfte sie mit sich, dann ging sie doch zu ihm.

»Ich will keine Vatergefühle. Kein Geld. Nur Gewissheit«, sagte sie. Er zögerte und bedachte die Folgen. Susanne sagte nichts und schaute ihn nur an. Er spürte einen eisenharten Willen, in dem er das Erbe ihrer Mutter erkannte, und willigte ein.

Die Gewissheit bekam sie bald. Er war nicht ihr Erzeuger. Beide waren erleichtert.

»Grüßen Sie Ihre Mutter«, sagte er verlegen. Sie nickte, dachte aber nicht im Traum daran. Ihre Mutter war in letzter Zeit etwas sentimental geworden. Der Professor verlor sich in seinen Erinnerungen und fragte sich, ob er Schuldgefühle haben musste.

Seine Seminare mied sie fortan.

Susanne brachte ihr Studium mit Anstand hinter sich, nicht mit der Note, die sie sich gewünscht hatte, aber einige unschöne Männergeschichten waren dazwischengekommen. Es folgten Praktika und demütigende Bewerbungen bei großen Firmen, dann meldete sie sich auf eine Stellenausschreibung der »Eula – Eulert Motoren- und Apparatebau« in Esslingen.

Esslingen? Wo war das überhaupt?

Sie reiste schon am Vorabend an und war entzückt von den alten Gassen mit dem Kopfsteinpflaster und den Fachwerkhäusern. Sie schnaufte auf die Burg hinauf und besah sich die Stadt von oben, die so etwas wie Geborgenheit versprach. Hier konnte man es aushalten, entschied sie und beschloss, dass sie diesen Job bekommen würde.

Am nächsten Morgen schminkte sie sich besonders sorgfältig und zog ein Kleid an, das ihre Figur betonte, ohne aufdringlich zu wirken. Mit einem Taxi ließ sie sich zu der Adresse fahren, die man ihr gegeben hatte. Hier sah die Stadt nicht mehr so romantisch aus, aber von Industriegebieten konnte man wohl nichts anderes erwarten.

Geduldig wartete sie, bis sie an der Reihe war, konzentrierte sich und versenkte sich in sich selbst.

Ihre Mutter hatte selbstverständlich alle esoterischen Strömungen, die jemals in Mode waren, mit Hingabe durchlebt. Das meiste davon war Susanne reichlich albern erschienen, aber manches hatte doch auf sie abgefärbt. Und so beobachtete die Vorzimmerdame mit einer Mischung aus Faszination und Misstrauen, wie diese gut gekleidete, gutaussehende junge Frau die Augen schloss, wie sich ihre Gesichtszüge entspannten und sie gleichmäßig und flach zu atmen begann. Die wird doch hier nicht einschlafen, dachte sie.

Helmut Eulert war zu diesem Zeitpunkt schon recht genervt von dem Defilée der Bewerber, jeder von ihnen eine Niete. Vielleicht war diese Einschätzung ungerecht und lag nur daran, dass er sich lange gesträubt hatte, überhaupt die Stelle einer Marketingleiters auszuschreiben, eine Idee seines Kompagnons Horst Kieninger.

»Wozu brauchen wir Marketing?«, hatte er argumentiert. »Wir produzieren doch nicht für die Endkunden. Kostet nur Geld und bringt nichts.«

Wie um zu beweisen, dass er recht hatte, senkte er bei jedem Bewerber den Daumen. Zu jung, zu alt, unerfahren, überqualifiziert, zu schüchtern, zu arrogant – an jedem hatte er etwas auszusetzen. Kieninger war am Verzweifeln. Wenn sich Helmut für niemanden entschied, war die Idee gestorben, einer zweiten Bewerbungsrunde würde er sich verweigern.

Und dann kam eine völlig entspannte Susanne zur Tür herein, setzte sich auf den Stuhl, schlug die wohlgeformten Beine übereinander, lächelte die beiden Männer an, selbstsicher, aber nicht überheblich, und sagte: »Ich will diesen Job, und Sie werden ihn mir geben. Ich bin vielleicht nicht die Beste, aber ich bin gut.«

Eine Viertelstunde später hatte sie den Job.

Kieninger wollte sie mit der üblichen Floskel verabschieden, dass man sich wieder melden werde, aber Eulert hob die Hand.

»Wann können Sie anfangen?«

»Sofort.«

»Gut. Meine Chefsekretärin wird Ihnen Ihren Arbeitsplatz zeigen.«

Susanne nickte, als sei es das Selbstverständlichste der Welt, dass sie vom Fleck weg engagiert wurde.

Später entrüstete sich die Chefsekretärin Kristin Greifwald in der Kantine: »Wäre sie ein Mann, hätten sie sie bestimmt nicht genommen.«

Vor allem die Männer pflichteten ihr bei. Lange Beine waren ein besseres Argument als gute Noten.

Unbestreitbar hatte Susanne den Job auch der Tatsache zu verdanken, dass sie jung, hübsch und gut gebaut war und diese Vorzüge auch ungeniert einsetzte.

Aber das allein hatte nicht den Ausschlag gegeben.

Eulert war fasziniert von ihrer Intelligenz und ihrem Ehrgeiz und spürte ihren gnadenlosen Willen. Wie er selbst ihn besessen hatte, als er allen Widrigkeiten zum Trotz seine Firma aufgebaut hatte. Ein Wille, der ihm in letzter Zeit abhanden gekommen schien. Vielleicht würde ihn diese junge Frau wieder beflügeln.

So wurde denn Susanne Bornheimer mit siebenundzwanzig Jahren Marketingleiterin der Eula.

Und sie hatte keine Ahnung, was sie in diesem Job eigentlich tun sollte.

Zwei Jahre später wurde aus Susanne Bornheimer Susanne Eulert. Und Helmut Eulert fühlte sich, als könne er Bäume ausreißen.

Wem die Stunde schlägt

Ich vertrieb mir die Zeit wieder mit Fotografieren. Die Fenster, die geparkten Autos, die Leute, die das Haus betraten oder verließen. Einige kannte ich von gestern. Am Fenster der linken Wohnung im zweiten Stock zeigte sich niemand.

Und weiter? Ich konnte den Rest meines Lebens damit verbringen, im Auto zu sitzen, belegte Brötchen zu essen und zu beobachten, wie die jungen Mütter jeden Tag um die gleiche Zeit ihren Nachwuchs spazieren fuhren. Und ansonsten über das Leben nachdenken. Mein Leben. Beides keine Beschäftigungen, die man über Gebühr strapazieren sollte.

Also Action.

Ein Fachmann hatte mir mal gezeigt, wie das geht, und ein einfaches Schloss knackte ich seitdem ohne sonderliche Mühen.

Die Haustür hatte ein einfaches Schloss, und ich war drin.

Zweiter Stock, linke Wohnung

Die Idee war, an der Wohnungstür zu lauschen. Vielleicht schnappte ich etwas auf. Außer Liebesgestöhn. Ein handfester, lauter Streit wäre schön.

Andere Möglichkeit: ein Stockwerk höher darauf zu warten, wer vor oder nach Madame die Wohnung verließ. Etwas riskant. Ich wusste nicht, wo der alte Mann mit Stock wohnte, der jetzt bald zu seinem Spaziergang aufbrechen musste.

Ich hatte mir ein paar Ausreden zurechtgelegt.

Erster Stock. Zweiter Stock.

Linke Wohnung.

Ich spitzte schon mal die Ohren.

Zu hören war nichts, aber ich stutzte trotzdem. »Riedlinger« stand am Türschild. Richtig, mir fiel ein, dass ich ihren Namen auch unten bei den Klingeln nicht gesehen hatte. Warum Riedlinger? Automatisch hatte ich angenommen, dass Madame ihre eigene Wohnung hatte. War sie nur bei jemandem zu Besuch?

Es war immer noch nichts zu hören, und ich stutzte erneut. Die Tür war nur angelehnt. In mir regte sich professionelles Misstrauen. Die Fernsehpolizisten stoßen in einem solchen Fall mit einem Ruck die Tür auf, beide Hände mit der Pistole von sich gestreckt.

Ich hatte nur meinen Autoschlüssel. Das hätte einen bösen Buben sicherlich wenig beeindruckt, deshalb öffnete ich die Türe nur ganz, ganz vorsichtig.

Sie quietschte leise.

Flur. Geradeaus das Wohnzimmer, Türe offen. Links wahrscheinlich das Schlafzimmer, Türe zu. Rechts die Küche, Türe offen.

Meine Klientin lag bäuchlings auf dem Boden und war eindeutig tot. Und es sah nicht so aus, als sei das Messer, das in ihrem Rücken steckte, eine Attrappe. Ein breites, schweres Küchenmesser. Genau so eins hatte ich auch. Meines war blitzscharf.

Das war jetzt dumm. In Schwäbisch Hall hätte ich Kommissar Keller angerufen, und alles wäre geritzt. Aber die Situation hier war erklärungsbedürftig. Ich neben einer Toten in einer Wohnung, zu der ich mir unerlaubt Zugang verschafft hatte. Und ich wusste nicht, ob meine Erklärungen hinreichend glaubwürdig waren.

Also nachher anonym anrufen und erst mal schauen, ob ich in der Wohnung etwas finden würde.

Zur Sicherheit legte ich meine Finger vorsichtig auf die Halsschlagader von Susanne Eulert und zuckte zusammen. Ich spürte keinen Puls, aber die Haut war noch warm. Ich musste den Mörder gerade verpasst haben.

Irrtum. Ich hatte die Ahnung einer Bewegung in meinem Rücken, spürte einen harten Schlag am Hals und dann nichts mehr.

Als ich wieder zu mir, lag ich quer über der Leiche von Susanne Eulert. Stöhnend wollte ich mich aufrappeln, als plötzlich jemand brüllte: »Keine Bewegung! Bleiben Sie, wo Sie sind!«

»Bleiben Sie ganz ruhig!«, hörte ich eine andere Stimme.

Ich blieb ganz ruhig. Die Frau unter mir war immer noch warm. Und immer noch tot. Vorsichtig schielte ich nach oben. In mein Blickfeld kamen ein Paar derbe Schuhe und eine Uniformhose.

Meine Hände wurden nach hinten gerissen, und ich vernahm das Klicken der Handschellen. Dann zog mich jemand nach oben.

Zwei Streifenpolizisten. Der eine hatte noch seine Pistole in der Hand.

Die Polizei, dein Freund und Helfer

So war das also, wenn man als Tatverdächtiger zur Polizei geschleppt wurde. Sie fummelten mit einem Wattebausch in meinem Mund herum, sie scannten meine Fingerabdrücke, sie riefen irgendwelche Daten ab und fanden dabei wahrscheinlich die vielen Strafzettel, die ich im Laufe meines Lebens eingesammelt hatte, und sie stellten Fragen, immer und immer wieder die gleichen Fragen. Und dann ließen sie mich warten. Lange warten.

Der Mann, zu dem sie mich schließlich brachten, trug eine braune Lederjacke, die von einigem Geschmack zeugte, ein passendes beiges Hemd und sandfarbene Cordjeans. Ich schätzte ihn auf Ende Vierzig.

»Hauptkommissar Gellert«, stellte er sich brüsk vor. Die Hand gab er mir nicht.

Er guckte finster, und ich guckte genauso finster zurück.

Ich war ziemlich angefressen. Aus gutem Grund. Meine Klientin hatte sich ermorden lassen und mich damit in eine missliche Lage gebracht. Offensichtlich musste ich hier noch einige Überzeugungsarbeit leisten, sonst hätte man mich nicht so lange festgehalten. Und überdies hatte ich einen Mordshunger. Einen mächtigen Hunger, sollte ich angesichts der Situation wohl besser sagen.

Gellert thronte hinter einem überladenen Schreibtisch und blätterte in Papieren, als sei der Fall neu für ihn. Dann schaute er mich an, immer noch unfreundlich.

»So, so, Privatdetektiv und Versicherungsvertreter.«

»Beides ehrenwerte Berufe.«

»Das will ich mal unkommentiert lassen. Übrigens eine lächerliche Verkleidung, dieser Bart und die Perücke.«

Das wollte ich nun nicht kommentieren.

»Sie behaupten also, das Opfer sei Ihre Klientin gewesen.«

»Was ich belegen kann. Ich habe ihren Scheck noch nicht eingelöst. Er liegt zu Hause auf meinem Schreibtisch.«

»Was beweist das schon. Wenn ich nachdenke, fallen mir schon ein paar Erklärungen ein. Zum Beispiel könnten Sie sie erpresst haben.«

»Und lasse mich dann mit einem Verrechnungsscheck bezahlen? Blödsinn!«

»Warum sind Sie ihr dann gefolgt? Ihr Auftrag war doch, ihren Mann zu beschatten, nicht sie. Haben Sie jedenfalls gesagt.«

Das war in der Tat ein wunder Punkt in meiner Geschichte. Mit unbestimmten Gefühlen und meinem angekratzten Ego konnte ich dem Mann nicht kommen.

»Rufen Sie Kriminalhauptkommissar Keller in Schwäbisch Hall an. Er kennt mich.«

»Interessant. Sie hatten also schon öfter mit der Polizei zu tun?«

»Wir sind befreundet.«

»Ihre Sache. Ich halte mich an die Fakten. Und die sind eindeutig. Sagen Sie selber, wie seht denn das aus: Sie brechen in eine Wohnung ein ...«

»Die Wohnungstür stand offen.«

»Behaupten Sie. Ich wiederhole: Sie brechen in eine Wohnung ein, und wir finden Sie auf der Leiche liegend.«

»Und was soll ich auf der Leiche gemacht haben? Ein Nickerchen?«

»Vielleicht können Sie kein Blut sehen und sind umgekippt? Oder haben nekrophile Neigungen? Man erlebt so manches in meinem Beruf.«

»Und was ist mit der Beule in meinem Nacken?«

»Die ist nicht zu bestreiten. Aber es muss kein ursächlicher Zusammenhang bestehen.«

»Der Mörder hat mich niedergeschlagen, wer denn sonst?«

»Vielleicht wollte ein aufmerksamer Bürger auch den Mörder festhalten, bis die Polizei kommt.«

»Und dann macht er einen anonymen Anruf und verduftet?«

»Übrigens befinden sich Ihre Fingerabdrücke auf dem Messer. Nur Ihre.«

»Da fällt mir eine ganz naheliegende Erklärung ein.«

»Mir auch. Zum Beispiel, dass Sie die Frau erstochen haben.«

»Auf dem Messer waren nur meine Fingerabdrücke, sonst keine?«

»Richtig.«

»Ein Punkt für mich. Das Messer wurde vorher abgewischt. Mindestens die Fingerabdrücke der Frau hätten Sie auch darauf finden müssen.«

»Ein Punkt gegen Sie. Sie haben das Messer mitgebracht. In dieser Küche ist allenfalls mal Kaffee gekocht worden. Es gibt ein paar

Becher, aber sonst kein Geschirr, keine Töpfe, kein Besteck, gar nichts. Und dann liegt ausgerechnet so ein Trumm von Messer herum, das ich eher zu einer gehobenen Küchenausstattung rechnen würde? Ich bitte Sie!«

Allmählich wurde ich sauer. »Für wie blöd halten Sie mich eigentlich?«

Zum ersten Mal war auf seinem Gesicht so etwas wie ein Lächeln zu sehen. »Sie erwarten doch nicht, dass ich diese Frage ehrlich beantworte?«

»Mann, nun rufen Sie doch endlich Keller an! Er wird für mich bürgen.«

Und tatsächlich stand er auf und verließ das Zimmer. Es dauerte einige Zeit, bis er wieder zurückkam, in der Hand einen Stapel Papier.

»Alles klar?«, fragte ich. »Kann ich jetzt gehen?«

Er stand vor mir und sah mich mit ernster Miene an.

»Zumindest in einem Punkt stimmt Ihre Aussage. Ihr Auto wurde gestern und heute vor dem Tatort gesehen, haben mehrere Zeugen bestätigt.«

»Sag ich doch!«

Manchmal haben Hausfrauen, die durch Gardinen linsen, auch ihr Gutes.

»Und Sie sollen sich höchst verdächtig verhalten haben. Zum Beispiel haben Sie dauernd fotografiert.«

»Ein schweres Verbrechen, gebe ich zu.«

»Nebenbei bemerkt, eine Karriere als Fotograf sollten Sie besser nicht anstreben. Wir sind noch dabei, die Bilder durchzuschauen.«

»Dazu brauchen Sie mich ja nicht. Was hat Keller gesagt?«

»Der Kollege hat uns dringend angeraten, wir sollten Sie in Gewahrsam nehmen. Eine solche Gelegenheit müsse man ausnützen.«

»Dann will ich sofort meine Anwältin sprechen«, brauste ich auf.

»Klar, Ihr gutes Recht. Das ist übrigens der zweite Grund, meint der Kollege, weshalb Polizeigewahrsam zu empfehlen sei. Ihre Anwältin soll eine Augenweide sein.«

Allmählich schnallte ich es. Die nahmen mich auf den Arm. Na warte, Keller!

Ich kochte vor Wut und stand wohl etwas heftig auf, jedenfalls fiel der Stuhl mit einem Knall um. Ich kümmerte mich nicht darum, sollte ihn doch dieser blöde Kommissar aufheben, und strebte zur Tür.

Gellert hielt mich am Arm fest. Mit einem ziemlich entschlossenen Griff.

»Moment mal, wo wollen Sie hin?«

»Heim. Unter die Dusche. Dann ins Wirtshaus. Ich schiebe so was von Kohldampf.«

»Die Küche in unserem Hotel ist auch nicht schlecht. Sie bleiben über Nacht hier.«

»Bitte was?«

»Sie haben mich schon verstanden.«

»Das können Sie doch nicht machen!«

»Sie haben ja keine Ahnung, was ich alles machen kann.«

»Mit welcher Begründung?«

»Wissen Sie, wir haben da so ein paar Zauberwörter. Gefahr im Verzug beispielsweise. Oder Verdunklungsgefahr. Und dann wäre da noch die Sache mit dem Schlüpfer im Kaufhaus. Das gibt möglicherweise einen völlig neuen Aspekt. Möchten Sie jetzt Ihre Anwältin anrufen?«

Ich hatte auch meinen Stolz. »Nein, wozu auch.«

Und wenn er jetzt grinst, kommt auch noch ein tätlicher Angriff auf einen Polizeibeamten hinzu.

Er grinste nicht.

Dann führten sie mich ab.

Nele war diesen Abend sowieso nicht da.

Haus ohne Hüter

Ein weiteres Mal würde ich dieses Hotel bestimmt nicht buchen. Vor allem der Roomservice ließ zu wünschen übrig. Aber wenn man stark ist, übersteht man auch eine solche Nacht. Und ich bin stark.

Wenn ich nur halb so zerknittert aussah, wie ich mich fühlte, bot ich keinen einnehmenden Anblick. Hauptkommissar Gellert allerdings sah zu meiner stillen Freude auch nicht taufrisch aus.

»Sie hatten eine Nacht lang Zeit zum Nachdenken«, begann er förmlich. »Möchten Sie Ihrer Aussage noch etwas hinzufügen?«

»Ja. Allerdings fällt es mir nicht leicht, darüber zu reden.«

Stumm und erwartungsvoll sah er mich an. Wie der gütige Beichtvater.

»Ich habe an diesem Nachmittag mit Susanne Eulert geschlafen.«

»Sie hatte gar keinen Sex«, entfuhr es Gellert.

»Danke für die Auskunft. Das ist eine wichtige Information für mich.«

Gellert lief rot an, ob vor Verlegenheit oder vor Wut. Und versuchte, das Beste aus der Situation zu machen. »Witzbold«, grummelte er.

»Verraten Sie mir, womit man mich niedergeschlagen hat?«

»Mit einer Flasche Wein.«

»Hoffentlich ein annehmbarer.«

»Moment.« Er blätterte in seiner Akte. »Stettener Pulvermächer, Erzeugerabfüllung Karl Haidle.«

»Der Riesling?«

»Riesling Spätlese trocken. Steht hier.«

»Das kann man akzeptieren. Die Flasche hat es überstanden?«

»Besser als Ihr Hals.«

»Keine Fingerabdrücke, nehme ich an?«

»Keinerlei Fingerabdrücke. Alles abgewischt.«

»Mache ich immer so, nachdem ich mir eine Flasche auf den Schädel gehauen habe. Gibt es irgendwelche Hinweise, dass diese Wohnung als Liebesnest genutzt wurde?«

»Wüsste nicht, was Sie das angeht.«

»Nun kommen Sie schon. Wenn ich zu den Verdächtigen gehöre,

hat meine Anwältin sowieso das Recht auf Akteneinsicht. Warum kürzen wir die Sache nicht ab?«

»Sie sind nicht mehr unmittelbar tatverdächtig.«

»Auch eine wichtige Information.«

»Zumindest so lange nicht, bis sich neue Anhaltspunkte ergeben. Oder deutlicher gesagt: Ich habe im Moment leider keinen Grund, Sie länger festzuhalten. Im Moment.«

Er beugte sich weit vor zu mir.

»Im Klartext, Dillinger: Sie stehen auf meiner Liste. Sie sind noch nicht raus aus der Sache. Also halten Sie sich zu unserer Verfügung. Und falls Sie das interessiert: Sie gehen mir gewaltig auf den Senkel. Und nun verschwinden Sie.«

Ich stand auf. »Dann wäre das ja geklärt. Bis zum nächsten Mal. Und meine Empfehlung an die Frau Gemahlin.«

»Und noch etwas, Dillinger. Das ist mein Fall, und wenn sich da ein ... Privatdetektiv einmischt, werde ich pampig. Wir sind hier nicht in Schwäbisch Hall. Verstanden?«

Ich sagte nichts darauf, denn ich hatte nicht die Absicht, die nette Aufforderung des Kommissars zu beherzigen. Jetzt erst recht nicht.

Erfreulicherweise für alle Haftentlassenen befindet sich das Esslinger Polizeipräsidium in der Agnespromenade, also quasi in der Innenstadt. Ich entdeckte ein Café und bestellte ein ordentliches Frühstück. Die Leute neben mir schauten indigniert und rückten zur Seite. Wahrscheinlich roch ich etwas streng.

Ich studierte das Lokalblatt. Der Mord war ihnen einen reichlich nichtssagenden Zweispalter wert. Keinerlei Andeutungen darüber, dass das Opfer zur lokalen Prominenz gehört hatte.

Hatte die Polizei das verschwiegen? Hatte das keiner recherchiert? Oder hatten die Recherchen nicht veröffentlicht werden dürfen, weil man innerhalb der lokalen Prominenz, zu der zweifelsohne auch der Verleger gehörte, erst einmal abwarten wollte, welche Hintergründe (oder Abgründe) sich offenbarten?

Und kein Wort von dem wackeren Privatdetektiv, der in Ausübung seines Berufs beinahe sein Leben ließ. Es war nur die Rede von einem Verdächtigen, der zeitweise in Haft genommen worden sei. War das ich?

Zahnbürste, Eau de Toilette, ein neues Hemd, wenigstens das. Aufs Rasieren verzichtete ich, ein Ein-Tages-Bart macht sexy. Die Herrentoilette im Kaufhaus kannte ich ja. Jetzt roch ich ein bisschen aufdringlich, aber das war immer noch besser als der vorherige Status quo.

Dann nahm ich ein Taxi. Mein Auto stand immer noch vor dem Tatort. Ein Parkservice gehörte nicht zu den Dienstleistungen der Esslinger Polizei für mutmaßlich Verdächtige.

Die Haustür hatte ich schon einmal geknackt, da kam es auf ein zweites Mal auch nicht an.

Erdgeschoss, links: niemand zu Hause. Rechts: lautes Kindergeschrei, da störte ich jetzt besser nicht.

Erster Stock, links: Die Tür ging einen Spaltbreit auf, eine Frau mit Kopftuch lugte hindurch, dann wurde die Tür schnell wieder zugeschlagen. »Merhaba«, sagte ich, zu mehr reichten meine Türkischkenntnisse nicht, aber die Tür blieb zu. Rechts: Die Tür ging einen Spaltbreit auf, eine Frau mit Kopftuch lugte hindurch und sagte: »Mann Arbeit, kommen später«, dann wurde die Tür schnell wieder zugeschlagen.

Zweiter Stock, links: der Tatort, versiegelt. Sollte ich, oder sollte ich nicht? Wenn mich jemand sah, wenn zufällig genau in diesem Moment die Kripo auftauchte, hatte ich noch mehr Ärger am Hals als ohnehin schon. Andererseits: Es könnte jeder gewesen sein. Und schon war ich drin.

Ich erwartete nicht, unterm Bett den Siegelring des Täters zu finden, den die Polizei netterweise übersehen hatte. Ich wollte nur ein wenig Atmosphäre schnuppern, um dem Rätsel Susanne Eulert näher zu kommen.

Was ich tatsächlich erschnupperte, war ein leichter Tabakgeruch. Zigaretten vermutlich. Ich erinnerte mich, dass mir das auch aufgefallen war, als ich Susanne Eulerts Leiche gefunden hatte. Hatte Madame geraucht? Das musste ich herausfinden. Ein Aschenbecher war nirgends zu sehen. Vermutlich hatte ihn die Spurensicherung mitgenommen.

Den Einrichtungsstil als minimalistisch zu bezeichnen wäre ein Euphemismus. Karg war das treffende Wort. Im Wohnzimmer ein Esstisch mit zwei Stühlen und einem einfachen Sessel, im Schlafzimmer ein Bett und sonst nichts, kein Kleiderschrank, kein Nachttischchen.

Die Einrichtung wirkte wie von der Stange. Das Jugendzimmer Silvia im Komplettpaket zum Sonderpreis.

Kein Ort, an den ich mich für ein lauschiges Schäferstündchen zurückziehen würde. Aber manche Menschen haben ja absonderliche Vorlieben.

Nirgends persönliche Sachen, außer einem Stück Seife nebst Handtuch und einer Handcreme im Bad. Aber Susanne hatte doch eine Einkaufstüte dabeigehabt? Die Sachen waren wahrscheinlich ebenfalls bei der Polizei.

Die ganze Wohnung hatte die Anmutung einer Absteige. Aber wofür?

Ich betrat die Küche und sah den gezeichneten Umriss von Susannes Leiche. Eine Einbauküche mit deutlichen Gebrauchsspuren, offensichtlich vom Vormieter übernommen. Alles sauber. Kommissar Gellert hatte recht: Sie sah nicht aus, als sei sie heftig benutzt worden.

Im Treppenhaus hörte ich Schritte, die vor der Wohnungstür verharrten, und hielt den Atem an. Mist! Wer immer es war, musste das durchgeschnittene Siegel gesehen haben. Ich schlich zur Wohnungstür und lauschte.

Die Schritte, männliche Schritte, gingen weiter, eine Treppe hoch, eine weitere. Ich hörte, wie eine Tür geöffnet und wieder geschlossen wurde.

Und jetzt? Rief er die Polizei? Nichts wie raus hier!

Vorsichtig öffnete ich die Tür und lugte hinaus. Alles ruhig. So gut es ging, drückte ich das Siegel wieder hin. War was?

Ich ging weiter Klinken putzen. Rechts, gegenüber von Susanne Eulerts Wohnung: niemand zu Hause.

Im dritten Stock, linke Wohnung, hatte ich endlich Glück. Eine kleine, schmächtige Frau in den Siebzigern, mit Kittelschurz und Staubtuch in der Hand. Frauen in diesem Alter verbringen die meiste Zeit in ihrer Wohnung und bekommen mit, was im Haus so läuft.

Sie wirkte zart und zerbrechlich, und ich riss mich am Riemen. Ich musste behutsam vorgehen, um sie nicht zu erschrecken.

»Dillinger«, stellte ich mich vor. »Hätten Sie kurz Zeit? Ich möchte gern mit Ihnen über Frau Eulert ... ich meine, über Frau Riedlinger sprechen.«

»Aber die Polizei war doch schon hier. Und ich kann auch gar nichts sagen, ich war beim Arzt und habe so lange warten müssen. Ausgerechnet an diesem Tag!«

Pech für sie, doppeltes Glück für mich. Sonst hätte sie mich vielleicht als denjenigen identifiziert, den man in Handschellen abgeführt hatte.

»Ich bin nicht von der Polizei. Ich bin Privatdetektiv und untersuche den Mord an Frau Riedlinger.«

»Privatdetektiv? Wie im Fernsehen? Das ist ja spannend! Kommen Sie doch rein.«

Endlich mal jemand, der meine Arbeit zu würdigen wusste.

»Kann ich Ihnen einen Kaffee anbieten?«

»Danke, nein, ich möchte Ihnen keine Umstände bereiten.«

»Aber das macht doch keine Umstände! Wissen Sie, eine alte Frau wie ich hat sowieso nicht viel zu tun.«

Genau das hatte ich befürchtet. Ein Kaffeeklatsch konnte sich hinziehen, und dazu hatte ich jetzt nicht den Nerv.

»Wirklich nicht, Frau Stanikowski, ich hatte heute schon zu viel Kaffee, mein Magen verträgt das nicht.«

»Dann vielleicht einen Tee?«

Sie war hartnäckig, und ich durfte sie nicht vor den Kopf stoßen. »Ein Tee wäre nicht schlecht.«

»Nun schlagen Sie hier nicht Wurzeln, junger Mann, setzen Sie sich doch endlich, der Tee kommt sofort.«

Sie schlurfte in die Küche, ich platzierte mich vorsichtig in der Sitzgarnitur mit Spitzendeckchen auf den Lehnen. Sie sah so aus, als stammte sie aus der Mitgift der alten Dame.

Ich versank in dem Sessel und beschloss augenblicklich, nie mehr aufzustehen.

Der Designer von damals hatte den alten Grundsatz befolgt, dass die Form der Funktion zu folgen habe. So bequeme Sessel findest du heutzutage nicht mehr.

Während sie in der Küche mit dem Tee hantierte, sah ich mich um. Lauter stilvolle alte Möbel. Das Zimmer wirkte überladen, als sei eine größere Wohnung hineingepresst worden.

Frau Stanikowski balancierte ein Tablett zum Couchtisch. Ein Teeservice mit Kanne und Tassen, so liebenswert altmodisch wie die gesamte Einrichtung. Zucker in der Silberdose, Milch im Kännchen, dazu ein Teller mit Keksen.

Sie strahlte. »Schön, wenn ich mal anderen Besuch habe als nur die üblichen alten Weiber.«

Ich unterdrückte einen Seufzer. Also war doch Konversation angesagt.

»Wohnen Sie schon lange hier?«

»Sechzehn Jahre. Seit mein Hubert gestorben ist. Ich wollte rechtzeitig raus aus unserem Häusle, bevor mir alles zu viel wird. Damals war das hier noch eine bessere Gegend, aber das hat sich geändert. Die alten Leute sterben weg, und Gutes kommt nicht nach. Dem Besitzer ist es egal, wenn alles zerfällt, den kümmert es auch nicht, wer hier einzieht, Hauptsache, jeder zahlt pünktlich die Miete. Aber das ist jetzt mein Zuhause, hier habe ich alles in der

Nähe, was ich brauche, ich will nicht noch mal umziehen und mich neu eingewöhnen müssen.«

Ich wusste doch, dass sich das hinziehen würde. Hoffentlich musste ich nicht ihre gesamte Lebensgeschichte über mich ergehen lassen. Wäre sicherlich interessant, aber mir lastete ein anderes Thema auf der Seele.

»Kannten Sie Frau Riedlinger?«

»Kennen wäre zu viel gesagt. Wir sind uns einige Male im Treppenhaus begegnet, und dann redet man eben miteinander. Ich wollte sie mal zu einem Kaffee einladen, aber sie hat sich entschuldigt, weil sie es eilig hatte, und eine zweite Gelegenheit hat sich ja nun nicht mehr ergeben. Schreckliche Geschichte.«

»Welchen Eindruck hat Frau Riedlinger auf Sie gemacht?«

»Eine elegante Dame. Gepflegt und sehr höflich. Ich habe mich noch gewundert, warum es sie hierher verschlagen hat. Sie hat eigentlich gar nicht in dieses Haus gepasst.«

»Seit wann hatte sie diese Wohnung?«

»Seit vier Wochen ungefähr. Ich weiß noch genau, wie sie eingezogen ist. Ich war zu einem Rommé-Nachmittag bei Hedwig eingeladen, aber ich habe mich entschuldigt, weil es mir nicht gut ging.«

Sie beugte sich verschwörerisch zu mir. »In meinem Alter zählt das als Entschuldigung immer. Hat aber gar nicht gestimmt, ich hatte nur keine Lust. Diese Hedwig ist eine so gewöhnliche Person, und sie macht einen miserablen Kaffee. Und immer gibt's aufgetaute Torte aus der Tiefkühltruhe, nicht einmal selber gemacht. Aber was red ich da, das interessiert Sie doch gar nicht.«

»Was haben Sie denn so mitbekommen von Ihrer Nachbarin?«

»Nicht viel. Ruhig war sie auf alle Fälle. Ich habe nie einen Fernseher gehört oder laute Musik. Und in diesem Haus hört man alles, wirklich alles. Ich kann Ihnen genau sagen, wie es das Pärchen über mir treibt, das hört man am Quietschen vom Bett, viel Abwechslung gibt es anscheinend nicht, und wann sie wirklich einen Orgasmus hat und wann sie nur so tut. In letzter Zeit ist es allerdings etwas ruhiger gewesen. Schade, ich habe immer schon darauf gewartet. Nun gucken Sie nicht so betreten, ich war auch mal jung. Und wenn ich auch bei vielem froh bin, dass ich es hinter mir habe, das vermisse ich schon.«

Das Gespräch nahm eine interessante Wendung, und ich hätte sicherlich viel lernen können, zumal da ich ja jetzt auch ins Alter kam.

»Wie war das bei Frau Riedlinger?«

»Nichts. Absolut tote Hose. Obwohl sie ja schon Männerbesuch hatte. Und so leise können sie gar nicht gewesen sein, dass ich nichts gehört hätte. Meine Augen lassen zwar nach, aber ich höre noch jedes Mäuschen niesen. Eigentlich, wenn ich mir das so richtig überlege, hat man von Frau Riedlinger gar nichts gehört. Nicht mal abends. Und da hört man eigentlich jeden Schritt, wenn es draußen ruhiger wird. Und wenn der Schrieninger seinen Fernseher nicht so laut stellt.«

»Vielleicht war sie abends auch gar nicht da?«

»Könnte ich jetzt nicht sagen. Mitbekommen habe ich jedenfalls nichts. Ich gebe zu, ich bin entsetzlich neugierig, aber ich stehe deswegen nicht den ganzen Tag im Treppenhaus und lausche.«

»Männerbesuch, sagten Sie.«

»Ja, hatte sie. Aber tote Hose, das habe ich doch schon gesagt.«

»Männer und Frauen können doch auch einfach nur miteinander reden.«

Sie sah mich spitzbübisch an. »Tatsächlich? Auch nichts mehr los mit den jungen Leuten heutzutage. Sie gucken schon wieder so komisch. Was ist denn, ist Ihnen das peinlich? Schauen Sie, dieses legendäre Jahr achtundsechzig und was dem vorausging, das ist auch an mir nicht spurlos vorübergegangen. Was die Studenten wollten, habe ich als kleine Tippse nicht verstanden, es hat mir sogar eher Angst gemacht, und es hat mich auch nicht interessiert. Anderes aber schon, und zwar gewaltig! Ich sage nur Oswalt Kolle, wenn Ihnen der Namen noch ein Begriff ist. Das war die wahre Revolution.«

Einen Moment stockte ihr Redefluss, ihr war anzusehen, dass sie in einer fernen Vergangenheit weilte. Dann stand sie auf und ging zum Wohnzimmerschrank.

»Jetzt brauchen wir etwas Vernünftiges. Dieser Grappa soll ganz gut sein, hat man mir gesagt.«

Ich hob abwehrend die Hände. Kein Alkohol zu dieser Tageszeit, nicht in meinem Zustand, und auch nicht, wenn es ein exzellenter Grappa war. Aber ich wusste, dass mein Protest erfolglos war. Da musste ich durch.

Während sie einschenkte, fuhr sie fort: »Schade nur, dass ich schon verheiratet war, als die Revolution für mich ausbrach. Na ja, ich war's dann auch nicht mehr lange, Kuno, mein erster Mann, war total überfordert. Und ehrlich gesagt, mit Hubert, meinem zweiten, war es dann auch nicht viel besser. Was sind die Männer doch verklemmt! Und so uneinsichtig. Als ob sich alles nur um ihr kleines Ringelschwänzchen drehen würde. Ich habe gehofft, dass es wenigstens die nachfolgenden Generationen besser machen. Und, was sagen Sie, ist es so?«

Ich räusperte mich. Jetzt war ich wirklich verlegen.

»Sagen Sie nichts, ich höre selber von oben, dass sich nichts geändert hat. Nichts Wesentliches wenigstens, im Gegenteil. Wir jungen Mädchen früher haben allenfalls mal aus Versehen einen nackten Mann zu Gesicht bekommen, und was war das dann für ein Gegicker, heute können Sie alle Körperteile in Großaufnahme im Internet sehen, ich schau da auch gelegentlich rein, aus purer Nostalgie. Aber das allein ist es nicht. Es fehlt das Elektrisierende, das Geheimnis, das trotz aller Freiheit sein muss.«

Wieder hielt sie inne und verlor sich in ihren Gedanken. Ich wagte nicht einmal, laut zu atmen.

»Tja, und irgendwann ist es dann zu spät, um noch mal neu anzufangen. Sex im Alter, ich bitte Sie! Wer springt denn schon auf eine Frau wie mich an? Allerhöchstens Männer meiner Generation, die immer noch nichts begriffen haben, da ist ja ein Dildo noch einfühlsamer. Was bleibt, sind nur die Träume und das Lauschen an der Zimmerdecke. Ach, vergessen Sie's, dummes Gerede einer alten Frau. Wo waren wir stehen geblieben?«

Ich hatte unwillkürlich die Luft angehalten und stieß sie nun laut aus. Wir bewegten uns wieder in ungefährlichen Gewässern.

»Glauben Sie, dass Frau Riedlinger sich hier so eine Art Liebesnest eingerichtet hat?«

»Wie oft soll ich es noch sagen: Ich habe nichts davon gemerkt. Und wenn es so war, dann hoffe ich nur, dass sie ihren Spaß dabei hatte.«

»Frau Riedlinger war verheiratet.«

»Na und? Glauben Sie ja nicht, dass ich jetzt empört bin. Das ist ihre Sache. Vielleicht noch die ihres Mannes, aber nur vielleicht, darüber könnte man lange diskutieren. Stoßen wir an. Auf die Liebe. Und auf alles, was uns Spaß macht. Muss ja nicht unbedingt beides gleichzeitig sein. Nippen Sie nicht an dem Grappa, kippen Sie ihn. Diese jungen Leute, nicht mal dazu haben sie Mumm.«

Ich schon. Ich kippte. Der Schnaps brannte einen kurzen Moment in der Kehle, dann breitete sich ein unanständiges Wohlgefühl in mir aus.

»Der läuft runter, was? Also weiter im Text.«

»Diese Männerbesuche …«

»Sie immer mit Ihren Männerbesuchen! Warum fragen Sie eigentlich nicht nach Damenbesuch? Fragen Sie nicht, ich habe keinen gesehen. Männerbesuch! Wissen Sie, bei diesem Wort schüttelt es mich immer. Das ist wie in meiner Jugend, als Männerbesuch nur bis zweiundzwanzig Uhr erlaubt war. Als ob man es nicht auch vorher miteinander treiben könnte. Diese verlogene Gesellschaft damals! Was heißt damals, in der Hinsicht hat sich ja nun gar nichts verändert. Aber ich verstehe schon, einer dieser Männer wird wohl ihr Mörder gewesen sein. Um ehrlich zu sein, viel weiterhelfen kann ich Ihnen nicht. Ich habe bloß einmal einen Mann gesehen, von hinten allerdings nur, als ich die Treppe runterkam und er gerade in die Wohnung ging.«

»Alt? Jung?«

»Am Stock ging er jedenfalls nicht. Ich könnte ihn nicht annähernd beschreiben, und ich weiß auch nicht mehr, wann das war.«

»War das einer von denen?« Ich hatte mir meine Fotoausbeute in der Nacht noch ausgedruckt, leider nur in Schwarzweiß, Nele hatte keinen Farbdrucker.

»Die Fotos hat mir alle schon die Polizei gezeigt. Woher haben Sie die? Von der Polizei?«

»Die habe ich gemacht.«

»Dann haben Sie also unser Haus beobachtet? Sie Schlawiner! Warum denn?«

»Das kann ich Ihnen nicht sagen. Mandantenschutz, Sie verstehen?«

»Klar. Also das ist der Schrieninger aus dem vierten Stock, der immer den Fernseher so laut hat, das ist Frau Kappinger aus dem sechsten, der hier wohnt im neunten, den Namen weiß ich nicht, wissen Sie, hier wechseln die Mieter so oft, bis man das richtig mitbekommt, sind sie schon wieder weg. Den kenne ich nicht, den da auch nicht.«

»Gibt es hier eigentlich einen Hinterausgang?«

»Klar. Zum Hof, wo die Mülleimer stehen.«

So einfach war das also. Ich Idiot! Dass ich mich nicht umgesehen hatte! Ich musste im Handbuch für Privatdetektive doch noch ein paar Kapitel mehr lesen.

»Und die Tür zum Hof ist offen?«

»Wo denken Sie hin! Die ist immer abgeschlossen, sonst wäre man hier ja seines Lebens nicht mehr sicher.«

Plötzlich ging ihr auf, was sie gesagt hatte. »Glauben Sie, der Mörder ist über den Hof gekommen?«

Ich wollte sie nicht beunruhigen. »Bestimmt nicht. Da hätte er ja einen Schlüssel haben müssen.«

74

»Stimmt.«

»Vielen Dank, Frau Stanikowski. Sie haben mir wirklich geholfen. Mehr wahrscheinlich, als Sie sich denken können.«

»Freut mich. Schauen Sie doch mal wieder vorbei, wenn Sie in der Gegend sind, dann können wir noch ein bisschen plaudern.«

»Gerne.«

Und dann ritt mich der Teufel. Ich zwinkerte ihr zu. »Wir können ja zusammen einen Porno anschauen.«

Sie lachte so laut, wie ich es dieser zarten Person nicht zugetraut hätte. »Mit mir immer. Kennen Sie einen guten? Ich nicht.«

Ich klingelte noch an ein paar Wohnungstüren, und verplemperte nur meine Zeit, weil niemand brauchbare Informationen hatte oder sie zumindest nicht mit mir teilen wollte. Bevor ich das Haus wieder verließ, schaute ich mir die Tür zum Hof an.

Sie hatte auch nur ein einfaches Schloss.

Für mich wäre sie kein Problem gewesen.

Persona non grata

Auf der Rückfahrt hatte ich mich so richtig in Rage versetzt. Ich stapfte die Treppe hinauf, riss die Tür zu Kellers Büro auf und rief wütend: »Warum hast du Arschgesicht mich sitzen lassen?«

Mit unbewegter Miene sah mich Fiete Nissen an, Kommissar Kellers Assistent, spindeldürr und riesengroß, mit herausstechender Nase und schiefem Mund. Er war noch nicht lange hier, ein Import von der Waterkant, und wir waren noch nicht so recht warm miteinander geworden, irgendwie hatte sich das bisher nicht ergeben.

»Verzeihung«, sagte ich bedröppelt, »Sie sind natürlich nicht gemeint. Wo ist Keller?«

»Auf einem Lehrgang. Führungsstil für Führungskräfte.«

»Freiwillig?«

»Sie kennen ihn besser. Würde er freiwillig zu so etwas gehen?«

»Er hält seinen Führungsstil für nicht verbesserungswürdig.«

»So ist es.«

»Was? Ist er nicht verbesserungswürdig, oder denkt er's bloß?«

Nissen wiegte nachdenklich den Kopf. »Er ist schon okay so. Rau und direkt, aber im Grunde eine Seele von Mensch. Und er ist kein Leuteschinder.«

»Kompliment. Erst so kurz hier, und Sie haben ihn schon durchschaut.«

»Mir ist einer wie er lieber als diese gelackten Technokraten, die nur in Floskeln reden.«

»Seit wann ist er auf diesem Seminar?«

»Seit Montag. Heute kommt er zurück.«

Fiete Nissen sah mich amüsiert an. »Ich bin also das Arschgesicht.«

»Warum, zum Teufel, haben Sie nicht ein gutes Wort für mich eingelegt?«

»Warum sollte ich? Erstens kennen wir uns kaum …«

»Höchste Zeit, das zu ändern. Wir wollten doch mal was trinken gehen, haben wir gesagt, bevor Ihre Familie hier anrückt.«

»Tja, und nun ist die Familie da.«

»Da wird sich doch trotzdem mal ein freier Abend finden. Ich lade Sie auch ein.«

»Der freie Abend ist nicht das Problem. Das Problem sind Sie.«

»Ich?«

»Sie sind der Verdächtige in einem Mordfall. Da ist es nicht opportun, wenn ich mit Ihnen um die Häuser ziehe.«

»Ich? Verdächtig? Das glauben Sie doch selbst nicht!«

»Entscheidend ist nicht, was ich glaube. Entscheidend, und das ist Punkt zwei, sind die Fakten, das sollten Sie eigentlich wissen.«

»Das sind sehr dünne Fakten, die gegen mich sprechen«, fauchte ich.

»Möglich. Aber wie haltbar sind die Fakten, die für Sie sprechen?«

Obwohl er mich mit seinen hellgrauen, hellwachen Augen weiterhin freundlich, geradezu wohlwollend ansah, hatte sein Ton an Schärfe gewonnen. Plötzlich wurde mir klar, dass mit diesem langen Lulatsch, der so unbeholfen wirkte, nicht zu spaßen war. Und dass er ganz und gar keine Witze machte.

»Ich bin freigelassen worden«, sagte ich lahm.

»Das muss nichts besagen. Ich kenne den aktuellen Stand der Ermittlungen nicht.«

»Dann fragen Sie doch nach! Sie würden mir einen Gefallen tun. Immerhin war das meine Klientin, die ermordet worden ist. Und ich bin, wie Sie sagen, verdächtig.«

»Die Kollegen in Esslingen werden mir was husten. Das ist nicht mein Zuständigkeitsbereich.«

»So ein informelles Geplauder unter Kollegen ...«

»Wenn Sie sich in Hamburg hätten verhaften lassen, hätte ich mich mal umhören können. Aber hier kenne ich niemanden.«

»Kein Kollege, der auch in den wilden Süden strafversetzt worden ist?«

»Ich bin nicht straf... Ach, Dillinger, Sie können mich mal. Warten Sie, bis Keller da ist. Vielleicht kann der was machen.«

Vergrätzt ging ich von dannen und lief vor der Polizeidirektion prompt Keller in die Arme.

»Du Führungskraft!«, sagte ich pampig. »Wenn man dich mal braucht, bist du nicht da!«

Keller feixte. »Hab schon von deinem Abenteuer gehört. Gut geschlafen?«

»Danke der Nachfrage. So miserabel wie lange nicht. Wärst du da gewesen, hätte dein Wort gegolten.«

»Ich war aber nicht da. Und wärst du nicht einer Frau nachgestiegen, wäre dir diese Nacht erspart geblieben.«

»Nachgestiegen! Sie war meine Klientin. Ich habe sie observiert.«

»Das ist schon mal eine Erklärung, die nicht allzu überzeugend klingt. War das dein Auftrag? Deine Klientin zu observieren? Siehst du! Im übrigen bezweifle ich, ob ich dir hätte helfen können. Ich kenne den Kollegen Gellert. Guter Mann. Der handelt nicht übereilt.«

»Dann lass mal deine Kontakte spielen und sag mir, was ich nicht weiß.«

»Du weißt genau, dass ich keine Ergebnisse aus laufenden Ermittlungen weitergeben darf. Schon gar nicht, wenn es nicht mein Fall ist. Da fällt mir ein: Du hast mir vor längerer Zeit mal ein Abendessen versprochen, erinnerst du dich?« Ich erinnerte mich nicht, aber wenn er das sagte … »Wäre doch nett, mal zusammenzusitzen und zu plaudern.«

»Dann komm mit. Ich hau uns was in die Pfanne.«

»Heute nicht. Aber morgen passt es mir ganz gut.«

Mir überhaupt nicht. Ich musste den Termin unbedingt auf heute umbiegen. Vielleicht half Abschreckung. »Für morgen habe ich ein Fischmenü geplant.«

»Großartig! Ich liebe Fisch. Was hast du dir denn vorgestellt?«

Ich sagte es ihm.

»Klingt gut«, meinte er. »Ich bin einverstanden.«

»Dich kann man auch mit nichts abschrecken.«

»Das verstehe ich jetzt nicht.«

»Das sollte ein Menü für zwei werden.«

»Schieb noch ein paar Muscheln und Langostinos dazwischen, dann reicht's auch für drei.«

»Mein Gott, Keller, verstehst du keine Andeutungen?«

»Welche Andeutungen?«

»Das war als romantisches Dinner geplant!«

»Keine Sorge, ich übernachte nicht bei dir. Außerdem habe ich Nele schon lange nicht mehr gesehen. Es ist doch noch Nele, oder? Übrigens, ich bringe den Wein mit. Eingewickelt in ein paar Informationen. Ehrlich, heute geht es wirklich nicht.«

»Hast du keine Bedenken, dich von einem Mordverdächtigen bewirten zu lassen?«

Keller lachte aus vollem Hals. »Ich doch nicht!«

Manchmal muss man eben Opfer bringen, einem höheren Zweck zuliebe.

Charme City

Es war warm genug, dass ich mich nach dem Samstagsmarkt noch zu einem schnellen Kaffee in Harry's Bar setzten konnte, bevor die Küche rief. Die ganze Woche fast war ich im Ausland gewesen, und schon kam mir Schwäbisch Hall fremd vor.

Ich kannte sie alle, die hier vorbeizogen. Manche nickten mir nur zu, andere blieben zu einem kleinen Schwatz stehen. Beziehungen waren im Laufe der Jahre gewachsen und wieder abgestorben wie eine Pflanze, deren Lebensziel erfüllt war. Auf dem Humus spross Neues.

Würde ich das vermissen, wenn ich es nicht mehr hätte? Wenn ich, beispielsweise, in Berlin wäre. Oder in Hamburg. Oder sonstwo. Kann man seine Wurzeln einfach so kappen?

Ich machte einen Spaziergang durch meine Heimatstadt, als sei es das letzte Mal.

Die Neue Straße, diese Champs-Elysées von Schwäbisch Hall, hinunter, die steinerne Henkersbrücke über den Kocher im Blick. Geschichtsträchtig, wie alles in dieser Stadt. Romantisch. Kuschelig.

Rechts ab in die Sporersgasse und hinüber zum Spitalbach, wo die Busse warteten.

Das Goethe-Institut, erstaunlich in einer kleinen Stadt wie Schwäbisch Hall. Ein Hauch von Welt inmitten der Idylle. Gelegentlich sah man die Studenten aus aller Welt mit ihren Hausaufgaben über den Wochenmarkt gehen, konzentriert beobachteten sie das Angebot und notierten etwas auf ihren Zetteln.

Dahinter das neue Kocherquartier, ein aus dem Boden gestampftes Shoppingcenter, der pompöse Versuch einer alten Stadt, die Zukunft nicht zu verlieren.

Gut, die neue Treppe hinauf in die Gelbinger Gasse, wo ich wohne, ist wirklich grandios. Die Kultur hatte man im ehemaligen Gefängnis einquartiert, dessen Gitter vor den Fenstern erhalten geblieben waren – ob man sich wohl der Symbolik bewusst war?

Ich wusste noch nicht, was ich davon halten sollte. Aber erstaunlich, wie schnell das Neue selbstverständlich wird.

Meine Heimat. Mein Leben. Meine Vergangenheit. So viel

Bekanntes. So viele Gewohnheiten, die du dir im Laufe deines Lebens angeeignet hast, Vorlieben und Abneigungen.

Was würde mir wirklich fehlen?

Fisch muss schwimmen

Carpaccio von schottischem Wildräucherlachs mit Dill-Sauerrahm und etwas Kaviar.

KELLER: Ausgezeichnet, dieser Wildlachs, aber etwas mehr Dill hätte nichts geschadet.

DILLINGER: Gibt es irgendwelche verwertbare Spuren in Susannes Wohnung? Fingerabdrücke?

KELLER: Fingerabdrücke gibt es jede Menge, die brauchen nur noch die Finger zu den Abdrücken. Deine waren übrigens nur an der Tür. Und auf dem Messer natürlich.

DILLINGER: Das muss mir der Mörder in die Hand gedrückt haben, nachdem er mich niedergeschlagen hatte.

NELE: Die hätten dich nicht über Nacht festsetzen dürfen. Warum hast du mich nicht gleich angerufen?

DILLINGER: Wegen so einer Kleinigkeit? Und was macht das für einen Eindruck, wenn ich nach meiner Freundin weine?

NELE: Deiner Anwältin!

KELLER: Wenn ich das recht sehe, wollte Gellert dich einfach aus dem Verkehr ziehen, um in Ruhe seine Ermittlungen durchführen zu können. Er konnte sich ausrechnen, dass du sofort herumfragst und womöglich die Pferde scheu machst.

DILLINGER: Schon wieder einer, der mich durchschaut. Mist aber auch!

NELE: Das grenzt ja an Freiheitsberaubung!

KELLER: Nach Lage der Dinge kann man Gellert keinen Vorwurf machen. Ich hätte wahrscheinlich das Gleiche getan.

DILLINGER: Das hättest du nicht. Du kennst mich.

KELLER: Egal. Hier zählen nur die Fakten, und die sprachen eindeutig gegen dich. Ziemlich unprofessionell übrigens, Dillinger, sich so niederschlagen zu lassen.

DILLINGER: Ich war starr vor Schreck.

KELLER: Das war doch nicht die erste Leiche, die du gesehen hast.

DILLINGER: Aber die erste Klientin, die als Leiche vor mir lag.

KELLER: Hast du wenigstens irgend einen Anhaltspunkt, wer das gewesen sein könnte? Männlein? Weiblein? Hast du Schuhe gesehen? Was gehört?

DILLINGER: Nichts. Es kam so überraschend.

KELLER: Ts, ts.

DILLINGER: Ich habe eine ganz vage Erinnerung, aber ich kann sie nicht fassen, nicht einmal ansatzweise.

KELLER: Angeblich kommt die Erinnerung wieder, wenn man sich in die gleiche Situation begibt. Soll ich dir eine auf die Rübe geben?

DILLINGER: Das müsste dann schon derselbe Wein sein.

Thunfischtartar mit Ingwer, Chili und frischen Korianderblättern.

KELLER: Ich liebe rohen Thunfisch! Nur schade, dass man nie weiß, wie alt er schon ist, bis er bei uns ankommt. Übrigens hätte es ruhig etwas mehr Ingwer sein dürfen, dafür etwas weniger Koriander.

DILLINGER: Was weißt du über die Wohnung?

KELLER: Karg eingerichtet, nur mit dem Allernötigsten. Und nur Alles-günstig-Qualität. Sie hat das alles komplett bei einem Möbelhaus geordert und aufstellen lassen.

DILLINGER: Kalt und unpersönlich. Das einzig Lebendige sind die Kreidestriche auf dem Küchenfußboden.

KELLER: Woher weißt du das? Du hast doch nicht etwa …

DILLINGER: Ich habe nichts gesagt.

KELLER: Dann habe ich auch nichts gehört.

NELE: Nach einem kuscheligen Liebesnest hört sich das jedenfalls nicht an.

KELLER: Es gibt auch sonst keine Spuren, die darauf hindeuten. Das Bett war frisch bezogen, Schmutzwäsche gab es keine.

DILLINGER: Eigenartig. Wenn nicht dafür, wozu dann diese Wohnung?

NELE: Ein Rückzugsort, wo sie für sich sein konnte?

DILLINGER: So karg? Geld genug war ja da.

NELE: Das Kontrastprogramm zum Luxusleben als Unternehmergattin. Warum hat sie die Wohnung unter falschem Namen gemietet?

DILLINGER: Vermutlich, weil der Name Eulert in Esslingen zu bekannt ist.

Jakobsmuscheln, in Knoblauch geschwenkt.

KELLER: Auf den Punkt gebraten, Kompliment! Ich hätte die Jakobsmuscheln allerdings mit Pastis abgelöscht. Ein Feigenchutney hätte gut dazu gepasst.

DILLINGER: Seit wann hast du etwas für gutes Essen übrig? Du bist doch eher der Tiefkühlpizza-Typ.

KELLER: Wenn ich selber kochen muss, dann schon. Aber wenn's serviert wird ...

DILLINGER: Sonst gibt es keine Spuren in der Wohnung?

KELLER: Sicher, jede Menge. Faserspuren zum Beispiel. Aber damit kannst du einen Verdächtigen erst überführen, wenn du ihn hast. Und daran hakt es im Moment noch. Du bist aber immer noch im Rennen.

NELE: Das darf doch wohl nicht wahr sein! Die Indizien sind wirklich nicht sehr beweiskräftig. Ich glaube, ich muss da mal als Anwältin intervenieren.

KELLER: Lass gut sein, Nele. Gellert hat nichts Richtiges in der Hand und ist deshalb sauer. Würde mir genauso gehen.

DILLINGER: Wo kommt das Messer her?

KELLER: Hat sie am selben Morgen gekauft und zusammen mit anderem Krempel in die Wohnung genommen. Die Quittung lag dabei.

DILLINGER: Stimmt, sie war in einem Haushaltswarengeschäft. Warum hat der wilde Bulle aus Esslingen das nicht gleich gesagt? Er hat so getan, als sei die Herkunft unklar und ich hätte es mitgebracht.

KELLER: Über Verhörtaktik musst du noch einiges lernen, Junge.

DILLINGER: Was ist mit Helmut Eulert? Der eifersüchtige Ehemann, das ist doch das klassische Motiv.

KELLER: Nichts zu machen. Er war eindeutig auf Mallorca und hat sich in den nächsten Flieger gesetzt, nachdem er benachrichtigt wurde.

DILLINGER: War er in der Wohnung?

KELLER: Was spielt das für eine Rolle, wenn er als Täter sowieso ausscheidet?

DILLINGER: Wusste er von der Wohnung?

KELLER: Frag ihn, wenn du das wissen willst.

Dorade, mit Kräutern im Ofen gebacken, dazu eine milde Paste aus schwarzen Oliven.

KELLER: Nimm's mir nicht übel, Dillinger, aber diese Dorade schmeckt einfach scheußlich. Muffig. Ist ja auch kein Wunder. Vom Meer frisch auf den Tisch, das kriegst du nur im Urlaub. Hast du gewusst, dass Kutterfischer zehn oder vierzehn Tage auf See bleiben? Und in der Zeit liegt der Fisch auf Eis. Und dann erst kommt er zu uns. Und keiner, der von der Sache was versteht, lässt den Fisch auf Eis liegen, das verbrennt ihn.

DILLINGER: Das ist ein Zuchtfisch. Aus Griechenland.

KELLER: Auch nicht der nächste Weg.

DILLINGER: Was hat die Befragung der Nachbarn ergeben?

KELLER: Du hast doch bestimmt auch herumgefragt.

DILLINGER: Selbstverständlich.

KELLER: Habe ich auch nicht anders erwartet. Und?

DILLINGER: Dürftig. Susanne Eulert war die Nachbarin, die sich jeder wünscht: unauffällig, eigentlich gar nicht vorhanden. Keiner weiß, wann und wie lange sie in ihrer Wohnung war, keiner weiß, wer sie besucht hat. Bis auf eine Ausnahme, aber die Beschreibung ist mehr als vage.

KELLER: Das deckt sich mit den Erkenntnissen der Esslinger Kollegen. Ich kenne die Protokolle natürlich nicht im einzelnen, nur das Ergebnis. Und das ist mager. Es gibt offenbar keinen Besucher, den man konkret Susanne Eulert zuordnen kann.

NELE: Eigenartig, dass niemand etwas bemerkt hat.

DILLINGER: Das ist ein großes Haus mit viel Fluktuation bei den Mietern. Bis du die und ihre Besucher kennst, sind sie schon wieder ausgezogen.

NELE: Oder ihre Besucher waren sehr vorsichtig.

DILLINGER: Naheliegend bei einem Liebesnest.

KELLER: Wenn es ein solches war.

DILLINGER: Was denn dann?

KELLER: Finde es heraus. Aber erst machst du noch eine Flasche Wein auf. Fisch muss schwimmen.

Feuchtgebiete

Ich breitete meine Fotosammlung aus. Hunderte von Fotos, der Fluch gigantischer Speicherkapazitäten. Früher, als man noch Filme wechseln und sie auch teuer entwickeln musste, war man notgedrungen knauseriger beim Knipsen.

Die digitale Überflutung der Welt begann auf meinem heimischen Computer.

Von den Personen, die das Haus betreten oder verlassen hatten, waren drei unidentifiziert geblieben. Einer hatte sich tatsächlich als Versicherungsvertreter herausgestellt, die anderen waren Freunde oder sonstige Besucher. Aber ich hatte auch noch nicht alle Bewohner des Hauses sprechen können. Ich musste da abends noch einmal hin, wenn sie von der Arbeit zurück waren.

Die Autos. Vielleicht ließ sich daraus etwas ablesen. Überwiegend Kleinwagen und Mittelklasse, die meisten davon relativ neu. Krisengewinnler. Dazwischen einige Mercedes, aber die untere Schiene. Wahrscheinlich Jahreswagen von Daimler-Arbeitern.

Das passte zu dem Wohngebiet, wie ich es einschätzte. Kleinbürgerlich, mit einigen Studenten und jungen Paaren, die sich nichts Besseres leisten konnten. Rentner, die hier eingezogen waren, als sie noch jung und die Wohnblöcke neu gewesen waren. Und die Lücken wurden mit Prekariat und Migranten gefüllt.

Was nicht passte, war ein weißer X5, so ein Möchtegerngeländewagen für Leute, die etwas brauchen, um ihre dicke Brieftasche spazieren zu fahren. Kein Nutzwert in unseren Breiten, nur Prestige. An beiden Tagen hatte er am Straßenrand gestanden, an unterschiedlichen Stellen.

Rolf, mein Computerexperte, stellte sich komischerweise erst mal stur. »Hattest du nicht mal eine Quelle im Landratsamt für solche Fälle?«

»Andere Abteilung mittlerweile.«

»Und woher willst du wissen, dass der aus Esslingen ist? Du hast ja keine Nummer.«

»Irgendwo muss ich anfangen. Und so viel X5 fahren in Esslingen bestimmt nicht herum. Was ist denn los mit dir? Ist das ein Problem?«

»Kein Problem. Aber keine Zeit. Ärger mit einem Kunden. Also gut, ich schieb dich dazwischen.«

Die Liste war verblüffend lang, da sie natürlich den gesamten Landkreis umfasste. Wenn ich sie auf Esslingen eingrenzte, waren es immer noch einige.

»Und was willst du jetzt machen?«, fragte Sonja. »Die alle abklappern?«

»Wenn's sein muss. Aber wir müssen auch noch anderes herausfinden.«

»Wir?«

»Das unschlagbare Trio. Zwei schöne Frauen, ein intelligenter Mann.«

Nele hob abwehrend die Hände.

»Ich bin nur Zuschauerin. Du weißt, dass ich genügend um die Ohren habe.«

Sonja hob die Hände noch höher. »Mit mir nicht. Ich habe eine Versicherungsagentur zu leiten. Ganz alleine, weil mein Partner Cowboy und Indianer spielt.«

»Kommt schon, Ladys«, sagte ich. »Alleine schaffe ich das nicht.«

Synchrones energisches Kopfschütteln.

»Du hast dir das eingebrockt, also schau, wie du damit fertig wirst«, sagte Sonja. »Ich kümmere mich derweil um den Papierkram, der bei dir liegen bleibt. Das ist ein äußerst großzügiges Angebot, finde ich. Mehr, als du verdient hast. Außerdem muss ich mich um deinen Geburtstag kümmern. Große Feier und so.«

Das war gemein. Sonja hatte mindestens drei Problemkreise in einen Topf geworfen und kräftig gerührt. Und Nele grinste dazu. Verrat!, schrie es in mir.

Frauen sind vielleicht multikonfliktfähig, Männer nicht. Wir Männer mit unserem logischen Verstand können nur ein Problem nach dem andern abarbeiten, das dann aber gründlich. Und welches war jetzt das dringendste?

Ich zeigte Sonja den Scheck. Sie bekam große Augen. »Da muss 'ne alte Oma lang für stricken.«

»Halbe-halbe«, sagte ich.

»Du willst den Scheck tatsächlich einlösen?«

»Wenn der Mörder gefasst ist. Dann haben wir uns das Honorar verdient.«

»Und wenn nicht?«

»Man muss auch Niederlagen wegstecken. Männer können das.«

»Einverstanden. Ich bin dabei. Aber mein Auto brauche ich dann selber.«

»Dann haben wir ein Problem.«

»Das Problem ließe sich vielleicht mit einem Mietwagen lösen.«

»Was das kostet!«

»Geht's dir nur ums Geld, Dillinger?«

»Nein«, sagte ich. »Irgendein Scheißkerl hat meine Klientin vor meiner Nase abgestochen, und dafür soll er büßen. Und ich will immer noch wissen, was die schöne Susanne mit ihrem Auftrag wirklich bezweckt hat.«

»Was meinst du damit?«

»Sie kommt zu mir, weil sie glaubt, dass ihr Mann bedroht wird, was ich ihr nicht so ganz abnehme. Ich beschatte spaßeshalber sie, weil ihr Mann außer Landes ist, und sie wird ermordet. Wie passt das zusammen? Ist doch etwas dran an ihrer Geschichte? Weiß sie etwas, was sie nicht wissen darf?«

»Finde als Erstes heraus, warum sich deine Susanne diese Wohnung genommen hat. Dann hast du vielleicht schon die Antworten auf alle deine Fragen«, sagte Nele.

»Was habe ich doch für kluge Mitarbeiterinnen! Auf die Idee wäre ich selber nicht gekommen.«

»Wenn er nicht mehr weiterweiß, wird er zynisch«, raunte Sonja Nele zu.

»Dazu hat er auch allen Grund, er steckt nämlich ganz schön in der Tinte«, raunte Nele zurück.

Ich wollte etwas von den Damen, also hielt ich mich besser zurück. Zähneknirschend.

»Also, was tun wir?«, fragte Sonja.

Ich verteilte die Aufgaben, ohne großen Widerspruch. Sollte mich das nicht misstrauisch machen?

»Und ich?«, fragte Nele.

»Du musst den Helden trösten, wenn er geschlagen nach Hause kommt und seine Wunden leckt. Mein Nacken tut übrigens immer noch weh.«

Die Stunde der Komödianten

Die »Eula – Eulert Motoren- und Apparatebau« befand sich im Esslinger Industriegebiet rechts des Neckars. Es war ein schlichter, rein funktionaler Gebäudekomplex, an dem sich besser als an allen Bilanzen der Geschäftsverlauf ablesen ließ. Wiederholt war erweitert worden im Laufe der Jahre, der letzte Anbau musste allerdings schon einige Zeit zurückliegen.

Selbst das Verwaltungsgebäude war schmucklos. So sind sie, die schwäbischen Unternehmer, die sich aus eigener Kraft emporgearbeitet haben: Hier wird g'schafft, und sonscht nix. Wozu man es gebracht hatte, zeigten allenfalls die Wohnlage und der Mercedes, der auf dem reservierten Platz stand. In diesem Fall ein silberfarbenes Modell der S-Klasse, die typische Unternehmerkarosse.

Es war nicht so einfach gewesen, überhaupt bis in Eulerts Vorzimmer zu gelangen. Und hier wartete schon die nächste Barriere. Der Drache und das Püppchen.

Das Püppchen war wirklich niedlich anzusehen, klein und geschmeidig und jung. Jung aus meiner Warte. Für Eulert sehr, sehr jung. Mich wunderte, dass Madame so ein Ding in der nächsten Umgebung ihres Mannes geduldet hatte. Hatte sie keine Angst gehabt, dass hier die nächste Frau Eulert heranwuchs?

Der Drache war sicherlich auch einmal hinreißend gewesen. Ihre Haltung, ihren Gesichtsausdruck interpretierte ich als Resignation. Um ihren Mund hatte sich ein bitterer Zug eingegraben. Sie war in den Fünfzigern und eine gepflegte, attraktive Frau, immer noch. Ich sah keinen Ehering an ihrer Hand.

Ich hatte mir ein paar Geschichten zurechtgelegt, mit denen ich mir vielleicht Zugang bei Eulert verschaffen konnte, mich dann aber doch für den direkten Weg entschieden.

»Ich muss dringend mit Herrn Eulert sprechen. Sehr wichtig«, sagte ich forsch.

Mir war bewusst, dass ich mich in einem Trauerhaus befand. Die Atmosphäre im Vorzimmer allerdings war nicht tränenfeucht, sondern geschäftsmäßig und nüchtern.

»Herr Eulert empfängt keine Besucher«, erwiderte der Drache.

»Sie fragen ja gar nicht, ob ich einen Termin habe.«

»Alle Termine sind abgesagt. Wir haben einen Todesfall in der Familie.«

»Ich weiß. Ich habe Frau Eulert gefunden.«

Der Drache wich merklich zurück und riss entsetzt die Augen auf. »Wie können Sie es wagen ...«

Ach so, richtig, ich war ja so was wie ein Tatverdächtiger. Immer noch. Weil sie bisher niemand Besseren gefunden hatten.

Die Zeitung mit den großen Buchstaben hatte das in ihrer heutigen Ausgabe – wie sagt man das? – in den Raum gestellt. Und wartete nun darauf, dass ich abgeholt wurde. Natürlich hatte das Blatt nichts behauptet, nur Fragen so geschickt gestellt, dass ich eigentlich längst auf dem Scheiterhaufen hätte brennen müssen. Und dann hatte man genüsslich über das geheime Leben der Susanne E. spekuliert.

»Was in der Zeitung steht, muss nicht immer stimmen. Nichts davon. Wie lange arbeiten Sie schon hier?«

»Von Anfang an«, rutschte es ihr heraus, halb widerwillig, weil sie mir geantwortet hatte, halb stolz auf ihre Lebensleistung.

»Dann haben Sie ja Susanne Eulert gut gekannt.«

Schweigen. Aber eine Miene, die gut zu deuten war. Oha! Sie war ersichtlich nicht gut zu sprechen auf die Frau des Chefs. Logisch. Wenn der Chef schon die Ehefrau tauscht, hätte eigentlich sie die erste Anwärterin sein müssen. In Ehren ergraut.

Ich versuchte es anders. »Ihr Chef und ich haben ein gemeinsames Interesse. Wir möchten beide wissen, was wirklich vorgefallen ist. Deshalb möchte ich mit ihm sprechen. Ich weiß einige Dinge, die die Polizei nicht kennt und die Ihren Chef sicherlich interessieren werden. Meine Karte.«

Sie kämpfte mit sich, dann verschwand sie im Chefzimmer.

Ich wandte mich dem Püppchen zu. »Mit der ist nicht gut Kirschen essen, was?«

Sie kicherte und verdrehte die Augen.

»Dillinger«, stellte ich mich vor, machte eine kleine Verbeugung und streckte ihr die Hand hin. Ich schloss meine harten Männerfinger um babypopozarte Mädchenfinger. So zart stellte ich mir zumindest einen Babypopo vor, ich hatte in der Hinsicht keine praktische Erfahrung.

Ich deutete einen Handkuss an.

Sie kicherte.

»Wann haben Sie Mittagspause? Ich lade Sie ein.«

Sie verdrehte die Augen.

Jetzt wusste ich, weshalb diese Hübsche im Vorzimmer geduldet wurde: Sie konnte nicht sprechen. Na ja, vielleicht keine schlechte Eigenschaft für eine Drittfrau.

»Wenn das mein Chef erfährt!«, flüsterte sie. Es ging ja doch.

»Muss er ja nicht.« Ich flüsterte auch.

Der Drache kam zurück.

»Herr Eulert möchte nicht mit Ihnen sprechen«, sagte sie hoheitsvoll.

»Ich denke schon.« Ich zog eine weitere Visitenkarte hervor und schrieb »Goldhamster« darauf. »Das wird ihn überzeugen, glauben Sie mir.«

Sie schaute auf die Visitenkarte. »Was soll das bedeuten?«

»Ihr Chef weiß es. Und er würde es bestimmt gar nicht schätzen, wenn bestimmte Dinge bekannt werden. Vielleicht sogar in der Zeitung stehen.«

»Das klingt nach Erpressung«, fuhr sie mich an.

»Wollen Sie's darauf ankommen lassen?«, fragte ich freundlich.

Am liebsten hätte sie jetzt ein paar stämmige Jungs aus dem Lager gerufen und mich hochkant hinauswerfen lassen, das sah ich ihr an. Ich sah ihre widerstreitenden Gefühle. Und wenn doch etwas dran war?

Ich versuchte, ihr die Entscheidung zu erleichtern. »Es geht gar nicht so sehr um Frau Eulert, vielmehr um etwas, was Herrn Eulert betrifft. Und die Zukunft der Firma.«

Ob ich sie tatsächlich überzeugt hatte?

»Warten Sie«, sagte sie jedenfalls und ging erneut ins Chefzimmer.

»Was soll ich auch sonst tun?«, wandte ich mich an das Püppchen.

Das Püppchen kicherte.

»Ich warte auf dem Besucherparkplatz. Um zwölf«, flüsterte ich. »Ich fahre einen gelben Porsche.«

Ihre Augen leuchteten. »Halb eins«, wisperte sie.

»Sind Sie Sabrina Lappert?«, wisperte ich zurück.

Sie nickte und wandte sich schnell den Papieren auf ihrem Schreibtisch zu, als der Drache durch die Tür kam.

Ich hatte den Namen am Türschild gelesen. An zweiter Stelle.

»Herr Eulert wird Sie empfangen«, sprach der Drache, der demnach Kristin Greifwald war. »Es wird aber noch ein paar Minuten dauern. Nehmen Sie doch bitte Platz.«

Ich hätte gern mit ihr geplaudert, aber sie wandte sich demonstrativ ab und ignorierte mich. Ich zwinkerte Sabrina zu. Sie zwinkerte zurück.

Man bot mir nicht mal einen Kaffee an. Ich war der lästige Eindringling, der irgendetwas Böses im Schilde führte und den man deswegen nur mit der Kneifzange anfasste.

Ein Mann stürmte an uns vorbei ins Chefzimmer, groß und hager, und knallte die Tür hinter sich zu. Dann war wieder Stille, bis auf das leise Klappern der Computertastaturen. Aus den paar Minuten wurden ein paar mehr. Ich vertrieb mir die Zeit, indem ich die beiden Damen beobachte, den Drachen und das Püppchen. Plötzlich schnarrte das Telefon des Drachen.

Sie sagte nichts zu mir, sondern wedelte mich nur weg in Richtung Chefzimmer.

Ich klopfte artig, wartete nicht auf eine Antwort und trat ein.

Auf den Fotos, die Susanne Eulert mir gezeigt hatte, war ein Mann mit beträchtlichem Übergewicht zu sehen, der seine einundsechzig Jahre nicht verhehlen konnte, aber eine bezwingende Vitalität ausstrahlte.

Er war ganz eindeutig ein Alpha-Mann. Dieser Eindruck wurde noch unterstrichen durch das feinlockige weiße Haar, das seinen Kopf wie ein Helm umgab. Afro-Look im Schwabenland. Und das in diesem Alter. Und in dieser Position. Wider Willen war ich beeindruckt.

Es gibt ja zweierlei Arten von Dicken: die Schlaffen, an denen alles schwabbelt, und die Straffen, die wie ein aufgeblasener Luftballon wirken. Der Mann, der mir hinter seinem Schreibtisch stumm entgegensah, gehörte eigentlich zur zweiten Sorte, wirkte aber wie ein Hefeteig, in den man mit dem Finger gepiekst hatte und dem deswegen die Luft ausgegangen war. Sein Gesicht war fast so weiß wie sein Haar, trotz Mallorcas Sonne. Wenn man eben seine Frau verloren hat, darf man so aussehen.

Seine Augen allerdings waren hart.

Keine Begrüßung, keine Höflichkeitsfloskeln. Er bot mir nicht einmal einen Platz an. Ich stand vor seinem Schreibtisch wie ein Bittsteller, er hielt meine Visitenkarte in der Hand und fragte: »Was soll das bedeuten – Goldhamster?«

»Erklären Sie's mir!«

»Erklären lieber Sie mir, was Sie überhaupt hier wollen.«

»Ich habe Ihre Frau gefunden.«

»Sie sind das also. Sie können sich vorstellen, dass ich nicht besonders darauf erpicht bin, Ihre Bekanntschaft zu machen.«

Konnte ich. Deshalb hatte er mich ja auch erst einmal abgewiesen. Aber als der Goldhamster angewackelt kam, ging die Tür auf.

»Waren Sie der Liebhaber meiner Frau?«, fragte er unverblümt.

»Nein. Ihre Frau war meine Klientin.«

»Wie soll ich das verstehen?«

»Die Polizei wird es Ihnen gesagt haben.«

»Nein.«

Jetzt war ich erstaunt. Kaum zu glauben, dass Kommissar Gellert nicht erwähnt hatte, weshalb ich in der Wohnung war. Oder hatte er das absichtlich verschwiegen? Aus welchem Grund? Oder bluffte Eulert, um herauszufinden, was ich wusste?

»Ihre Frau hatte Angst um Sie. Sie hatte den Verdacht, dass Sie in eine schlimme Sache verwickelt sind und bedroht werden. Das sollte ich herausfinden.«

»Warum ausgerechnet Sie?«

»Ich bin Privatdetektiv.«

»Ein Schnüffler! Widerwärtig!«, tönte es aus der Ecke mit den Besuchersesseln. Der große, hagere Mann, der vorhin ins Zimmer gestürmt war.

»Und wer sind Sie?«, fragte ich frech.

»Kieninger«, knurrte er. Als wüsste damit jeder, wer er war. Ich wusste es. Horst Kieninger, Eulerts alter Kumpel, Kompagnon und Chefingenieur.

Ich setzte mich unaufgefordert in den Stuhl vor Eulerts Schreibtisch. Ich hatte das Herumgestehe satt.

»Ist etwas dran an den Vermutungen Ihrer Frau?«

»Blödsinn!«, kam es aus der Ecke von Kieninger.

»Das müssten Sie doch wissen«, sagte Eulert. »Was haben denn Ihre Ermittlungen ergeben?«

Ich reichte ihm den Drohbrief. Er studierte ihn ohne jegliche Regung. »Woher haben Sie das?«

»Von Ihrer Frau. Hat sie aus Ihrer Post gefischt. Haben Sie noch mehr solche Drohungen erhalten?«

»Nein.«

Kieninger war mittlerweile aus seiner Ecke gekommen und hatte den Brief ebenfalls gelesen. »Warum sollte uns jemand drohen?«

»Das genau ist die Frage.«

»Schwachsinn!«, sagte Kieninger. »Da hat sich jemand einen geschmacklosen Scherz erlaubt.«

»Der immerhin Frau Eulert das Leben gekostet hat.«

»Wo ist da der Zusammenhang?«

»Vielleicht galt die Drohung in Wahrheit Frau Eulert? Vielleicht wusste sie etwas, was sie nicht wissen durfte?«

»Quatsch! Sie sind auf der völlig falschen Spur.«

»Und welche wäre die richtige?«

»Hören Sie, Herr ...« Eulert warf einen Blick auf die Visitenkarte. »Herr Dillinger. Selbst wenn Ihre Geschichte stimmen sollte, woran ich meine Zweifel habe, ich weiß nicht, was meine Frau damit bezweckt hat. Und das ist auch egal. Meine Frau ist tot, und damit ist Ihr Auftrag erledigt, wenn es ihn denn überhaupt gegeben hat.«

»Im Klartext, Herr Privatdetektiv«, meldete sich Kieninger wieder, »gehen Sie im Sandkasten spielen oder machen Sie sonst was, aber belästigen Sie uns nicht weiter. Es gibt für Sie nichts zu ermitteln.«

»Das sehe ich anders. Zum Beispiel würde mich brennend interessieren, wer Susanne Eulert, meine Klientin, umgebracht hat. Sie etwa nicht?«

»Das ist eine Unverschämtheit!«, fuhr Kieninger auf. »Verlassen Sie sofort dieses Büro. Und lassen Sie sich hier nie mehr blicken! Und wenn Sie sich weiterhin in unsere Angelegenheiten einmischen ...«

Was dann? Die Drohung schwebte furchterregend im Raum, und ich war so eingeschüchtert, dass ich sofort den Rückzug antrat.

Grußlos. Das hatten sie nun davon.

Im Polizeijargon nannte man dieses Spiel »böser Bulle, guter Bulle«. Aber damit legten sie mich nicht aufs Kreuz. Was hier gegeben wurde, war eine Schmierenkomödie, und ich spielte gern mit.

Sie waren schlechte Schauspieler. Nicht textsicher. Immerhin waren unbeabsichtigt ein paar Worte gefallen, die mir weiterhelfen konnten.

Mir war zwar immer noch nicht klar, was Susanne Eulert wirklich von mir gewollt hatte. Aber es war offensichtlich, dass hier etwas faul war.

Vor allem Kieningers Reaktionen gaben mir zu denken. Sicher, ich war unverschämt gewesen, ich wollte sie provozieren. Aber war Kieninger tatsächlich nur ein ungehobelter Bursche? Oder hatte er Angst, dass etwas ans Tageslicht kommen könnte, was besser verborgen blieb?

Ich erinnerte mich daran, was Susanne Eulert mir erzählt hatte.

Eine Art Held

Horst Kieninger genoss das Studentenleben in vollen Zügen. Es war eine aufregende Zeit mit ausschweifenden Feten, willigen Mädchen und heißen Diskussionen über Gott und die Welt. Mehr über die Welt, denn Gott war ja bekanntlich tot und die Welt in Aufruhr. Die Welt konnte man vielleicht noch retten, Gott nicht. Wie hätte er das sonst alles zulassen können?

Übrig geblieben waren furchtbare Richter, eine Army, die den vietnamesischen Dschungel entlaubte, und viele Fragen. So viele Fragen, dass man gar nicht auf alles eine Antwort finden konnte und der Kopf schwirrte und mit einem Joint und dröhnender Musik betäubt werden musste.

Es war eine neue Welt für Horst Kieninger, die dazu ungeheuer viel Spaß machte, trotz all der Weltprobleme, die es zu lösen galt. So etwas war nicht vorgesehen in der kleinbürgerlichen pietistischen Welt, in der Kieninger aufgewachsen war. Dort galten Arbeit und Entbehrung als höchste Tugenden.

Dem vergnüglichen Studentenleben waren allerdings enge Grenzen gesetzt. Als Kieninger sein Studium begann, war er Vollwaise.

Sein Vater war früh gestorben, auch so einer, den die Vergangenheit aus dem Leben geworfen hatte. Er war Hauptmann gewesen, erfuhr Horst mit langer Verzögerung, und an Dingen beteiligt, die ihm später die Ruhe raubten. Er soff sich zu Tode, systematisch und willentlich.

Horst erinnerte sich nicht an seinen Vater, aber an das Schluchzen der Mutter, sobald die Rede auf ihn kam.

Gnädigerweise geschah das im Laufe der Jahre immer seltener. Die Fragen, die Horst bedrängten, konnte sie ihm ohnehin nicht beantworten. Sie starb, kurz nachdem Horst die Schule abgeschlossen hatte.

Er war nun frei von allen Fesseln und jeglichem schlechten Gewissen, wenn er den Spaß suchte, allerdings auch mittellos. Zu vererben hatte es nichts gegeben, und das bisschen Waisenrente reichte nicht weit.

Er erkämpfte sich ein Stipendium, das Ausschweifungen allerdings nicht vorsah. Da hätte er zu den Burschenschaften gehen müssen, wo das sozusagen Teil der Ausbildung war. Aber das kam natürlich nicht in Frage.

Um die Anforderungen zu erfüllen, die mit dem Stipendium einhergingen und hartnäckig angemahnt wurden, stürzte er sich auf sein Studium, verbissen zunächst und verbittert, weil das Leben an ihm vorüberzog, und dann zunehmend lustvoller, als er an sich eine Begabung entdeckte, die den meisten anderen abging: Er fand verblüffend einfache Lösungen für Probleme, vor denen andere kapitulierten. Und er erinnerte sich an ein Gespräch mit seinem alten Kumpel Helmut.

Sie trafen sich weiterhin, auf ein Bier oder ein paar mehr, wenn Helmut nicht zu ausgelaugt war. Horst hätte gern anderswo studiert, in Berlin oder München, wo das Leben tobte, war aber dann doch aus nüchterner Einsicht im verschlafenen Stuttgart geblieben, da er die billige Wohnung seiner Mutter behalten konnte.

Die Eula dümpelte vor sich hin, an Aufträge war schwer zu kommen, und Helmut nahm viele Entbehrungen auf sich, um überhaupt zu überleben. Wieder einmal hatte er Horst bedrängt, sein Studium schnell voranzutreiben.

»Ich brauche dich, Horst.«

»Wozu? Seh's endlich ein, aus der Eula wird nichts. War ein schöner Traum, aber es bleibt ein Traum.«

»Ich brauche einen Ingenieur, dann kann ich durchstarten.«

»Ingenieure gibt es wie Sand am Meer. Nimm dir einen.«

»Ich brauche nicht irgendeinen, Horst. Ich brauche dich.«

»Wenn du darauf spekulierst, dass ich aus alter Verbundenheit für umme arbeite, hast du dich geschnitten.«

»Das erwarte ich auch nicht. Aber ich brauche einen mit deinen Fähigkeiten.«

Helmut, du Teufelsbraten, dachte er, mit dem Blick des Praktikers hast du das schon lange in mir gesehen. Und auf einmal begriff er, dass die Visionen seines Freundes erfüllbar waren.

An seinem ersten Arbeitstag bei der Eula, die mittlerweile immerhin zwei Facharbeiter beschäftigte (aber das Dach war immer noch leck), legte Helmut ihm etwas hin.

»Das ist eine Pumpe. Aber sie funktioniert nicht.«

»Sieht anders aus als die Pumpen, die ich kenne.« Horst nahm das Werkteil in die Hände und besah es sich von allen Seiten. »Ist ja klar, dass sie nicht funktionieren kann. Siehst du, hier ist der Fehler. Und bei der Gelegenheit könnte man auch gleich …«

Zwei Tage später funktionierte die Pumpe.

Helmut Eulert hielt das Ding geradezu ehrfurchtsvoll in den Händen. »Die erste Eula-Pumpe. Die kommt in unser Museum, und irgendwann lassen wir sie vergolden. Saubere Arbeit. Auf diesen Moment habe ich gewartet. Neunundvierzig Prozent der Firmenanteile für dich.«

»Und woraus bestehen diese Firmenanteile?«

Helmut grinste. »Aus einer alten Fabrikhalle, die immer mehr verfällt. Und lass dein Vesper nicht offen liegen, unsere Mäuse sind ausgehungert. Im Winter sind lange Unterhosen angeraten, die Heizung spinnt immer noch, aber das kriegst du in den Griff.«

»Klingt verlockend. Abgemacht, Partner.«

Sie schlugen ein und lagen sich dann in den Armen.

»Warum nur neunundvierzig?«

Helmut grinste erneut. »Einer muss doch der Chef sein, oder?«

Die erste Eula-Pumpe war technologisch eine Revolution, und weitere folgten. Helmuts Ideen wurden von Horst zur Produktionsreife gebracht. Vier Jahre später bezog die Eula ihr neues Werksgelände in Esslingen. Die beiden Kompagnons waren dreißig Jahre alt, Helmut hatte mittlerweile geheiratet und einen Sohn gezeugt. Sein eigentliches Kind, die Eula, war auf dem besten Weg zum Weltmarktführer.

Die Zeit der Entbehrungen war vorbei.

Das Püppchen und der Drache

Sie kam tatsächlich, und sie ging, wie es zierliche Frauen häufig tun: das Kreuz durchgedrückt, mit trippelnden Schritten, was auch an den hohen Absätzen liegen mochte. Das brachte ihren Hintern auf eine sehr nette Art zum Wackeln. Ich sah es mit Wohlgefallen.

Sie blickte sich um.

Mit ein paar Schritten hatte ich sie eingeholt, überholt und öffnete ihr die Beifahrertür. »Gnädige Frau, Ihr Chauffeur steht bereit.«

Ich hatte mit einem weiteren Kichern gerechnet, aber sie ließ sich auf den Sitz gleiten, als sei es das Selbstverständlichste der Welt.

Sie dirigierte mich. Mir entging, wie die Kneipe hieß, irgendwo am Rand der Innenstadt. Anscheinend war dies ein Lunchtreffpunkt für das aufstrebende Jungvolk.

Sie hieß mich direkt davor parken, im Halteverbot. Jeder sollte sehen, wie sie einem Porsche entstieg, mit einem attraktiven Mann an ihrer Seite.

Sollte sie ihren Spaß haben. Ich flitzte herum und öffnete ihr die Tür. Sie rutschte heraus und gab den Blick frei auf erfreuliche Oberschenkel. Schön, dass die Röcke neuerdings wieder weit oberhalb der Knie enden.

Ich fühlte mich gleich um zehn Jahre jünger. Was mich schmerzlich daran erinnerte, dass demnächst irgendein runder Geburtstag ignoriert werden musste.

Sie war wirklich ein elfengleiches Wesen mit wenig weiblichen Rundungen, was sie durch einen üppigen Balcony-BH auszugleichen versuchte. Er war, deutlich zu sehen, nur zur Hälfte gefüllt. Süß. Andere Frauen stopften die Lücken mit Watte aus.

»Bekommst du keine Schwierigkeiten, wenn du dich mit mir triffst?«, fragte ich.

»Und wenn schon. Ich bin sowieso nicht mehr lange in diesem Laden.«

»Wieso nicht? Der Weg ist frei. Der Chef braucht eine neue Frau. So was Junges und Hübsches wie dich.«

Sie sah mich geradezu angewidert an. »Mit diesem alten Sack? Nie im Leben!«

»Vielleicht alt, aber reich.«

»So dicke hat's der auch nicht mehr. Der pfeift doch aus dem letzten Loch.«

»Ich dachte, eure Firma sei so etwas wie Marktführer?«

»Keine Ahnung. Auf alle Fälle gab's jede Menge Entlassungen. Und neue sind schon angekündigt, da bin ich bestimmt auch dabei. Wegen der Krise. Obwohl die doch schon lange vorbei ist, steht in jeder Zeitung.«

»Du sitzt ja im Vorzimmer vom Chef, du bekommst sicher alles mit.«

»Manches, aber nicht alles. Die Tür ist ja immer zu. Aber die zoffen sich in letzter Zeit ziemlich, der große und der kleine Chef.«

Ich sah sie fragend an.

»Der große Chef ist natürlich Eulert, aber Kieninger mischt sich immer mehr ein, deshalb nennen wir ihn den kleinen Chef. Der kann richtig giftig werden. Und Eulert ist kaum noch da, der ist ständig unterwegs. Immer Termine.«

»Hast du Zugriff auf seinen Terminkalender?«

»Klar. Das gehört zu meinem Job.«

»Würde mich schon mal interessieren.«

»Das kann ich doch nicht machen!«

»Du schadest niemandem.«

»Wenn das herauskommt, bin ich meinen Job sofort los.«

»Ich verrate es bestimmt nicht.«

»Wozu willst du das überhaupt wissen?«

»Weil ich herausfinden will, wer Susanne Eulert ermordet hat.«

»Und du meinst, der Chef hat etwas damit zu tun?«

»Weiß man's? Vielleicht er, vielleicht Kieninger, vielleicht deine ältere Kollegin. Die war doch bestimmt nicht gut zu sprechen auf die Frau des Chefs.«

»Die haben sich gehasst! Du glaubst ja nicht, was für Geschichten in der Firma kursieren.«

Und was sie dann erzählte, war, wenn auch viel Büroklatsch dabei sein mochte, doch so aufschlussreich, dass ich etwas nachdachte, ein wenig herumtelefonierte und am späten Nachmittag den Drachen bei Büroschluss abpasste.

Ich lehnte an ihrem Auto, einem schwarzen Golf neueren Datums. Als sie mich sah, zögerte sie kurz und ging dann entschlossenen Schrittes weiter auf mich zu.

Ich hatte nicht erwartet, dass sie mir vor Begeisterung um den Hals fiel.

»Verschwinden Sie. Ich will mit Ihnen nichts zu tun haben.«

98

»Warum denn nicht? Ich bin ein netter Mensch. Und ich habe noch ein paar Fragen an Sie.«

»Ich rede nicht mit Ihnen.«

»Wo waren eigentlich Sie zum Tatzeitpunkt?«

»Das geht Sie gar nichts an.«

»Die Polizei wird es sicherlich interessant finden, dass Sie nicht im Büro waren.«

»Na und? Ich war beim Friseur, wenn Sie's genau wissen wollen.«

»Mitten am Nachmittag?«

»Als Chefsekretärin hat man gewisse Privilegien.«

»Vor allem, wenn der Chef nicht da ist, ich verstehe. Angeblich nicht da ist.«

»Natürlich war er nicht da. Er war auf Mallorca.«

»Sicher?«

Es war ein Bluff, aber er wirkte. Für einen kurzen Moment blitzte hinter ihrer schroffen, selbstsicheren Fassade etwas auf. Ich hatte Zweifel gesät, und genau das war beabsichtigt. Aber sie fing sich schnell wieder.

»Würden Sie bitte auf die Seite gehen? Ich möchte nach Hause fahren.«

»Waren Sie nur beim Friseur? Oder noch woanders?«

»Ich weiß immer noch nicht, weshalb ich Ihnen überhaupt eine Frage beantworten sollte. Aber damit Sie mich endlich in Ruhe lassen: Nein, ich war nirgendwo anders, ich war nur beim Friseur.«

»Gelogen!«

»Was erlauben Sie sich!«

»Ihr Auto stand am Tatort.«

Ich trat zur Seite und zeigte auf die Fahrertür, die ein hässlicher Kratzer zierte. Mit etwas Vorstellungskraft hatte er die Form eines stilisierten Fisches, der nach Luft schnappte.

»Ich habe Ihr Auto gesehen. Dieser Kratzer ist zu auffallend, als dass man damit unbemerkt bleiben kann.«

Sie rang sichtlich mit der Fassung. »Wollen Sie damit behaupten, dass ich mit dem Mord etwas zu tun habe?«

»Auf den Gedanken könnte man tatsächlich kommen. Zumal Sie nicht gerade gut auf Susanne Eulert zu sprechen waren, um das mal vorsichtig auszudrücken. Sie hat Ihnen den Mann weggenommen, nicht wahr?«

Was in ihren Augen aufblitzte, konnte man auch ohne abartige Phantasie nur als Hass deuten. Ich hatte den wunden Punkt getroffen.

»Sie war eine Schlange«, presste sie hervor. »Jeder ist auf sie hereingefallen. Sie doch auch.«

»Ich glaube, Sie haben mir einiges zu erzählen.«

Und ewig lockt das Weib

Von dem Moment an, als Susanne Bornheimer, siebenundzwanzig Jahre jung, ihren Fuß in die Firma Helmut Eulerts setzte, wusste Kristin Greifwald, neunddreißig Jahre alt, dass sie alle Hoffnung fahren lassen musste. Mit sicherem Gespür erkannte sie, dass sie allenfalls ihre berufliche Erfahrung in die Waagschale werfen konnte, und das war in diesem Fall zu wenig.

Es war allgemein bekannt, der Chefsekretärin zumal, dass es mit der Ehe des Chefs nicht zum Besten stand. Noch nie gestanden hatte, ihrer bescheidenen Meinung nach. Irmgard Eulert war ein verhuschtes Wesen, das im Laufe der Jahre immer mehr zu verschwinden schien. Es war ihr ohnehin unbegreiflich, wie der Chef, dieser dickschädelige Visionär, sich ausgerechnet diese Frau ausgesucht hatte. Hätte er auf sie gehört ... Aber damals war sie noch gar nicht in der Firma gewesen.

Obschon zwei Jahre jünger als ihr Mann, wirkte Irmgard zehn Jahre älter. Für die Firma und all die Sorgen, die damit einhergingen, hatte sie sich nie interessiert. Sie ging völlig darin auf, das Haus zu besorgen und ihren einzigen Sohn zu verwöhnen. An Geld mangelte es ja irgendwann nicht mehr.

Es schien geradezu, als entwickelte sie einen Hass gegen die Firma. Die allesverschlingende Firma, die alle Kraft, alle Zeit beanspruchte und keinen Raum für anderes ließ.

Wie jeder Familienunternehmer war Helmut Eulert davon ausgegangen, dass sein Sohn später die Firma übernehmen werde. Irmgard setzte alles daran, das zu verhindern. Die Firma hatte ihr den Mann genommen, so empfand sie es zumindest, und sie sollte ihr nicht auch den Sohn nehmen. So sehr Irmgard sich auch sonst treiben zu lassen schien, dieses Projekt führte sie mit eiserner Energie zum Erfolg. Irgendwann musste Helmut sich resigniert eingestehen, dass sein Sohn, Fleisch von seinem Fleische, die Firma in Windeseile in den Ruin treiben würde. Ein verweichlichtes, verzogenes Bürschchen ohne Biss, das am Rockzipfel der Mutter hing und das ihm immer fremder wurde.

Wofür schuftete er dann noch, wenn nicht für seinen Sohn, der es einmal besser haben sollte?

Für sich selber.

Im Grunde war das immer schon so gewesen. Es dauert nur manchmal seine Zeit, bis man sich seine Lebenslügen eingestehen kann.

Mit dem Erfolg kamen die Verpflichtungen. Helmut Eulert wuchs in die Esslinger Gesellschaft hinein. So misstrauisch man auch gegenüber Emporkömmlingen war, irgendwann konnte man ihn nicht mehr ignorieren. Man traf sich bei den Rotariern, beim Tennis, bei der Jagd, knüpfte neue Kontakte, vertiefte die alten. Es kamen die Einladungen, die mit Gegeneinladungen beantwortet werden mussten. Helmut Eulert verhehlte nicht, dass er stolz auf sich war. Der Sohn eines kleinen Daimlerarbeiters auf Augenhöhe mit dem alteingesessenen Gesellschaftsadel aus Verleger, Buchhändler, Apotheker, Kaufhausbesitzer.

Natürlich war klar, dass er kein vollwertiges Mitglied dieser Gesellschaft war, allenfalls ein Gast. Ein kleines Stolpern würde man noch amüsiert zur Kenntnis nehmen, ein Straucheln nicht verzeihen. Zumindest die Fassade musste aufrecht erhalten werden.

Deshalb wurde Irmgard allmählich zum Problem. Die Frau sei leidend, hieß es, deshalb halte sie sich von allen gesellschaftlichen Anlässen fern. Die schlichte Wahrheit war, dass sie sich all dem nicht gewachsen fühlte. Das war nicht ihre Welt, und so zog sie sich in ihre eigene zurück.

Immer öfter ließ Helmut Eulert sich, wenn es bei Geschäftsterminen unumgänglich war, von seiner Chefsekretärin begleiten. In der Firma galt es als offenes Geheimnis, dass die beiden ein Verhältnis miteinander hatten. Was zum Leidwesen von Kristin Greifwald allerdings nicht der Fall war. Trotzdem trat sie den Gerüchten nicht entgegen. Sie verschafften ihr wenigstens Machtfülle in der Firma.

Und die Genugtuung, dass es so hätte sein können. Bald so sein würde. Es war nur noch eine Frage der Zeit, bis Helmut einen Schlussstrich zog. Ziehen musste. Sie sah doch, wie es ihn quälte. Sie war seine Vertraute geworden, ganz normal bei einer Chefsekretärin. Und aus Vertrautheit war Nähe entstanden. Eine Nähe, die zwangsläufig nur zu einem Ziel führen konnte. Sie wäre eine würdige Nachfolgerin. Charmant im Umgang mit Gästen, eloquent im Small-Talk, geschmeidig auf dem gesellschaftlichen Parkett. Und bestens vertraut mit allen Belangen der Firma.

Natürlich hatte Helmut Eulert über eine Scheidung nachgedacht, aber es war ein Gedankenspiel geblieben. Bis dass der Tod euch scheidet ... Das war nicht bloß eine überkommene Floskel, er sah es als moralische Verpflichtung. Ihre Leben waren auseinandergelaufen, aber das musste ja nicht heißen, dass man alles wegwarf, was man in Jahrzehnten gemeinsam aufgebaut hatte. Man hatte sich bisher arrangiert und würde das auch weiterhin tun.

Seltsamerweise war Helmut Eulert seiner Frau immer treu gewesen.

Und dann kam Susanne.

Sie war keineswegs der Wirbelwind, der ungestüm alles durcheinanderwarf. Sie legte ihre Fäden aus und spann das Netz, in dem er sich verfing. Langsam und zielstrebig, und als er es bemerkte, war es zu spät.

Die Stelle der Marketingleiterin wurde schnell wieder gestrichen und Susanne zu seiner persönlichen Assistentin ernannt. Das war etwas mehr als Chefsekretärin.

Kristin Greifwald merkte, wie Helmut ihr entglitt. Susanne begleitete ihn zu Terminen. Susanne entschied, welche Krawatte besser zu seinem Anzug passte. Susanne erinnerte ihn an Geburtstags- und Weihnachtsgeschenke.

Kristin Greifwald war nicht mehr die Vertraute, sondern nur noch die Chefsekretärin. Wie hatte sie sich einbilden können, dass sie jemals etwas anderes hatte werden wollen?

Susanne wickelte ihn um den Finger, mit ihrer Jugend, ihrer zielstrebigen Unbekümmertheit, ihrer charmanten Hartnäckigkeit. Kurz gesagt: Sie blendete ihn.

Kristin warnte ihn, aber er wischte alle Argumente lachend beiseite. »Ich fühle wieder Kraft in mir. Ich möchte noch einmal durchstarten. Himmel, ich bin erst sechsundvierzig!«

»Und sie erst achtundzwanzig.«

»Kristin, du bist doch nicht etwa eifersüchtig?«

Doch, das war sie.

Zwischen den beiden Frauen begann ein Machtkampf, den die gesamte Firma interessiert verfolgte. Es wurden sogar Wetten abgeschlossen. Kristins Quote stand schlecht.

Als Chefsekretärin kannte sie alle Facetten des Bürokriegs, dessen wichtigste Waffe der Flurfunk war. Kleine Bemerkungen, nebenbei fallen gelassen, verdichteten sich zu Gerüchten, die als Gewissheit zurückschwappten und durch die Ritzen des Chefbüros drangen. Susanne führte ein ausschweifendes Liebesleben. Susanne feierte wilde Partys in den anrüchigeren Clubs der Stadt, wo, wie jeder wusste, mit Drogen freizügig umgegangen wurde. Und stand nicht eine ganze Nacht lang das Auto von Kieninger, Eulerts Kumpel und Kompagnon, vor ihrer Tür?

Manchmal war Susanne den Tränen nahe.

»Lass sie reden«, sagte Helmut, »das ist nur der Neid.«

Aber er rief Kristin zu sich und befahl: »Du musst dieses Gerede unterbinden.«

Ausgerechnet sie!

»Und wenn doch etwas dran ist?«, fragte sie.

»Ist es nicht. Und wenn, ist es mir egal.«

Natürlich hörten die Gerüchte nicht auf, dafür sorgte Kristin. Aber das schien Helmut und Susanne nur noch mehr aneinander zu binden.

Eines Tages kursierten sehr eindeutige Fotos mit Susanne in der Hauptrolle. Sie gingen von Hand zu Hand, begleitet von ebenso eindeutigen Kommentaren, bis jemandem auffiel, dass Susannes Kopf auf ziemlich plumpe Art auf einen anderen Körper montiert worden war. Einen bemerkenswerten Körper übrigens, das musste man zugestehen.

Dann gab es diesen Unfall. Susanne war auf dem Weg zu einem Termin und wollte gerade bei Wendlingen auf die Autobahn abbiegen, als sie von ihrem linken Hinterrad überholt wurde. Wie sich herausstellte, waren die Radmuttern gelockert worden.

Passiert war nicht viel, was der geringen Geschwindigkeit zu verdanken war. Ihr Firmenmercedes krachte in die Leitplanke, der Airbag, der sich zuverlässig geöffnet hatte, bewahrte Susanne vor Schäden.

Aber nur eine Minute später wäre sie auf der Autobahn gewesen und hätte ordentlich Gas gegeben, man kannte sie als flotte Fahrerin.

Die gesamte Firma war sich einig, dass das Kristin Greifwald eingefädelt hatte, wenn es auch schwer vorstellbar war, dass die stets elegant gekleidete Chefsekretärin mit den rot lackierten Fingernägeln und der Betonföhnfrisur selber Hand angelegt hatte.

Zu beweisen war das natürlich nicht. Ohnehin war die Lust an den Intrigen geschwunden. Die Belegschaft schätzte die Situation realistisch ein. Die Kleine hatte sich den Chef gekrallt, was soll's. Hatte eben Glück gehabt, das Mädchen.

Die Scheidung wurde geräuschlos abgewickelt und nach einer kurzen Anstandsfrist Hochzeit gefeiert. Fast genauso still, in kleinem Rahmen.

In der Gesellschaft registrierte man den Wechsel der Ehefrau mit einigem Naserümpfen. Zumindest beim weiblichen Teil. Die Männer schauten ihre Frauen an, schauten Susanne an und waren neidisch. Im Endeffekt lief es freilich auf das gleiche hinaus. Helmut Eulert und seine junge Frau wurden noch kritischer beobachtet. Das konnte ja nicht gutgehen, man hatte doch so allerhand gehört von dieser Frau. Die saugt ihn aus, und wenn sie alles Geld durchgebracht hat, ist sie weg. Mal sehen, wann die Firma wackelt.

Was niemand in Betracht zog war, dass sie ihn vielleicht tatsächlich liebte. Und er sie.

Bekannte Gesichter, gemischte Gefühle

Die Beerdigung auf dem Ebershaldenfriedhof in Esslingen war ein Ereignis. Die gesamte Belegschaft war da, die Geschäftspartner, die Gesellschaft. Ein Dicker in meinem Alter fiel mir auf, Gewicht genug für zwei und mit wachsamem Blick. Ich kannte ihn nicht, so wenig wie die anderen. So professionell würdevoll, wie er sich gab, konnte es sich nur um den Bestatter handeln. Sanfftleben, das Auto hatte ich stehen sehen.

Ich passte Sabrina ab. Entzückend sah sie aus in ihrem schwarzen Kleid mit dem halbgefüllten Dekolleté.

»Hast du mir die Termine ausgedruckt?«, fragte ich sie.

Sie war nervös. »Wenn uns hier jemand sieht!«

»Hier darf uns jeder sehen. Wir haben beide allen Grund, auf der Beerdigung zu erscheinen.«

Sie steckte mir einige zusammengefaltete Blätter zu.

»Die Gerechtigkeit wird's dir danken«, sagte ich.

»Schnapp den Kerl! Der Chef tut mir so leid.« Und sie schluchzte schon mal zur Probe.

An all dem Gerede, das bei Beerdigungen so üblich ist, hatte ich kein Interesse, das schlägt mir aufs Gemüt. Ich beobachtete die Leute, die dem Friedhof zustrebten, und hoffte auf ein Zeichen. Das natürlich nicht kam. Wie auch, ich kannte hier kaum jemanden. Nun ja, hätte ja sein können.

Ich ging mir die Autos anschauen. Viel schweres Gerät, die Honoratiorenschlitten. Sogar drei schwarze Mercedes mit Chauffeur. Wahrscheinlich der Oberbürgermeister, der Landrat oder andere hohe Tiere. Ich sah auch Kristin Greifwalds zerkratzten Golf mit dem asthmatischen Fisch, den ich auf meiner Fotoserie von der Überwachung entdeckt hatte.

»Sie waren am Tatort, und Sie hatten ein Motiv«, hatte ich zu ihr bei unserem Abendessen gesagt, zu dem sie sich widerstrebend bereitgefunden hatte.

Ihren gedämpften Lachs in Rieslingsauce hatte sie mehr bekrigt als gegessen. Ich hatte mich für ein klassisches Wiener Schnitzel entschieden und mampfte mit Genuss. Ich hatte ja auch kein schlechtes Gewissen.

»Verdächtigen Sie etwa mich?«

Das hatte sie vor nicht allzu langer Zeit schon einmal gefragt, und die Antwort war immer noch dieselbe. »Ja. Es spricht einiges dafür.«

»Es stimmt, dass ich Susanne Eulert zur Hölle gewünscht habe. Aber ich habe sie nicht dorthin befördert. Was hätte ich davon?«

»Rache. Und Ihr Chef ist wieder frei. Für Sie.«

Sie lachte freudlos. »Der Zug ist abgefahren. Ich bin sechsundfünfzig. Schauen Sie mich doch an. Eine alte Matrone, die in den letzten Jahren ziemlich aus dem Leim gegangen ist. Für wen hätte ich auch noch hungern sollen? Ich bin nicht mehr attraktiv genug.«

»Prinz Charles hat auch eine gereifte Camilla geheiratet. Und die ist lange nicht so attraktiv wie Sie.«

»Nett gemeint, Dillinger. Aber so ein Kompliment fällt im Vergleich zu Camilla nicht schwer.«

»Sie haben nie geheiratet?«

»Ich war mit der Firma verheiratet.«

»Und haben immer gehofft, dass Helmut Eulert Sie erhört.«

»Ich wäre ihm eine bessere Frau gewesen als Irmgard und Susanne zusammen.«

»Nur hat er das leider nicht eingesehen. Sie haben Ihr Leben für eine Illusion verschwendet.«

»Es wäre nicht das erste Mal gewesen, dass ein Chef seine Sekretärin heiratet. Siehe Susanne.«

»Und Sie haben ihn nicht davon abhalten können. Noch ein Motiv. Mit dem Tod von Susanne bestrafen Sie Ihren Chef.«

»Lächerlich! Glauben Sie wirklich, ich würde etwas tun, was Helmut schadet?«

»Gehen wir mal rein theoretisch davon aus, dass Sie es nicht waren. Warum waren Sie dann am Tatort?«

»Ich habe Susanne beobachtet.«

»Sie wussten von der Wohnung?«

»Ja.«

»Seit wann? Und woher?«

»Es gab da so Gerüchte. Sie wissen ja, wie das ist. Man hört hier eine Andeutung und dort eine, reimt sich etwas zusammen und weiß am Ende gar nicht mehr, woher das eigentlich kam. Wenigstens hat es gestimmt.«

Ich war verblüfft und verärgert gleichermaßen. Das geheime Liebesnest oder was immer es gewesen sein mochte war also gar nicht so geheim, dass es nur durch die findige Arbeit eines Privatdetektivs entdeckt werden konnte. Andeutungen von irgendwem hatten genügt.

War ich in eine Falle getappt, die ich mir selbst gestellt hatte? Hatte mich meine Klientin ganz gewaltig an der Nase herumgeführt?

»Seit wann?«, wiederholte ich.

»Vor ungefähr zwei Wochen habe ich davon gehört. Letzte Woche bin ich ihr zum ersten Mal nachgefahren. Und jetzt wieder. Immer wenn Helmut auf einem Auswärtstermin war, der garantiert länger dauerte.«

»Was haben Sie gesehen?«

»Nicht viel. Ich bin ihr auch nur vier Mal gefolgt bis … Susanne ging in das Haus, immer ungefähr zur gleichen Zeit, blieb einige Zeit, auch immer ungefähr die gleiche Zeit, und fuhr wieder weg. Meistens nach Hause.«

»Ging sonst noch jemand in das Haus?«

»Jede Menge Leute. Da war ein ständiges Kommen und Gehen.«

»Irgendjemand dabei, den Sie kennen?«

»Nein.«

Die Antwort kam mit einer winzigen Verzögerung.

»Also wer?«

»Wirklich nicht. Aber an dem Tag vor ihrer Ermordung bin ich etwas herumspaziert, ich wusste ja, wann sie wieder erscheinen würde, und habe auch in die Nebenstraßen geschaut.«

Ich Trottel! Auf die Leute, die die Straße entlanggingen, hatte ich nicht geachtet, ich war nur auf das Haus fixiert gewesen. Schon wieder was gelernt, fürs nächste Mal.

»Und da haben Sie irgendwas gesehen. Lassen Sie sich doch nicht jedes Wort einzeln aus der Nase ziehen, Herrgott nochmal!« Okay, ich war sauer auf mich und ließ es an ihr aus.

»Dort stand ein Wagen, wie Kieninger ihn fährt. Ich konnte aber das Nummernschild nicht erkennen.«

»Ein paar Schritte weiter, und Sie hätten es erkennen können. Oder wollten Sie es gar nicht so genau wissen? Das nehme ich Ihnen nicht ab.«

»Ich habe bemerkt, dass Susanne das Haus verließ, früher als sonst, und bin ihr hinterher.«

»Und?«

»Nichts. Sie ist nach Hause gefahren.«

Stimmt. Ich war ja auch hinter ihr. Und wer noch? Hatte Susanne Eulert womöglich einen ganzen Konvoi hinter sich hergezogen?

»Welchen Wagen fährt Kieninger?«

»Einen schwarzen A6.«

»Glauben Sie, dass Kieninger ein Verhältnis mit Susanne hatte?«
Sie schüttelte energisch den Kopf. »Nie im Leben! Die beiden
waren sich noch nie grün, und in letzter Zeit hat es immer wieder
richtig Ärger gegeben. Nach dem, was ich so mitbekommen habe,
hat er ihr vorgeworfen, dass sie sich zu viel ins Geschäft einmischt.«

»Hat sie?«

Kristin Greifwald schwenkte ihr Glas, als sei die Apfelsaftschorle
ein junger Bordeaux, der Luft brauchte. Ich nippte an einem
Spätburgunder, Esslinger Schenkenburg. In der Tat, sehr fruchtig,
da hatte die Weinkarte recht.

»Nach der Heirat hat Susanne offiziell nicht mehr in der Firma
gearbeitet. Helmut wollte das so. Sie sollte die Rolle übernehmen,
die Irmgard nie ausfüllen konnte. Kontakte in der Gesellschaft
knüpfen, Einladungen vorbereiten, solche Sachen. Die perfekte
Unternehmersgattin eben.«

»Und Susanne Eulert hat diese Rolle widerspruchslos übernommen?«

»Sie hat es offensichtlich gern gemacht. Na ja, für eine junge Frau
wie sie hat so ein Leben schon seinen Reiz. Einen schicken
Sportwagen fahren, sich schön machen, im Café herumsitzen, mal
ein Shoppingtrip mit den anderen Frauen nach München.«

All das, was ihr verwehrt geblieben war. Der bittere Unterton in
ihrer Stimme war nicht zu überhören.

»Seltsam«, sagte ich. »Sie hat zwei Jahre in dieser Firma gearbeitet, sie war qualifiziert und selbstbewusst und ehrgeizig, sie hatte
keine Kinder zu versorgen, und auf einmal spielt sie das Heimchen
am Herd.«

»Nicht das Heimchen am Herd, das Luxusweibchen. Das war
doch genau das, was sie wollte, und das hat sie bekommen. Deshalb
hat sie sich einen kleinen Familienbetrieb ausgesucht. Glauben Sie,
in einem Großunternehmen hätte sie sich so einfach dem Vorstandsvorsitzenden an den Hals werfen können? Den hätte sie nicht
einmal zu Gesicht bekommen.«

»Aber seit einiger Zeit hat sie sich eingemischt«, erinnerte ich sie.

»Das hat sie schon immer, indirekt, über Helmut. Viele
Entscheidungen wollte er erst mit ihr diskutieren.«

»Und nicht mehr mit Ihnen.«

»Nicht mehr mit mir, nein. Aber seit etwa zwei Monaten ist sie
oft in der Firma aufgetaucht und war bei Meetings dabei.«

»Worum ging es da?«

»Ich weiß es nicht.«

»Kommen Sie, Sie sind die Chefsekretärin, Sie schnappen immer etwas auf, und sei's beim Kaffeeservieren.«

»Genau das ist aus mir geworden: das Serviermädchen, das den Kaffee bringt.«

»Und dabei die Ohren spitzt.« Und nur deshalb den Kaffee selber bringt, anstatt das Sabrina machen zu lassen, dachte ich.

»Die haben immer aufgehört zu reden, wenn ich das Zimmer betreten habe.«

Da war etwas, das spürte ich, doch sie machte dicht, und ich hatte nichts, wo ich den Hebel ansetzen konnte.

»Haben Sie mich ins Haus gehen sehen, an dem Tag, als Susanne ermordet worden ist?«, fragte ich.

»Nein. Da habe ich wahrscheinlich gerade die Nebenstraßen abgesucht.«

»Nach Kieningers Wagen?«

Sie nickte. »Ich habe ihn aber nirgends gesehen.«

»Sie glauben also doch an eine Beziehung.«

»Sie könnten sich doch auch aus anderen Gründen getroffen haben.«

»Aus welchen?«

»Ich weiß es nicht.« Und wieder, bildete ich mir ein, blockte sie ab.

Schweigen breitete sich aus. Sie war in Gedanken versunken, ich zermarterte mir den Kopf, wie ich an diese Gedanken kommen konnte.

»Werden Sie es der Polizei erzählen?«, fragte sie schließlich.

»Müsste ich eigentlich. Ich tu's aber nicht. Noch nicht.«

»Danke.«

»Ich werde erst etwas sagen, wenn ich sicher bin, dass Sie in diese Geschichte verwickelt sind. Im Gegenzug sind Sie nicht mehr so bockig, wenn ich noch ein paar Auskünfte von Ihnen brauche.«

»Das ist ja fast eine Erpressung.«

»Es ist ein Deal. Und den bekräftigen wir jetzt mit einem schönen Dessert. Auf die paar Kalorien kommt es auch nicht mehr an.«

Sie lachte sogar. »Sie haben eine besonders nette Art, Komplimente zu machen.«

Der Mann, dem ich von dem Gespräch mit Kristin Greifwald eigentlich hätte berichten müssen, tippte mir auf die Schulter.

»Hauptkommissar Gellert! Es ist doch immer wieder eine Freude, Ihnen zu begegnen.«

»Habe ich Ihnen nicht gesagt, Sie sollen sich aus der Sache heraushalten?«

»Was wollen Sie denn? Ich bin auf der Beerdigung meiner Klientin.«

»Da drinnen spielt die Musik, nicht auf dem Parkplatz.«

»Ich halte dieses Gelabere nicht aus.«

»Geht mir genauso.«

»Und Sie, Herr Kommissar, was tun Sie hier? Sagen Sie mir nicht, Sie wollen Susanne Eulert die letzte Ehre erweisen.«

»Geht Sie zwar nichts an, aber ich verrate es Ihnen trotzdem. Großes Geheimnis. Ich mache meinen Job. Ich habe noch Fragen an ein paar Herrschaften.«

»Auf einer Beerdigung? Wie pietätlos!«

»Hier habe ich sie alle beisammen. Und wer weiß, vielleicht fließen nicht nur Tränen, sondern auch unbedachte Worte.«

»Und, gibt es was Neues bei den Ermittlungen?«

»Werd ich Ihnen gerade auf die Nase binden. Und selber?«

»Ich soll mich doch aus der Sache heraushalten, haben Sie gesagt.«

Er schaute mich unfreundlich an, schüttelte den Kopf und machte sich davon.

Ich ging weiter die Reihe der Autos entlang, und dann entdeckte ich ihn, den weißen Geländewagen, der nicht zu den anderen Autos vor Susannes Wohnung gepasst hatte. Hier fiel er nicht weiter auf. Ich verglich das Nummernschild mit meiner Liste. Der Wagen war zugelassen auf einen David van Forstmann, Investmentberater in Esslingen. Die Chancen standen nicht allzu gut, dass dies ausgerechnet der X5 war, den ich gesehen hatte, aber irgendwo musste ich ja ansetzen. Detektivarbeit ist Laufarbeit, und meistens rennt man vergebens. Gegen eine Mauer sowieso.

Ich setzte mich in meinen Porsche, programmierte mein Navi und brauste davon. Alle, die in irgendeiner Weise mit Susanne und Helmut Eulert in Verbindung gestanden hatten, waren auf der Beerdigung und anschließend sicher beim Leichenschmaus. Im Moment gab es hier für mich nichts zu tun.

Es war an der Zeit, dass ich mich endlich Helmut Eulert widmete, meinem eigentlichen Zielobjekt.

Jenseits der Liebe

Erwartet hatte ich eine verhuschte, verhärmte, mit ihrem Schicksal hadernde Frau, der die Genugtuung ins Gesicht geschrieben stand, dass die Frau, die ihr den Mann genommen hatte, tot war.

Doch Irmgard Hauber, die nach der Scheidung ihren Mädchennamen wieder angenommen hatte, war eine Frau von unaufdringlicher Eleganz, der man ihre neunundfünfzig Jahre nicht ansah.

Ihr blond gesträhntes Haar fiel ihr, ungewöhnlich lang für eine Frau ihres Alters, über die Schultern, ein dezentes Make-up verdeckte alle Fältchen, wenn denn welche vorhanden waren.

Es gab Frauen, deren Kleiderstil schwer in Worte zu fassen war. In mehreren Schichten übereinander wallte und flatterte es, man müsste sie schon entblättern, um das Geheimnis zu ergründen. So eine Frau war Irmgard Hauber.

Sie führte mich in ein geschmackvoll, aber minimalistisch eingerichtetes Wohnzimmer zu einer Sitzgruppe aus Edelstahl und schwarzem Leder.

»Zwei Dinge wundern mich«, sagte ich. »Zum einen, dass Sie nicht bei der Beerdigung sind.«

»Das wäre peinlich, provokativ oder armselig, je nach Standpunkt. Ich habe keine Lust, mich den Tuscheleien der Esslinger Gesellschaft auszusetzen. Und das andere?«

»Dass Sie mich überhaupt empfangen. Es geht ja um Ihre …« Mir fehlte die richtige Bezeichnung dafür.

»Nachfolgerin?«, half sie mir mit einem Lachen aus. »Das ist reine Neugierde. Und Mitleid.«

»Mitleid mit Susanne oder mit Ihrem Ex-Mann?«

»Mit beiden.«

»Entschuldigen Sie, das verstehe ich nicht ganz. Die Scheidung seinerzeit muss Sie doch verletzt haben.«

Sie lachte.

»Im Gegenteil! Es war eine Befreiung. Unsere Ehe war schal geworden, das wussten wir beide, aber keiner wollte sich das eingestehen. Und keiner hat sich getraut, mit dem anderen darüber zu reden. Susanne war … wie sagt man dazu? Der Katalysator, der eine Reaktion in Gang setzt.«

Sie servierte einen wunderbar duftenden Earl Grey in zarten Porzellantassen.

»Das einzige, was mich wirklich getroffen hat, war die Tatsache, dass Susanne damals so jung war. Ich war fünfundvierzig bei unserer Scheidung, und ich fühlte mich alt, zu alt, jederzeit ersetzbar durch eine Jüngere.«

Meine Rede! Und da gab es Leute, die meinen Eintritt in die Seniorengesellschaft groß feiern wollten. Das war gehässig. Ob das wirklich meine Freunde waren?

»Gleichzeitig war aber auch etwas Schadenfreude dabei. Ich habe mich nie wirklich wohl gefühlt in der Esslinger Gesellschaft. Diese andauernden Verpflichtungen, immer höflich sein zu Leuten, die man nicht leiden kann, immer die anderen übertrumpfen müssen – Helmut war das wichtig, aber ich habe es gehasst und mich immer mehr zurückgezogen. Und nun stellen Sie sich mal vor, jetzt heiratet dieser Helmut Eulert ein Mädchen, das besser in die Disco passt als zum Jägerball, und er muss den jugendlichen Liebhaber geben. Und was passiert? Susanne war perfekt, ihr hat das Spaß gemacht. Sie hat einfach die Rolle übernommen, die ich nicht geben konnte und wollte. Und jetzt fragen sich natürlich alle Damen in fortgeschrittenem Alter, wann sie denn durch eine Jüngere ersetzt werden, wenn das offensichtlich so einfach geht.«

»Nette Vorstellung: Ihre Nachfolgerin ist Ihre Rache an der besseren Gesellschaft.«

Sie lachte wieder. »Rache, ach was! Bei Rache schwingen starke Gefühle mit, mir aber ist diese sogenannte Society einfach gleichgültig. Die Scheidung war das beste, was mir passiert ist in meinem Leben. Ich war frei, ich konnte das tun, was ich wollte. Endlich konnte ich meinen eigenen Frisiersalon aufmachen. Das war schon immer mein Traum.«

»Das hätten Sie doch auch früher tun können.«

»Anfangs habe ich natürlich noch gearbeitet, wir brauchten ja das Geld, und die Eula war nur eine kleine Ein-Mann-Klitsche. Dann wurde unser Sohn geboren, da war sowieso erst mal Schluss. Tja, und dann begann der unaufhaltsame Aufstieg des Helmut Eulert und seiner Firma.«

Sie sagte das nicht mit bitterem Sarkasmus, sondern mit Humor.

»Für einen eigenen Salon hätte ich zuerst den Meister machen müssen, so war das damals noch, und das war undenkbar. Die Frau von Helmut Eulert arbeitet als Friseuse? Richtet den Frauen die Haare, mit denen sie abends Cocktails trinkt? Und nicht mal schimpfen können sie, weil die Frisur verhunzt ist, und wenn Sie ein bisschen was von Frauen verstehen, dann wissen Sie, jede Frau schimpft auf ihren Friseur. Haben die Eulerts das etwa nötig, dass die Frau arbeiten muss? Sind die so klamm? So ungefähr hat Helmut argumentiert. Die Emanzipation war seinerzeit in gewisse Kreise noch nicht vorgedrungen, ist sie wahrscheinlich immer noch nicht. Und ich war zu schwach, um mich durchzusetzen. Falls Sie mich also auf der Liste der Verdächtigen hatten, müssen Sie mich wohl streichen. Ich war nicht wütend auf Susanne, ich war ihr dankbar.«

»Haben Sie Ihren Frisiersalon noch?«

»Ich bin dabei, ihn so nach und nach an eine Mitarbeiterin abzugeben. Heute ist mein freier Tag, sonst hätten Sie mich nicht angetroffen. Allmählich trete ich in die nächste Phase meines Lebens. Viel reisen, einfach das Leben genießen, bevor ich wirklich zu alt werden.«

»Gab es andere Beziehungen? Nach der Scheidung, meine ich.«

»Sie sind reichlich indiskret.«

»Das ist so, wenn man im Leben anderer wühlt.«

»Wenn Sie's unbedingt wissen wollen: Es gab die eine oder andere unverbindliche Beziehung. Ich wollte es nicht anders. Ich bin also frei. Haben Sie Ambitionen?«

Das war jetzt arg daneben, selbst wenn sie es mit ihrem Lachen als Scherz hinzustellen versuchte. Diese Frau lachte zu oft. Das Lachen war ein Schutzwall, den sie vor sich aufgebaut hatte. Was verbarg sie dahinter?

Ich ignorierte ihre Bemerkung. »Sind Sie glücklich?«

Diese Frage überraschte mein Gegenüber. Irmgard Hauber stand auf und schaute hinunter in den Stuttgarter Talkessel. Halbhöhe hinterm Hauptbahnhof, nicht die allerbeste, aber gehobene Wohnlage in der Landeshauptstadt. Man hatte einen schönen Blick auf den Hauptbahnhof. Beziehungsweise auf das, was eine größenwahnsinnige Stadtplanung von ihm übrig gelassen hatte. Lange Zeit sagte sie nichts. Dann drehte sie sich zu mir um.

»Entschuldigung, das hat bei mir etwas ausgelöst. Man fragt sich das ja oft selber, aber aus dem Mund eines Fremden bringt es doch andere Saiten zum Schwingen. Sagen wir so: Ich habe mich arrangiert und versuche, das beste aus meiner Situation zu machen.«

Mit ein paar schnellen Schritten ging sie Richtung Küche. »Ich habe einen Bärenhunger, ich richte uns ein Vesper. Oder soll ich uns was kochen?«

114

»Vesper ist schon okay, machen Sie sich keine Umstände.«
Ich folgte ihr. »Wie gut kannten Sie Susanne?«

»Vor ihrer Hochzeit gar nicht, ich bin ja nie in die Firma gegangen. Danach sind wir ein paar Mal aufeinandergetroffen, das war unvermeidlich. Es waren eher peinliche Begegnungen. Wir wussten beide nicht, wie wir mit der Situation umgehen sollten. Sie war zu jung, ich noch zu unsicher.«

Auf einem Teller arrangierte sie verschiedene Sorten Geräuchertes.

»Mit ihrer Mutter allerdings habe ich mich prächtig verstanden, wir haben uns sogar oft getroffen, ohne dass Susanne davon wusste. Sie war so herrlich durchgeknallt. Selbstbewusst. Unabhängig. Hat sich ständig neu ausprobiert. Und gnadenlos egoistisch. All das, was ich nicht war. Ich habe sie darum beneidet. Und sie hat mir Mut gemacht, endlich meinen eigenen Weg zu gehen. Sie sehen, ich muss Susanne in jeder Beziehung dankbar sein.«

Wie oft hatte sie das schon gesagt? Es war wie ein Mantra. Damit niemand auf den Gedanken kam, es könnte auch anders sein?

»Was hat Susannes Mutter zu dieser Verbindung gesagt?«

»Unternehmersgattin entsprach nicht gerade ihrem politischen Weltbild. Aber sie hat nur mit den Schultern gezuckt. Hauptsache, sie ist glücklich, hat sie gesagt.«

»Und war Susanne glücklich?«

Sie drehte sich abrupt um und sagte scharf: »Da bin ich nun wirklich die Allerletzte, die darauf eine Antwort weiß.«

Sie nahm Essiggürkchen und Oliven aus dem Glas.

»Viele sagen, Susanne hätte sich ganz gezielt an Ihren Mann herangemacht.«

»Möglich. Aber spielt das eine Rolle?«

»Vielleicht schon. Sich spontan zu verlieben ist eine Sache, sich geplant einen Mann zu krallen eine andere. Susanne ist damit einigen gehörig auf die Füße getreten.«

»Ich bitte Sie, das ist vierzehn Jahre her!«

»Mancher Groll dauert lange, bis er reift.«

Sie ging nicht darauf ein, sondern holte einen Räucherfisch aus dem Kühlschrank.

»Das ist ein ganz besonderer Lachs. In Norwegen gefangen, in Lanzarote geräuchert, und in Stuttgart wird er gegessen. Ist das nicht verrückt? Tausende von Kilometern unterwegs, und nur, weil wir Meeresfische nicht nebenan haben.«

Interessant, aber tausende von Kilometern abseits vom Thema.

Sie drückte mir den Teller in die Hand. »Tragen Sie's schon mal rein, ich bringe uns ein schönes kühles Bier mit.«

»Können Sie sich vorstellen, dass Susanne einen Liebhaber hatte?«

Sie lachte schrill. »Mein Lieber, seien Sie doch nicht so naiv. So etwas ist immer vorstellbar. Und Helmut ist immerhin einundsechzig. Vielleicht kann er nicht mehr alles bieten, was eine jüngere Frau braucht. Trotz Viagra.«

»Hat er mal Andeutungen gemacht in dieser Richtung?«

Sie stemmte die Arme in die Hüfte und funkelte mich an. »Ich habe ja mittlerweile durchaus ein freundschaftliches Verhältnis zu meinem Exmann, vielleicht sogar ein besseres als während unserer Ehe. Aber über seine Leistungen im Bett reden wir weiß Gott nicht.«

»Ich meinte eher Gerüchte über einen Liebhaber von Susanne. Oder mehrere.«

»Nein.«

»Und wenn es so wäre, wie würde er reagieren?«

»Er würde seine Frau bestimmt nicht umbringen.«

»Dann schon eher den Liebhaber?«

»Eine interessante Überlegung. Eigentlich ist er nicht der Typ dafür. Aber wer weiß schon, was in einem Menschen vorgeht, wenn die Gefühle durcheinandergeraten. Nein, das kann ich mir nicht vorstellen, das nicht. Aber diese Frage ist ja obsolet. Nicht der mögliche Liebhaber ist tot, sondern Susanne.«

Sie stellte Teller, Besteck und Gläser auf den Couchtisch. Schinken aus dem Schwarzwald und aus Italien, Oliven aus Spanien, Käse aus Frankreich, Brot aus München. Auch der weitgereiste Lachs schmeckte nicht schlecht. Und wer will schon immer an die Ökobilanz denken.

»Was ist Helmut Eulert für ein Mensch?«

Sie dachte lange nach. »Diese Frage habe ich mir oft gestellt und in den verschiedenen Phasen meines Lebens unterschiedliche Antworten gefunden. Deshalb fällt es mir schwer, das in ein, zwei Sätze zu fassen. Tja, wer ist Helmut Eulert? Provokativ gesagt, und bitte entschuldigen Sie die Formulierung: eine arme Sau.«

Ich zog irritiert die Augenbrauen hoch, und sie lachte schallend. »Das ist mir eben spontan eingefallen, und es gefällt mir. Doch, ja, das trifft es. Ziemlich genau sogar.«

»Was verstehen Sie darunter?«

»Helmut kommt aus einfachen Verhältnissen ...«

»Ich weiß, der Arbeitersohn. Aber Sie doch auch.«

»Bäckerstochter, richtig, auch nicht viel besser. Aber im Gegensatz zu ihm hatte ich nie den Drang, zur besseren Gesellschaft zu gehören. Für ihn war dieser Aufstieg ungemein wichtig. Und als er es schließlich geschafft hatte, durfte um Himmels willen nichts geschehen, was seinen guten Ruf beeinträchtigte. Die Fassade musste immer schön aufrecht erhalten werden.«

»Eine Ehefrau, die da nicht mitzieht, ist diesen Ambitionen nicht sehr förderlich.«

»Eines unserer Probleme, unser größtes vielleicht. Helmut ist ein verdammter Sturkopf, sonst hätte er es nicht so weit gebracht. Was er sich in den Kopf gesetzt hat, zieht er auch durch.«

»Wenn Ihr Exmann so auf seinen Ruf bedacht ist, ist das im Moment ein Spießrutenlaufen für ihn. Die Zeitungen widmen sich ja ausgiebig dem angeblichen wilden Liebesleben von Susanne.«

»Ach, was in der Blöd-Zeitung steht, nimmt doch keiner ernst.«

»Die Leute lesen's gern und sind bereit, das zu glauben, was ihre wilden Phantasien bedient.«

»Das wird ihm sicher nicht gleichgültig sein, aber ich denke nicht, dass er es allzu tragisch nimmt. Dass man sich außerhalb des Ehebettes vergnügt, ist doch heutzutage kein Aufreger mehr, wenn man nicht gerade Politiker ist. Was glauben Sie, was in der sogenannten Gesellschaft ständig für Gerüchte herumschwirren! Man tratscht darüber, man amüsiert sich, aber das war's dann auch. Zumal der Seitensprung ja längst nicht mehr das Privileg der Männer ist. Ich könnte Ihnen die Namen von einigen sehr ehrenwerten Damen nennen, von denen ich sicher weiß, dass sie was laufen haben. Na und? Keiner regt sich darüber auf. Die eine oder andere ist höchstens neidisch. Angeblich werden sogar Adressen getauscht, aber das halte ich nun wirklich für ein Gerücht.«

»Sie haben immer noch Kontakt zur Esslinger Society, von der Sie eigentlich gar nichts wissen wollten?«

»Sie werden es kaum glauben, einige der Damen sind meine Kundinnen, seit ich meinen Salon eröffnet habe. Natürlich nur, um zu sehen, wie es mir geht. Und um den neuesten Klatsch loszuwerden. Komischerweise verstehe ich mich mit einigen von ihnen mittlerweile ganz gut.«

»Angenommen, Susanne hatte tatsächlich einen Liebhaber. Weiter angenommen, es handelt sich dabei um jemanden aus dem Kreis um Ihren Exmann, einen Freund oder einen Geschäftspartner. Was würde passieren, wenn er es erfährt?«

»Dann wäre wirklich die Hölle los, das würde ihn treffen. Loyalität ist für Helmut das wichtigste. Er würde das als Verrat empfinden und diesen Menschen aus seinem Leben streichen. Und wenn es sein bester Kunde ist. In der Hinsicht ist er rigoros. Warum fragen Sie? Wissen Sie etwas?«

»Nur so ein Gedankenspiel. Was wissen Sie über die Firma Ihres Exmannes?«

»Während unserer Ehe habe ich mich nie dafür interessiert. Das war ein Fehler. Und vielleicht war das Susannes Vorteil. Nicht ihre Jugend oder ihr toller Körper. Sie wusste, was lief, sie konnte mit Helmut auf Augenhöhe reden.«

»Können Sie sich vorstellen, dass Ihr Exmann in unseriöse Geschäfte verwickelt ist?«

»Wie kommen Sie darauf?«

»Reine Routinefrage.«

»Was verstehen Sie unter unseriös?«

»Riskant, halb legal, illegal …«

»Früher hätte ich gesagt: ausgeschlossen. Das passt nicht zu Helmut. Wie gesagt, er ist stur, vielleicht auch gnadenlos als Geschäftsmann, das kann ich nicht beurteilen. Aber er ist auch eine ehrliche Haut.«

»Und was sagen Sie heute?«

Aus einem Holzkästchen auf dem Couchtisch holte sie eine Zigarette hervor und zündete sie an.

»Es stört Sie doch nicht?«

Was soll man als Gast dazu sagen?

»Helmut war nach der Scheidung wirklich sehr großzügig. Es gab keine Diskussionen ums Geld. Er hat mir diese Wohnung gekauft, er hat mir beim Aufbau meines Friseursalons geholfen, er hat mir immer Unterhalt gezahlt. Selbst dann, als ich mein eigenes Geld verdient habe und seines nicht mehr brauchte und auch nicht mehr wollte. Aber darüber ließ er nicht mit sich reden. Jeden Monatsersten kam pünktlich das Geld. Für ihn war das eine Ehrensache.«

Sie machte eine Pause.

Eine lange Pause.

Ich wartete.

»Vor einiger Zeit hat Helmut mich angerufen und gefragt, ob er die Zahlungen eine Zeitlang aussetzen könne. Der Firma geht es nicht so gut, hat er gesagt. Es war ihm entsetzlich peinlich, das habe ich seiner Stimme angemerkt.«

»Sie haben ihn natürlich gefragt, was los ist.«

»Versteht sich. Aber er wollte sich nicht näher dazu äußern. Nur eine kleine Krise, hat er gesagt, er muss investieren, nur vorübergehend und so weiter. Die Firma hat anscheinend wirklich Probleme, was ich so höre.«

»Sie hören das? Ich dachte, Sie haben sich nie um die Firma gekümmert?«

»Vergessen Sie meine Esslinger Kundinnen nicht, die begierig sind, die neuesten Gerüchte zu verbreiten. Außerdem habe ich eine sichere Quelle. Ich gehe nämlich gern in die Oper, und dort habe mich mit einer Frau angefreundet, die bei der Eula arbeitet, wie sich herausgestellt hat. Im Vertrieb. Sie ist erst seit ungefähr zehn Jahren dabei, deshalb hat sie mich nicht gekannt. Unter meinem Mädchennamen sowieso nicht.«

»Ihre Privatspionin. Weiß Ihr Exmann davon?«

»Von mir nicht.«

»Wie groß sind die Probleme der Eula?«

»Es scheint schon an die Substanz zu gehen. Die Krise hat sie ziemlich gebeutelt, es gab einen drastischen Umsatzeinbruch, wie bei vielen Firmen, aber sie haben das nicht wieder auffangen können. Es sind anscheinend einige Märkte weggebrochen, und sie müssen sich etwas einfallen lassen. Neue Vertriebsstrukturen, neue Produkte.«

»Machen Sie sich Sorgen?«

»Um mich nicht. Ich habe meine Wohnung, ich habe meinen Salon und einiges auf der hohen Kante. Ich kann für mich selber sorgen.«

»Anders als Susanne.«

»Dass es mit dem Luxusleben vielleicht bald vorbei ist, dürfte sie schon beunruhigt haben. Aber etwas anderes wird ihr wirklich Sorge gemacht haben. Sie war dreiundvierzig, sie hat seit langer Zeit offiziell nicht mehr gearbeitet und vor der Heirat auch nicht viel Berufserfahrung gesammelt. Wo findet sie einen Job? In diesen Zeiten? In diesem Alter? Und als Frau?«

Sie stand auf und ging in die Küche. »Sie trinken doch auch einen Espresso, nicht wahr?«

Da sagte ich nicht Nein. Ich blieb sitzen und wartete auf die vertrauten Geräusche: das Ausklopfen des Kaffeesatzes, das leise Zischen der Maschine. Bis sich dann der köstliche Duft ausbreitet.

Aber es kam nur ein Klacken und Rattern. Nun gut, auch mit einem Vollautomaten kann man etwas machen, das wie Kaffee aussieht.

Sie kam mit den Tassen zurück und stellte sie auf den Couchtisch. Schaum gab es wenigstens.

Irmgard Hauber zündete sich eine weitere Zigarette an.

»Können Sie sich vorstellen, dass Ihr Exmann bedroht wird?«

»Helmut? Weswegen?«

»Das herauszufinden war Susannes Auftrag an mich.«

Sie stand so schnell auf, dass sie an den Couchtisch stieß.

»Und dann sitzen wir hier herum und tratschen über Susanne? Machen Sie sich an die Arbeit!«

Dieser heftige Ausbruch überrumpelte mich. Da waren offenbar noch mehr Gefühle vorhanden, als die Exfrau von Helmut Eulert zugeben mochte. Sich und anderen gegenüber.

Auch ich erhob mich. Die Audienz war beendet. Dabei hatte ich noch so viele Fragen. Nach ihrem Sohn beispielsweise. Aber wir sahen uns heute bestimmt nicht zum letzten Mal.

»Sagt Ihnen das Projekt Goldhamster etwas?«, fragte ich.

»Nein. Was soll das sein?«

»War nur so eine Idee. Übrigens, wo waren eigentlich Sie zur Tatzeit?«

»Machen Sie sich nicht lächerlich!«

»Routinefrage.«

»Wenn Sie das für so wichtig halten, dann finden Sie es heraus.«

Die Frau, die so freimütig über sich und ihre Nachfolgerin geplaudert hatte, machte plötzlich zu wie eine Auster.

Ich beschloss, dass eine meiner Frauen dringend einen Haarschnitt in Irmgards Friseursalon nötig hatte. Das würde einen Aufstand geben!

Selbstgemacht

»Zeit fürs Vesper«, sagt der Bauer und blickt seine Frau auffordernd an. Die steht sofort auf und kommt mit einer Büchse Wurst und einem Laib Brot zurück. Wurst vom eigenen Schwein natürlich, und so ein Brot kann man nicht beim Bäcker kaufen. Buchholz drückt sich den runden Laib nach alter Sitte an die Brust und säbelt einige Scheiben ab. Auch die Büchsenwurst öffnet er selbst. Männersache.

»Was ist denn bei Ihnen so vorgefallen in letzter Zeit?«, frage ich kauend. Die Wurst ist ausgezeichnet, ich sollte mir ein paar Büchsen mitnehmen.

»Nichts wirklich Tragisches. Nur seltsame kleine Dinge.«

»Nadelstiche.«

»Genau. Die Luft am Traktor abgelassen. Im Stall den Wasserhahn aufgedreht. Glasscherben im Hühnerfutter. Deshalb habe ich ja die Jauchegrube angesägt, falls er's nochmal probiert.«

»Nicht gesund für die Hühner.«

»Ach wo. So dumm sind die auch nicht.«

»Wer steckt dahinter?«

»Der Dettweiler natürlich, dieser Drecksack. Der will mir's verleiden, dass ich doch noch aufgebe. Aber mit mir nicht!«

Zur Bekräftigung holt er wieder die Schrotflinte hervor und legt sie auf den Tisch. »Die sollen nur kommen!«

Ich habe keinen Zweifel daran, dass er es ernst meint.

»Noch einen Selbstgebrannten? Oder einen Most? Ist auch selbstgemacht.«

Abwehrend hebe ich die Hände, ich muss einen klaren Kopf bewahren, ich muss nachdenken und die nächsten Schritte planen.

Kleiner Mann, was nun?

Ein Parkplatz irgendwo im Wald in der nahenden Dämmerung. Der Motor meines Porsches knackte, als er langsam auskühlte. Ich saß auf einem Stapel frisch geschlagenem Holz und merkte zu spät, dass ich an einem Klumpen Harz festklebte.

Wenn schon. Die schwarze Beerdigungshose mochte ich ohnehin nicht.

Eigentlich hätte ich mich mit meiner Exfrau treffen können, wenn ich schon mal in Stuttgart war. Erinnerungen austauschen. Aber mein Bedarf an geschiedenen Ehepartnern war für heute gedeckt. Vor allem, wenn sie nur Theater spielten.

Dass für Irmgard Hauber die Scheidung eine Befreiung aus dem Korsett der Verpflichtungen und Erwartungen gewesen war, nahm ich ihr ab. Es war die offenbar einzige Möglichkeit für sie, sich neu zu finden.

Doch wenn nach der Euphorie die Leere kommt, sieht das wieder anders aus, und man sinnt darüber nach, ob es nicht doch eine zweite Chance geben könnte. Ein Neustart unter anderen Bedingungen.

Und plötzlich wird die Nachfolgerin von der Befreierin zur Nebenbuhlerin, nun doch.

Ich hätte Irmgard Hauber fragen sollen, ob sie von der geheimen Wohnung gewusst hatte. Aber die Antwort konnte ich mir denken. Selbst wenn, würde sie es nicht zugeben.

Noch immer war mir nicht klar, was Susanne Eulert wirklich bezweckt hatte mit ihrem Auftrag. War sie wirklich besorgt um ihren Mann? Oder wollte sie nur ablenken? Und wenn, wovon?

Ich wusste nicht so recht, wie ich weiter verfahren sollte. Es gab so viele lose Enden. Den Investmentberater mit dem schicken Geländewagen musste ich mir anschauen. Ebenso Kieninger. Herausfinden, ob er tatsächlich in Susannes Wohnung gewesen war. Er würde mir natürlich mit Freuden Auskunft geben, wenn ich danach fragte.

Helmut Eulert. An ihn würde ich nicht so leicht herankommen. Also doch die klassische Methode, die langweilige, zeitraubende Überwachung in der schwachen Hoffnung, auf irgendwas zu stoßen, was auch immer. Vielleicht hatte Eulert eine Geliebte. War sie das Projekt Goldhamster? Alle, die ich danach gefragt hatte, waren innerlich zusammengezuckt, auch wenn sie sich das nicht anmerken lassen wollten.

So viele Fragen.

Aber auf jede Frage gibt es eine Antwort. Manchmal auch zwei.

Was nach der Liebe kommt

»Nie hast du Zeit für mich.«

»Entschuldige, Dillinger, ich muss arbeiten.«

»Jetzt? Am Abend? Wenn ich bei dir bin?«

»Ich war zwei Wochen weg, da ist viel liegengeblieben. Und ich muss mich vorbereiten auf meinen möglichen neuen Job.«

»Wenn du dich vorbereiten musst, ist die Sache also schon gelaufen.«

»Gar nichts ist gelaufen. Ich überlege noch.«

»Was gibt es da zu überlegen? Dann sehen wir uns nur noch an den Wochenenden, und das finde ich ziemlich blöd.«

»Viele Paare führen eine Wochenendbeziehung, und das klappt. Das wäre sogar eine Verbesserung für uns. Darf ich dich daran erinnern, Dillinger, das wir uns das ganze letzte Wochenende mit deinem bescheuerten Mordfall beschäftigt haben?«

»Geteiltes Leid ist doppelte Freud.«

»Es hätte überhaupt nichts ausgemacht, wenn ich dieses Wochenende in Berlin gewesen wäre. Du merkst das gar nicht. Im Gegenteil, du kannst dich dann ungestört deinem Hobby widmen.«

»Hobby! Ich werde dafür bezahlt!«

»Den Scheck willst du erst einlösen, wenn du den Fall gelöst hast. Und, wie steht's damit?«

»Viele Fragen. Keine Antworten. Apropos, musst du nicht mal wieder zum Friseur?«

»Findest du, ich habe es nötig?«

»Ich habe da eine gute Adresse.«

»Aha.«

»In Stuttgart.«

»Spinnst du? Ich werde doch nicht nach Stuttgart zum Friseur fahren!«

»Andere Frauen fahren dafür nach Paris. Oder New York.«

»Darüber kann man reden. Aber doch nicht nach Stuttgart!«

»Es wäre ein kleiner Rechercheauftrag.«

»Fahr selber hin. Du kannst dich nur verbessern.«

»Man kennt mich dort.«

»Ich kann nicht auch noch deine Probleme lösen.«

»Hinterher könnten wir schön essen, ins Kino oder ins Theater.«

»Beim besten Willen, dafür habe ich im Moment keine Zeit. Frag Sonja.«

»Bitte, wenn du nichts dagegen hast, dass ich mit fremden Frauen ausgehe.«

»Habe ich nicht. Außerdem ist Sonja nicht fremd, und eine Frau ist sie auch nicht. Also nicht in dem Sinne, wie du eine Frau siehst. Ich meine ... ach, du weißt, was ich meine.«

»Du hast ja keine Ahnung, welche Abgründe in manchen Frauen schlummern.«

»Mach dich nicht lächerlich, Dillinger!«

»Ich habe auch noch andere Frauen zur Auswahl. Eine etwas füllige Chefsekretärin. Eine sehr attraktive Friseurin. Gut, beide sind schon etwas älter, aber das wäre mal eine neue Erfahrung. Ach ja, und dann noch ein niedliches junges Ding mit einem süßen Busen.«

»Nur zu, viel Spaß dabei. Aber jetzt halt die Klappe, ich muss arbeiten.«

»Du bist nicht eifersüchtig?«

»Nein.«

»Bist du dir meiner so sicher?«

»Nein. Aber ich bin mir über mich sicher. Ich bin gern mit dir zusammen, Dillinger, und wenn es nach mir geht, soll es auch so bleiben. Aber ich renne dir nicht hinterher, und ich kontrolliere dich nicht. Mach, was du für richtig hältst. Du musst selber wissen, was ich dir wert bin.«

»Du würdest mich nicht massakrieren, wenn ich eine Geliebte hätte?«

»Nein. Ich würde dir höchstens die Eier abschneiden. Na ja, ich würde dir vielleicht eine Szene machen, wenn ich gerade in Stimmung bin, und ich würde dich auf alle Fälle zum Teufel jagen. Dann würde ich zwei Tage flennen, nicht wegen dir, sondern über mich, wie blöd ich war, und dich abhaken.«

»Sie liebt mich nicht!«

»Liebe hat doch nichts mit Besitzansprüchen zu tun, höchstens mit Vertrauen.«

»Wie soll man Vertrauen aufbauen, wenn die Frau nie Zeit hat? Da darf man schon mal frustriert sein.«

»Jetzt stell mal deine Lauscherchen auf Empfang, Dillinger, und spiel nicht die beleidigte Leberwurst. Du hast deinen Job, ich habe meinen Job. Du hast auch nicht immer Zeit. Wie oft habe ich schon vergeblich auf dich gewartet? Was glaubst du denn? Dass ich alles stehen und liegen lasse, wenn du zufällig mal hereinschneist? Du lebst im falschen Jahrhundert!«

»Was streiten wir uns eigentlich? Komm ins Bett.«

»Später. Wenn ich fertig bin. Aber erwarte dir nichts. Ich bin müde.«

»Du könntest wenigstens eine Migräne vortäuschen, wie das jede anständige Ehefrau tut.«

»Ich bin nicht deine Ehefrau.«

»Könnte man ja ändern.«

»Also bitte, Dillinger, jetzt keine Grundsatzdiskussionen. Was hast du gerade gesagt?«

»Nichts.«

Ansichten

Cornelia Bricks, 63, Unternehmersgattin (Papierverarbeitung): Ich werde sie vermissen, wirklich. Sie hat endlich mal Schwung gebracht in unseren Kreis alter Weiber. Das ist ja alles so schrecklich, wer macht denn so was?

Katja Ehrle, 47, Apothekerin: Da ist garantiert was gelaufen. Ich habe sie neulich im Drogeriemarkt gesehen, mit einer Packung Kondome in der Hand. Kirschgeschmack, pfui Teufel! Dabei hat sie doch die Pille genommen, das weiß ich genau, die hat sie nämlich immer bei mir gekauft.

Marie-Luise Landprecht, 52, Unternehmersgattin (Werkzeugbau): Die wusste genau, was sie wollte. Ich habe sie beneidet. Hätte ich seinerzeit so viel Selbstbewusstsein gehabt, wäre mein Leben sicher anders verlaufen.

Alwine Fassl, 61, Unternehmersgattin (Autohandel): Zwischen den beiden soll das ja auch nicht mehr die reine Freude gewesen sein, der Helmut wird ja auch nicht jünger. Also wundern würde es mich nicht, wenn die sich einen anderen genommen hat.

Regina Hangst, 42, Buchhändlerin: Die hat ihn ausgesaugt. Finanziell, meine ich. Sonst vielleicht auch. Ein ganz raffiniertes Ding. Das hat ja so kommen müssen.

Gundula Vollweiter, 54, Unternehmersgattin (Raumausstattung): Wir waren nicht gerade dick befreundet, das nicht, aber wir haben uns gut gekannt. Das mit diesem angeblichen Liebesnest kann ich mir nicht vorstellen. So war Susanne nicht. Sie war lebenslustig, ja, aber kein Flittchen.

»Das ist ja nicht zu fassen!«, sagte ich zu Sonja. »Was du alles erfahren hast! Und das in so kurzer Zeit. Ich hätte Tage dafür gebraucht.«

»Nirgends wird so viel getratscht wie auf Beerdigungen. Das geht wie auf Knopfdruck. Du brauchst nur mit bekümmerter Miene ›die arme Susanne‹ zu sagen, und schon sprudeln sie los. Ich habe noch viel mehr gehört, aber ich weiß nicht, ob das wichtig ist.«

»Wie heißt es in einem solchen Fall doch immer: Alles ist wichtig.«

»Eine beste Freundin scheint es übrigens nicht zu geben.«

»Ist das nicht eigenartig? Jede normale Frau hat doch eine beste Freundin, mit der sie allen Kummer und Schmerz teilt.«

»Du bist ja Experte.«

»Das sagen die Frauenzeitschriften. Hast du eine beste Freundin?«

»Ja. Miriam.«

»Die zählt nicht. Das ist deine Lebenspartnerin.«

»Lass mich überlegen. Gute Freundinnen schon, aber keine, mit der ich intimste Details besprechen würde.«

»Du bist ja auch nicht normal. Schau dir nur mal deine Frisur an. Keine normale Frau läuft mit solchen Haaren herum. Kein Schnitt, kein Volumen, kein Glanz. Du musst dringend zum Friseur.«

»Seit wann interessieren dich meine Haare?«

»Ich habe da eine gute Adresse.«

»Aha.«

»In Stuttgart.«

»In Stuttgart?«

»Beim Friseur wird doch immer viel geratscht. Du könntest nebenbei einige Dinge in Erfahrung bringen.«

»Ein Rechercheauftrag?«

»Exakt.«

»Das lässt sich schon einrichten. Dann kann ich in Stuttgart gleich ein paar Besorgungen machen. Unter einer Bedingung.«

»Jetzt erpresst sie mich.«

»Einige Dinge müssen wirklich dringend erledigt werden, und das übernimmst du. Oder willst du unser Versicherungsbüro ganz vor die Hunde gehen lassen?«

Eine Reise wegwohin

Ich wählte Sabrinas Nummer.

»Spinnst du? Du kannst mich hier nicht anrufen!«, flüsterte sie.

»Keine Panik! Grüß Kristin Greifwald von mir, wir sind jetzt Freunde.«

»Einen Moment bitte ... Du hast Glück, sie ist gerade zur Tür hinaus.«

»Hör mal, du musst mir mit dem Terminkalender helfen, ich blicke da nicht durch.«

»Aber wenn die Greifwald wieder hereinkommt, lege ich sofort auf. Egal, was du mit ihr hast, ich will keine Scherereien bekommen. Was hast du eigentlich mit ihr? Du bist doch nicht so ein Typ, der auf alte Frauen steht?«

»Wir haben uns nur über Susanne Eulert unterhalten, nichts weiter. Und jetzt erklär mir das bitte.«

Der Steuerberater, ein Rechtsanwalt, der Betriebsrat, Geschäftspartner, deren Namen mir nichts sagten: der übliche Meeting-Fahrplan eines Unternehmers. Der Investmentberater David van Forstmann, der Mann mit dem weißen Geländewagen, tauchte anscheinend nicht auf. Dabei musste er Eulert gekannt haben, sonst wäre er nicht auf der Beerdigung gewesen. Oder waren das nur gesellschaftliche Kontakte, gar keine geschäftlichen? Ich musste das herausfinden.

»Und wer ist AT?«

»Das steht für Außentermin. Zu diesen Zeiten ist der Chef außer Haus.«

»Und wo ist er da?«

»Das weiß keiner, nicht mal die Greifwald. Der Kieninger vielleicht, manchmal ist er auch dabei.«

»Ziemlich viel Außentermine in letzter Zeit. Und du hast keine Ahnung?«

»Nicht die geringste. Vielleicht hat er eine kleine Freundin und teilt sie sich mit Kieninger.« Sie kicherte.

»Du hast eine schmutzige Phantasie, weißt du das?«

»Ich will mir das lieber nicht genauer vorstellen. Diese beiden Alten! Da schüttelt's mich!«

»Hast du nicht irgendetwas aufgeschnappt? Über die Schwierigkeiten der Firma zum Beispiel?«

»Ach, darüber reden die doch dauernd. Was ich dich mal fragen wollte: Brauchst du nicht eine Sekretärin?«

»Ich werde es mir überlegen und mit meiner Freundin besprechen. Ich weiß nicht, ob sie so eine hübsche Frau in meiner Nähe duldet.«

»Du Schmeichler!«

»Ist vielleicht mal das Stichwort Goldhamster gefallen?«

»Kann mich nicht entsinnen. Wieso? Willst du dir ein Haustier anschaffen?«

»Es muss irgendein Projekt sein. Vielleicht eine Neuentwicklung in der Firma. Oder irgendwas, in das die Firma investiert.«

»Ehrlich, keine Ahnung. Ich kann mich ja mal umhören.«

»Besser nicht. Es könnte gefährlich sein. Vergiss nicht, was der Chefin passiert ist.«

»Du meinst, sie ist deswegen …«

»Wäre möglich. Wie ist denn dein Chef so drauf?«

»Furchtbar gereizt. Ich habe heute schon eins auf den Deckel gekriegt, weil ich angeblich mit dem Kaffee zu lange gebraucht habe. Dabei stimmt das überhaupt nicht. Die sind alle stinkig hier.«

»Wer?«

»Die Greifwald. Der große Chef. Der kleine Chef. Die beiden hocken gerade wieder zusammen. Eine richtige Scheißlaune haben die.«

»Was willst du anderes erwarten, gestern war die Beerdigung.«

»Das klingt nicht nach Trauer. Stinkig, hab ich ja schon gesagt, auch etwas … panisch vielleicht. Ja, ich glaube, das trifft es.«

»Weswegen?«

»Woher soll ich das wissen? So laut brüllen sie auch wieder nicht, dass ich das bis hierher höre. Soll ich mich vielleicht unter dem Schreibtisch des Chefs verstecken?«

»Keine schlechte Idee. Gibt's auch einen Kleiderschrank?«

»Das ist nicht komisch, Dillinger. Übrigens, jetzt fällt mir was ein. Kieninger hat heute morgen gesagt, dass sie diese Geschichte jetzt endlich durchziehen müssen. Nägel mit Köpfen machen, hat er gesagt.«

»Welche Geschichte?«

»Weiß ich nicht. Vielleicht hat das was mit diesem Goldhamster zu tun?«

»Und Eulert hat heute einen Außentermin?«

»Ja. Du, die Greifwald ist im Anmarsch. Tschüs.«

Ich seufzte. Sabrina hatte ein hübsches, aber kein sonderlich helles Köpfchen. In einem Unternehmen wie der Eula müssen ständig Nägel mit Köpfen gemacht werden.

In jedem anständigen Krimi hätte ich mich schon längst bei der Eula anstellen lassen und undercover ermittelt. Aber Krimis berücksichtigen nie die aktuelle Wirtschaftslage. Die Eula suchte keine Leute, sie entließ welche.

Blieb mir also nichts anderes übrig, als Eulert zu beschatten und abzuwarten, wohin sein Außentermin mich führte.

Lange ausharren musste ich nicht. Kieninger stieg zusammen mit Eulert in dessen Mercedes. Es ging hinauf auf die Fildern und schnurstracks auf die Autobahn. Mein Mietwagen war unauffällig genug, um in der Masse der anderen Autos mitzuschwimmen.

Sie fuhren erst gen Norden und bogen am Kreuz Weinsberg Richtung Nürnberg ab. Je weiter es ging, umso heimischer wurde mir zumute, und vollends, als sie bei Kupferzell abfuhren.

Wir waren in meiner Heimat, dem Hohenloher Land. Was sollte das werden? Eine Landpartie? Mitten in der Woche? Das passte nicht zu einem schwäbischen Unternehmer.

Als sie dann in Knittinghausen ausstiegen und das Rathaus betraten, war ich perplex.

Ich war erst einmal in Knittinghausen gewesen. Auf der Durchfahrt, als ich mich verfranzt hatte. Ich hatte nicht mal einen Kunden hier, soweit ich wusste.

Was wollte Eulert in Knittinghausen?

Eine Frage der Ehre

Knittinghausen mit seinen knapp viertausend Einwohnern war eine Gemeinde, die tapfer versuchte, den Stallgeruch loszuwerden und seinen Platz in der Zukunft zu finden, was nicht so recht gelingen wollte.

Touristisch gab Knittinghausen nichts her. Die bescheidene Dorfkirche aus der Mitte des 19. Jahrhunderts ließ sich nicht wirklich als sehenswert verkaufen, ebenso wenig der Wasserturm und das Neubaugebiet, das am Ortsrand gewachsen, aber seit einiger Zeit ins Stocken geraten war. Es gab einfach nicht mehr genügend junge Familien, denen die Vorzüge des Landlebens ausgerechnet in Knittinghausen zu vermitteln waren.

Was hätte man zahlenden Gästen sonst noch bieten können? Wandern konnte man anderswo besser, weil die Landschaft schöner und abwechslungsreicher war. Die Infrastruktur beschränkte sich auf ein etwas heruntergekommene Gasthaus mit Päckchenküche, dessen Fremdenzimmer alle Jubeljahre einmal von orientierungslosen Vertretern frequentiert wurden.

Kurz gesagt: Knittinghausen war eine Landgemeinde, wie es sie dutzendweise, hundertweise gab. Nette Örtchen, aber ohne Perspektive. Auf ewig zu ihrem Dämmerschlaf verdammt.

Allerdings hatte Knittinghausen ein Pfand, mit dem gewuchert werden konnte: einen Autobahnanschluss. War das nicht ein überzeugendes Argument in der Epoche der Just-in-time-Produktion? Dazu gab es ausreichend Land, das müde gewordene Bauern gerne zu einem anständigen Preis abzugeben bereit waren.

Und es gab einen agilen jungen Bürgermeister, der zur Überraschung aller den liebenswert verschnarchten Vorgänger abgelöst hatte.

Eigentlich hatte jeder dem Alten noch die paar Jahre bis zum Ruhestand gegönnt, aber da jeder mit ihm auch ein Hühnchen zu rupfen hatte, wie das nicht ausbleibt in langen Jahren des dörflichen Zusammenlebens, schien dem einen und anderen ein kleiner Denkzettel angemessen. Das würde ja am Ergebnis nichts ändern.

Es waren dann zu viele Denkzettel gewesen.

Christian Dettweiler selbst war von seinem Wahlsieg am meisten überrascht. Geradezu entsetzt. Er hatte nie mit einem Erfolg gerechnet und ihn, ehrlich gesagt, auch gar nicht angestrebt.

Natürlich wollte er Bürgermeister werden, aber doch nicht in so einem kleinen, jämmerlichen Ort wie Knittinghausen, wie er zu seiner Freundin Veronika sagte.

»Warum bewirbst du dich dann überhaupt?«, fragte sie verständnislos.

»Das ist ein Probelauf. Ich sammle Wahlkampferfahrung, die mich nicht viel kostet.«

»Dafür trägst du den Makel des Verlierers.«

»Aber das macht doch nichts, im Gegenteil!«

Und er begann zu dozieren.

»Erstens: Gegen so einen alten Lokalmatador kann man nur verlieren, das ist also nichts Ehrenrühriges. Zweitens: Man wird mich für den Mut bewundern, dass ich überhaupt antrete. Drittens: Ich bin der einzige Gegenkandidat, ein paar Stimmen werde ich also schon kriegen. Viertens: Bei meiner nächsten, der richtigen Bewerbung bin ich deshalb kein unbeschriebenes Blatt mehr, sondern kann politische Erfahrung vorweisen. Fünftens: Das wird dann klappen.«

»Und wenn du doch gewinnst?«

»Das wird nicht passieren. Ein halbwegs anständiges Ergebnis, mehr ist da nicht drin.«

»Dann hoffe mal das Beste. Ich ziehe nämlich garantiert nicht in dieses Nest. Wenn du gewinnst, bist du mich los.«

Nun war er also neunundzwanzig Jahre alt, der gewählte Bürgermeister von Knittinghausen, und hatte einen Berg von Problemen. Zum einen hatte er einen Job, den er gar nicht haben wollte. Sollte er die Wahl ablehnen? Er wusste nicht einmal, ob das überhaupt möglich war. Und dann brauchte er sich woanders gar nicht erst zu bewerben.

Zum anderen hatte er ein Wahlversprechen einzulösen. »Anschluss an die Zukunft« war sein bemerkenswert origineller Slogan gewesen, und er malte die Zukunft in den schönsten Farben.

»Es ist doch ganz einfach, Leute«, rief er. »Mehr Arbeitsplätze, mehr Steuern, mehr Lebensqualität. Dann können wir endlich das Dach der Gemeindehalle reparieren, und der Kleintierzüchterverein bekommt einen Zuschuss für sein neues Vereinsheim.« Vor allem Letzteres war ein überzeugendes Argument, wie er fand.

Die Leute nickten bedächtig. Wenn es so einfach war, warum hatte ihr Bürgermeister das dann nicht schon längst gemacht? Weil es eben so einfach nicht war, und das wussten sie genau. Lass den Jungspund nur reden. Und Reden schaden nicht.

Wäre da bloß nicht diese Sache mit den Denkzetteln gewesen.

Nun gut, ein Wahlversprechen ist ein Wahlversprechen. Das Dumme war nur, dass man den neuen Bürgermeister Christian Dettweiler daran messen würde. Hier und vor allem auch andernorts, wenn er sich in einer richtigen Stadt bewarb.

Wenn er also hier nichts auf die Beine brachte, würde er in diesem Kaff versauern. Bis zur Rente.

Und als sei das alles noch nicht genug, musste er hier außerdem ein Haus bauen, das erwartete man von einem Bürgermeister. Das war auch ein symbolischer Akt, das sichtbare Zeichen dafür, dass er in der Gemeinde verwurzelt war, lange zu bleiben und sich für das Gemeinwohl einzusetzen gedachte.

Ach ja, um eine neue Freundin musste er sich bei Gelegenheit auch kümmern. Veronika hatte ihr Wahlversprechen wahr gemacht.

Acht Jahre lagen also vor ihm, so lange dauerte die Amtszeit eines Bürgermeisters in Baden-Württemberg. Eine lange Zeit. Es blieb ihm nichts anderes übrig, als das Beste daraus zu machen.

Christian Dettweiler setzte ein Industriegebiet auf die Tagesordnung. Das Industriegebiet an sich war kein Streitpunkt, nur die Dimensionen, die ihm vorschwebten.

»Das ist doch viel zu groß für unsere kleine Gemeinde«, murrte sein Gemeinderat.

»Anschluss an die Zukunft, Leute!«, entgegnete er. »Es ist doch ganz einfach. Wenn wir das Industriegebiet nicht nur versprechen, sondern schon haben, ist das ein klarer Wettbewerbsvorteil gegenüber anderen Gemeinden.«

Es ging den Leuten auf die Nerven, dass er sie immer Leute nannte. Das war zu kumpelhaft für einen, der nicht hier aufgewachsen war. Musste man ihm mal bei einem Glas Bier verklickern.

Christian Dettweiler boxte sein Industriegebiet durch, gegen alle Widerstände, und die waren beträchtlich. Vor allem von jenen, die keinen Grundbesitz auf dem Gelände hatten.

Die Gemeinde nahm viel Geld in die Hand, das sie eigentlich nicht hatte, kaufte den Bauern das Land ab, zu einem anständigen Preis, und ließ das Gebiet erschließen.

Vorsichtshalber tauschte der Bürgermeister den altgedienten Kämmerer aus. Der neue Mann seines Vertrauens kam von auswärts und kannte niemanden in der Gemeinde, niemand kannte

134

ihn. Es war nicht weiter schwer, ihn zu einem kreativen Umgang mit der Gemeindekasse zu bewegen. Es gab ja genügend Angebote, wie man aus wenig Geld viel Geld machen konnte. Man musste sich nur das beste aussuchen. Viele Gemeinden machten das so.

Es war natürlich purer Zufall, dass der neue Kämmerer ein Baugrundstück von der Stadt zum Vorzugspreis erwerben konnte. Und dass die Gemeindearbeiter ihm beim Ausbau hin und wieder zur Hand gingen, wenn sie gerade sonst nichts zu tun hatten. Ob man die Straßenränder selber mähte oder jemanden damit beauftragte, war schließlich kein großer Unterschied. Außer dass man damit die heimische Wirtschaft ankurbelte.

Einige örtliche Gewerbebetriebe nutzten die Chance und stellten auf billigem Grund billige Werkstätten hin: ein Maler, ein Installateur, ein Schreiner, ein Zimmermann, ein Landmaschinenmechaniker.

Das war zwar für die Betriebe erfreulich, für die Gemeinde aber ohne Mehrwert. Es war nur eine innergemeindliche Umsetzung, die keinen Cent mehr Steuern einbrachte. Die Geschäfte liefen nicht allein schon deshalb besser, weil man an einem neuen Standort war.

Und sonst war nichts.

Der Bürgermeister kam allmählich ins Schwitzen. Niemand interessierte sich für sein Industriegebiet, Autobahnanschluss hin oder her.

Und seine geheimen Investitionen entwickelten sich auch nicht so, wie ihm das versprochen worden war. Genauer gesagt, produzierten sie nur Verluste. Er hatte sich gnadenlos verspekuliert. Anderen Gemeinden ging das auch so, aber das war kein Trost.

Wenn der Bürgermeister in die Zukunft blickte, sah er nichts als ein schwarzes Loch, das alles aufsog. Sogar sein Kämmerer bekam kalte Füße und hatte auf der schriftlichen Erklärung bestanden, dass er immer nur auf Anweisung gehandelt habe.

Schließlich gelang ihm doch noch der große Coup. Ein Maschinenbauer zeigte mäßiges Interesse und dann großes, als ihm die Gemeinde etwas entgegenkam und gewisse Risiken übernahm.

Das Gelände wurde nicht verkauft, sondern verpachtet, zu einem so lächerlichen Preis, dass es zu einem Aufstand gekommen wäre, hätten die anderen Gewerbetreibenden davon erfahren. Die Pachtzahlung war erst in drei Jahren fällig. Die Gemeinde übernahm selbstverständlich die Erschließungskosten. Und über die Gewerbesteuer konnte man selbstverständlich auch reden.

Der Bürgermeister hatte sich ganz weit aus dem Fenster gelehnt.

Er hätte alles getan, um den Maschinenbauer an seine Gemeinde zu binden.

Das war eine Investition in die Zukunft, rechtfertigte sich Christian Dettweiler vor sich selber, und er begann, von dieser rosigen Zukunft zu träumen.

Die Einnahmen sprudeln und gleichen die Investitionen wieder aus. Neue Arbeitsplätze entstehen, wodurch er endlich auch einige brachliegende Bauplätze los wird. Andere Unternehmen werden dem Maschinenbauer folgen. Und das alles war sein Verdienst. Er hatte den dummen Bauern gezeigt, wie man eine solche Gemeinde heutzutage führte. No risk, no fun.

Ein großer Hallenkomplex wurde aufgezogen, aber noch bevor die Produktion beginnen konnte, kam der Maschinenbauer ins Trudeln und wurde von einem chinesischen Konzern aufgekauft. Die Chinesen schauten mal kurz in Knittinghausen vorbei, warfen einen Blick auf die Gebäude und zeigten lächelnd mit dem Daumen nach unten: Brauchen wir nicht.

Nun hatte der Bürgermeister ein wirkliches Problem. Er hatte zwar eine neue Freundin, dafür leere Hallen und eine leere Gemeindekasse. Die war sogar so leer, dass es dafür schon keinen Begriff mehr gab. Wenn das alles ans Tageslicht kommt, werden sie mich steinigen, dachte er. Noch bevor sie mich vor ein Gericht stellen.

So war die Lage in Knittinghausen.

Und jetzt war Helmut Eulert hier und redete mit Christian Dettweiler. Wollte er expandieren? Seine Produktion hierher verlegen? Goldhamster züchten?

Und was war die Bedrohung, die Susanne Eulert zu sehen geglaubt hatte? Dass ihr Helmut auf einem Kuhfladen ausrutschte?

Das ergab doch alles keinen Sinn.

Ebenso wenig, dass ich mir hier zwei Stunden um die Ohren schlug, bis Eulert und Kieninger wieder aus dem Rathaus kamen.

Ich nutzte die Zeit, um nachzudenken. Viel kam nicht heraus. Meine Gedanken drehten sich im Kreis. Ich musste mir eingestehen, dass ich an einem Punkt angelangt war, an dem ich nicht mehr weiter wusste. Die Erkenntnis war nicht dazu angetan, mich aufzuheitern.

Die zwei redeten miteinander, und es schien, als sei das Gespräch nicht sehr harmonisch. Das war ihren Gebärden und ihrem Gesichtsausdruck zu entnehmen. Ich war zu weit weg, um etwas verstehen zu können. Ein Richtmikrophon müsste man haben. Ich sollte mich mal erkundigen, was so ein Ding kostet. Oder ich brachte eine Wanze in Eulerts Auto an, auf der Rückfahrt wurde ja sicher über das Treffen geredet. Aber so etwas hatte ich gerade auch nicht zur Hand. Stattdessen saß ich in meinem geliehenen Auto, sah zwei Männern beim Reden zu und hatte nicht die leiseste Ahnung, was hier ablief.

Als klar war, dass die zwei wieder der Autobahn Richtung Heimat zustrebten, machte ich Feierabend und fuhr zurück in meine Wohnung. Jetzt etwas Schönes kochen und dann die Liebste in den Armen halten, das war ein kleiner Lichtblick. Nele musste kommen, egal, wie viel Arbeit sie hatte.

Ich brauchte sie. Jetzt.

Das Gewicht der Welt

Ich zauberte ein schnelles Menü, nichts Aufwendiges. Zuerst rührte ich das Zimtparfait und stellte es ins Gefrierfach. Es war gerade noch Zeit, damit es halbfest wurde.

Dann schnetzelte ich eine Lende vom Hällischen Schwein, briet das Fleisch kurz scharf an und nahm es aus der Pfanne, löschte mit Marsala ab, gab etwas Johannisbeergeleee, Cayennepfeffer und grünen Pfeffer dazu, ließ die Sauce reduzieren und stellte alles auf die Seite. Jetzt konnte ich warten, bis Nele kam.

Und sie kam. Wenn auch widerwillig, wie mir schien.

»Du rufst, und ich eile. Lass das bloß nicht einreißen!«, sagte sie finster.

Ein Schatten verdunkelte unsere Beziehung. Oder überinterpretierte ich da etwas?

Ich servierte einen schlichten Blattsalat mit einer leichten Vinaigrette aus Himbeeressig. Dann wärmte ich die Sauce auf, gab das Fleisch hinein und rundete mit einem Spritzer Sahne ab. Zum Schluss wärmte ich frische Mangoschnitze kurz mit auf.

Wir plauderten über harmlose Nebensächlichkeiten. Also über uns. Auch so ein Kreisverkehr. Ein riesiger. Mit nur zwei Ausfahrten: Berlin oder Hamburg. Zwei andere, Aalen und Schwäbisch Hall, waren derzeit wegen Bauarbeiten geschlossen. Bodenverseuchung oder so. Aushub von Altlasten.

»Es gibt auch Paare, die sich nur aushalten, wenn sie nicht ständig zusammenleben«, sagte Nele.

»Wie wir. Wir leben nicht zusammen. Und doch miteinander.«

»Wäre nicht anders, wenn ich in Berlin bin. Oder in Hamburg.«

»Doch. Jetzt können wir schneller zusammenkommen. Wie heute, mitten in der Woche.«

»Aber vorgestern nicht, weil du beschäftigt warst, und morgen vielleicht auch nicht, weil ich dann zu tun habe.«

»Eben. Dafür heute. Wenn du in Berlin bist, muss ich bis nächstes Wochenende warten. Oder bis übernächstes.«

»Und wohin dann mit den Hormonen, meinst du?«

»Ach was, Nele! Es geht um Nähe. Vertrautheit. Wärme. Gespräche. Freude, miteinander und aneinander.«

»Eine Fernbeziehung ist vielleicht auch gut. Dann nutzt sich unsere Beziehung durch den Alltag nicht ab.«

»Nur noch eitel Sonnenschein alle paar Wochenenden. Wunderbar. Und an diesen Tagen geht man allen kritischen Themen aus dem Weg, um die kostbare Zeit nicht mit Auseinandersetzungen zu belasten.«

»Wäre das so schlimm?«

»Ja. Ich streite für mein Leben gern und will nicht warten müssen, bis im Kalender ein Termin frei ist.«

»Warum so destruktiv heute, Dillinger?«

»Ich komme nicht weiter in dieser Geschichte mit Eulert.«

»Dann lass sie doch sein.«

»Ich scheitere ungern. Und wenn, dann nur ehrenvoll.«

»Was für ein Blödsinn! So leicht gibst du dich doch nicht geschlagen. Du bist ein Kämpfer.«

»Gegen Windmühlen. Alles läuft schief derzeit.«

»Jammer nicht herum, du Weichei, tu was!«

»Gute Idee. Ab in die Kiste.«

»Erst klären wir diese Geschichte hier.«

»Dann klär mal, Geliebte.«

»Könnte es sein, dass die schöne Susanne dich an der Nase herumgeführt hat? Dass etwas ganz anderes dahintersteckt, als sie dir weisgemacht hat?«

»Schon möglich. Aber fragen kann ich sie nicht mehr.«

»Dann musst du eben selber denken.«

»Immer muss man alles selber machen!«

»Sie hat dich ziemlich schnell herumgekriegt.«

»Empörend, dieser Ausdruck: herumgekriegt.«

»Du hast den Auftrag angenommen.«

»Ich kann eben einer betörend schönen Frau nicht widerstehen. Vor allem nicht, wenn sie in Sorge ist. Mein männlicher Beschützerinstinkt. Wir edlen Ritter.«

»Allmählich wirst du wieder zynisch, gut so. Gleichzeitig warst du misstrauisch. Sonst hättest du nicht erst sie observiert.«

»Sie war halt eine schlechte Schauspielerin.«

»Oder eine sehr gute. Schon mal auf die Idee gekommen, dass sie genau das beabsichtigt hat?«

»Dass ich sie überwache?«

»Vielleicht sogar das. Vor allem: dass du misstrauisch wirst.«

»Was hätte ich entdecken sollen?«

»Was hast du entdeckt?«

»Eine geheime Wohnung, in der sie sich möglicherweise mit ihrem Liebhaber getroffen hat. Oder mit mehreren.«

»Bleiben wir mal bei einem. Wer war es?«

»Das habe ich noch nicht herausfinden können.«

»Wer käme in Betracht?«

»Der Investmentberater, wenn das sein Auto war, das ich gesehen habe. Kieninger, wenn das sein Auto war, das die Chefsekretärin gesehen hat. Oder der große Unbekannte.«

»Wie würde Eulert reagieren, wenn er davon erfährt?«

»Ich kann ihn noch nicht einschätzen. Was ich bisher über ihn gehört habe, ist widersprüchlich.«

»Wie würdest du reagieren, Dillinger?«

»Habe ich dich nicht gestern genau das gefragt?«

»Jetzt bist du an der Reihe.«

»Ich würde meinen Nebenbuhler zum Duell fordern. Ich bin ein Mann. Ein Kämpfer.«

»Im Ernst, Dillinger.«

»Ich wäre in meiner Eitelkeit gekränkt. Ich würde dir eine Riesenszene machen und dich vor die Tür setzen. Oder auch nicht. Vielleicht würde ich in einem lichten Moment auch darüber nachdenken, was schief gelaufen ist zwischen uns. Was ich dazu beigetragen habe.«

»Weiter gedacht: Wie würdest du reagieren, wenn der Liebhaber deiner Frau, nehmen wir das einfach mal so an, ausgerechnet dein Kompagnon ist?«

»Unser Vertrauensverhältnis wäre nachhaltig gestört.«

»Vielleicht wollte deine Susanne genau das provozieren.«

»Wenn sie etwas gegen Kieninger hat, warum redet sie dann nicht mit ihrem Mann darüber?«

»Möglicherweise hat sie das getan, aber erfolglos. Eulert und Kieninger arbeiten seit über dreißig Jahren zusammen, und offensichtlich ist diese Zusammenarbeit harmonisch, sonst hätte sie nicht so lange gehalten. Das ist wie in einer langen Ehe: Man kennt sich, man vertraut sich gegenseitig, man lässt nichts aufeinander kommen. Zumindest nicht in geschäftlichen Dingen. Susanne hat Kieninger als Bedrohung angesehen, sie kannte sich ja in der Firma aus, und diese Möglichkeit gewählt, um das ihrem Mann mitzuteilen. Und du, der Privatdetektiv, bist der Bote.«

»Denkt ihr Frauen immer so kompliziert?«

»Nur, wenn man an einen Mann nicht anders herankommt. Weißt du, Dillinger, mit Männern zu reden ist kompliziert.«

140

»Deine Logik, Frau Anwältin, ist wie immer brillant. Aber sie hat einen Haken. Es war Susanne, die mich beauftragt hat, nicht Eulert. Wie kann ich die Botschaft dann ihm überbringen?«

»Wahrscheinlich hatte sich Susanne dazu auch etwas ausgedacht. Aber da kam ihr Mörder dazwischen.«

»Und wer, liebe Nele, war das nun?«

»Lassen wir den vorerst mal beiseite. Möglicher Liebhaber Nummer zwei: der Investmentberater. Was hast du über den herausgebracht?«

»David van Forstmann. Hab mich noch nicht um ihn gekümmert.«

»Dillinger, du machst deine Hausaufgaben nicht. Was spricht für ihn als Nachmittagsvergnügen? Immer vorausgesetzt, dass es Susanne gar nicht um das Vergnügen als solches ging, sondern dass der Seitensprung etwas bezwecken soll.«

»Warum bist du dir überhaupt sicher, dass Susanne nicht bloß Lust auf etwas Abwechslung hatte?«

»Bin ich mir nicht, aber das ist eine logische Annahme. Sie war so leicht aufzuspüren, das hat sogar die Chefsekretärin geschafft. Ich schätze, sie hat das herausgefordert.«

»Nehmen wir das mal so hin, auch wenn ich in meiner Ehre als Privatdetektiv tief getroffen bin. Gehen wir weiterhin davon aus, dass zwischen Eulert und van Forstmann eine geschäftliche Verbindung besteht. Also eine Theorie: Eulert will investieren, vielleicht risikoreich investieren, Susanne will ihn davon abbringen. Wobei mir noch nicht klar ist, weshalb sie das auf diese absonderliche Weise tun sollte.«

»Hat sie nicht zu dir etwas von dubiosen Geschäften gesagt?«

»Stimmt. Das würde für van Forstmann sprechen. Oder auch für Kieninger. Vielleicht treibt er die Firma in eine bestimmte Richtung, von der Eulert nichts ahnt.«

»Knöpf dir diese Burschen vor, Dillinger.«

»Und der große Unbekannte?«

»Den kannst du immer noch aus dem Hut zaubern, wenn du gar nicht mehr weiterkommst.«

»Und der Mörder?«

»Finde erst einmal heraus, was Susanne im Sinn geführt hat. Dann fällt dir der Mörder in den Schoß.«

»Hoffentlich nicht wieder mit dem Messer in der Hand. Das könnte eine empfindliche Stelle treffen.«

»Dann hast du also genügend zu tun in nächster Zeit und merkst gar nicht, wenn ich auch beschäftigt bin. Ich könnte genauso gut in Berlin sein.«

»Mir schwirrt der Kopf. Eine Gleichung mit so vielen Unbekannten! Bin ich Einstein?«

»Noch besser. Du bist Dillinger. Morgen siehst du klarer.«

»Dank deiner Hilfe. Wenn du erst mal in Berlin bist, können wir solche Gespräche nicht mehr führen.«

»Berlin ist ans Telefonnetz angeschlossen, habe ich gehört.«

Gedanken. Träume. Albträume.

Und es gibt doch eine große Geburtstagsparty mit allen meinen Freunden. Opulentes Büfett. Alle sind bester Laune und warten auf den Gastgeber, denn ohne ihn kann das Büfett nicht eröffnet werden. Aber ich sitze derweil im Wald, lache mir einen Ast und paffe eine dicke Zigarre. Dumm, dass mir Zigarren gar nicht schmecken.

Nele ist in Berlin und hat einen Liebhaber.

Susanne Eulert dreht sich unruhig im Grab herum. Jetzt hatte ich eigens einen Privatdetektiv engagiert und ihm einen konkreten Auftrag gegeben. Und was macht dieser Idiot? Geht seinen eigenen Weg und vermasselt alles. Und deswegen musste ich sterben.

Nele ist in Hamburg und hat einen Liebhaber.

Um mich Wandel, Niedergang, Zerfall. Mein Lieblingsmetzger hat den Besitzer gewechselt, mein Lieblingsrestaurant desgleichen. Und beide aus gesundheitlichen Gründen. Wer ist der Nächste? Ich? Ein Geschäft nach dem andern schließt. Eine Buchhandlung, noch ein Metzger, eine Weinhandlung, eine Herrenkonfektion. Auf die Beständigkeit der Provinz ist auch kein Verlass mehr. Was mache ich eigentlich noch hier, wenn ich mich sowieso an lauter Neues gewöhnen muss?

Nele ist gleichzeitig in Berlin und in Hamburg (wie macht sie das? müsste ein Privatdetektiv herausfinden können) und hat keinen Liebhaber, sondern sehnt sich nach mir. Warum kommt sie dann nicht endlich? Warum komme ich nicht nach Berlin oder Hamburg?

Susanne Eulert sitzt auf ihrer Wolke und lacht sich kringelig. Reingefallen, alle miteinander! An der Nase herumgeführt wie einen Tanzbären. Gut, das mit dem Messer im Rücken war nicht eingeplant. Shit happens. Das ist das Teuflische an Plänen. Wenn sie zu kompliziert sind, lassen sie sich nicht mehr kontrollieren. Ist aber nicht mehr meine Sorge. Sollen die sehen, wie sie mit dem

Schlamassel fertig werden. Vor allem dieser Privatdetektiv, diese Trantüte. Von dem hätte ich mir nun wirklich mehr erwartet.

Frauen sind komisch. Ich habe zu Studienzwecken, in der Hoffnung auf neue Erkenntnisse, einige dieser witzigen Frauenromane gelesen, geschrieben von lauter Bestsellerautorinnen. Sind Frauen wirklich so? Nichts im Kopf außer Bauch, Beine, Po, dem Busen und der Frisur? Und immer auf der Suche nach phänomenalem Sex? Dieses Selbstmitleid! Igitt! Sind Frauen wirklich so? In solchen Klischees würde ein Mann heutigentags nicht einmal zu denken wagen. Wenn Frauen wirklich so sind, dann … dann weiß ich auch nicht weiter. Ich muss Nele fragen, ob sie phänomenalen Sex hat. Oder besser doch nicht?

Was sind das für Gedanken? Wird man tatsächlich so seltsam, wenn man ins Alter kommt? Meine Sorgen möchte ich haben!

Und ist der Ruf erst ruiniert …

Gelegentlich trifft man mich, auch in diesen Zeiten, noch in meinem Büro in der Gelbinger Gasse an, und einen dieser raren Moment hatte Sigurd Kronacher abgepasst. Er war ein alter Kumpel von mir, ein herzensguter Mann mit einer Art von Humor, die man gutwillig als derb bezeichnen konnte.

Er betrieb einen kuriosen Gemischtwarenladen, dessen Zielgruppe mir nie so recht klar geworden war. Es gab bei ihm Kerzen, Geschirrtücher, Nippes, Bücher, Souvenirs, Modeschmuck, Geschirr – kurz, allerlei Krimskrams, den keiner eigentlich braucht, der aber anscheinend dennoch gekauft wird. Sein Geschäft jedenfalls gab es schon lange, und er schien sein Auskommen zu haben.

Er war hochgradig erregt und warf mir einen Stapel Papier auf den Schreibtisch. »Schau dir das mal an!«

»Was ist das?«

»Ich bin verklagt worden. Wegen Wettbewerbsverletzung.«

»Warum kommst du damit zu mir?«

»Du hast Jura studiert.«

»Nur ein paar Semester. Zwei, um genau zu sein. Und ich war eher selten im Hörsaal anzutreffen, ich hatte Besseres zu tun.«

»Pimpern statt Paragraphen, was?«

So ist er eben, das muss man einfach überhören. Ich vertiefte mich in die Papiere.

»Du wirst also angeklagt, weil in deinem Internetshop die Widerrufsbelehrung nicht in der gesetzlich vorgeschriebenen Form erfolgt. So einer Klage geht aber normalerweise etwas voraus. Du hast doch sicherlich zuvor eine Abmahnung gekriegt?«

»Schon möglich. Solchen Mist werfe ich immer gleich weg. Das ist doch nur Abzocke von gewissenlosen Anwälten.«

»Du bist verpflichtet, den Verbraucher über seine Rechte aufzuklären für den Fall, dass er von seinem Kauf zurücktreten will.«

»Mach ich doch. Auf meiner Webseite steht klar und deutlich: Wenn's Ihnen nicht gefällt, schicken Sie's zurück. Damit ist doch alles gesagt.«

»Oha! Jetzt ist alles klar. Damit verschaffst du dir einen immensen Wettbewerbsvorteil.«

»Wie das denn?«

»Hör dir das einmal an, so wäre es richtig: Sie können Ihre Vertragserklärung innerhalb von zwei Wochen ohne Angabe von Gründen in Textform oder durch Rücksendung der Sache widerrufen. Die Frist beginnt nach Erhalt dieser Belehrung in Textform, jedoch nicht vor Eingang der Ware beim Empfänger und auch nicht vor Erfüllung unserer Informationspflichten gemäß Artikel 246 § 2 in Verbindung mit § 1 Abs. 1 und 2 EGBGB sowie auch nicht vor Erfüllung unserer Pflichten gemäß § 312e Abs.1 Satz 1 BGB in Verbindung mit Artikel 246 § 3 EGBGB.«

»Das kapiert doch kein Mensch.«

»Eben.«

»Artikel 246 § 3 EGBGB? Da muss ich als Kunde ja erst einen Anwalt konsultieren, um das zu verstehen.«

»Eben.«

»Und worin liegt dann mein Wettbewerbsvorteil?«

»Deine Formulierung versteht jeder. Deswegen ist das Jurastudium ja so lang und hart. Den Normalmenschen zu verwirren ist nicht so einfach.«

»Heiliger Strohsack! Und deswegen dürfen die mich jetzt verklagen?«

»Vermutlich schon. Das ist eine komplizierte Materie.«

»In welcher Welt leben wir denn? Ich dachte, Gesetze werden zum Wohl der Bürger gemacht?«

»In welcher Welt lebst du denn? Solche Gesetze werden gemacht, damit skrupellose Anwälte abkassieren können. Deshalb helfen sie ja in den Ministerien freundlicherweise bei der Formulierung der Gesetzesentwürfe. Ganz uneigennützig.«

»Das sind doch alles Verbrecher! Diese Abmahnanwälte genauso wie die Richter, die so etwas durchgehen lassen.«

»Mein lieber Sigurd, sag das lieber nicht so laut. Das erfüllt den Tatbestand der Beleidigung.«

»So weit sind wir schon in diesem Land: Die Wahrheit ist beleidigend. Wenn ich eine Abmahnung kriege, weil ich illegal Musik oder sonst was heruntergeladen habe, ist das ja in Ordnung. Aber bloß weil eine Formulierung nicht kompliziert genug ist? Was sind das bloß für gewissenlose Menschen?«

»Jeder verdient sein Geld auf seine Weise.«

»Indem er andere gnadenlos über den Tisch zieht?«

»Indem er gnadenlos die Möglichkeiten ausschöpft, die ihm die Gesetze bieten.«

»Und was ist mit ein bisschen Anstand, Dillinger? Oder Verantwortung? Schon mal was davon gehört?«

»Ich schon. Ich bin auch altmodisch. Im Geschäftsleben ist das heutzutage aber ein Fremdwort. Da geht es um Profit, um nichts anderes.«

»Solche Abzocker kommen ungeschoren davon und machen ihren Reibach, und ich ehrliche Haut soll büßen.«

»Vielleicht solltest du dein Geschäftsmodell ändern. Du bist zu ehrlich.«

»Fünfzehntausend Euro wollen die von mir! Wenn ich das zahlen muss, bin ich erst einmal am Limit. Das dauert eine Weile, bis ich aus dem Loch wieder herauskomme.«

»Aber du schaffst das.«

»Und bis dahin? Wenn sich herumspricht, dass ich Probleme habe, heißt es gleich, der ist pleite, du weißt doch, wie das geht. Und dann will keiner mehr mit mir zu tun haben, meine Lieferanten liefern nicht mehr auf Rechnung, sondern wollen Vorkasse, und dann bin ich ganz schnell wirklich pleite. Was soll ich jetzt bloß machen?«

»Leg Geld auf die Seite, und besorge dir einen Anwalt.«

»Kann das nicht deine Nele machen?«

»Keine schlechte Idee, dann sieht sie mal von der anderen Seite, wie das so ist. Aber das musst du sie schon selber fragen. Ich kenne ihren Terminkalender nicht. Aber ich fürchte, sie hat im Moment wenig Zeit.«

»Dann müsst ihr halt weniger pim…«

»Also bitte! Das geht jetzt zu weit!«

»Ist doch wahr. Wenn man mal Freunde braucht, haben sie keine Zeit.«

Grummelnd zog er davon.

Doch er hatte mich auf eine Idee gebracht. Manchmal ist es ein Satz, ein Wort nur, und die Gedankenkettenreaktion beginnt.

Delegieren

Man kann wirklich nicht alles selber machen. Man muss delegieren können, darin zeigt sich die wahre Kunst. Also setzte ich meine Armada von inoffiziellen Mitarbeitern in Gang, die alle hellauf begeistert waren über mein Ansinnen.

Sonja: »Ich würde gern mal wieder einen Abend zu Hause verbringen, Miriam wird langsam knatschig.«

Isabel, die gerissenste und schönste Immobilienhändlerin der Region: »Wochenlang hört und sieht man nichts von dir, weil du mit deiner Nele beschäftigt bist, aber wenn du was brauchst, stehst du auf der Matte.«

Rolf, mein Computerfex: »An sich kein Problem, aber in diesem Fall kompliziert, ich könnte Spuren hinterlassen, und das kann ich mir nicht leisten.«

Norbert Czichon, ehemals Viehhändler, jetzt Esoteriker: »Ich bin voll ausgelastet mit meinem Umbau, das läuft alles nicht optimal. Außerdem habe ich die Kontakte nicht mehr.«

Fridolin Kuhn, mein Kundenberater bei der Bank: »Spinnst du?«

Helmar Haag, Lokalredakteur: »Die Esslinger Kollegen werden mir was husten. Was kann ich ihnen als Gegenleistung bieten? Welche Story ist für mich drin?«

Kommissar Keller: »Ich bin doch nicht dein Auskunftsbüro. Mach deine Arbeit selber. Außerdem geht mich der Fall gar nichts an.«

Fiete Nissen, Kellers Assistent: »Ich bin neu hier, ich kann es mir nicht erlauben, mich in die Nesseln zu setzen. Außerdem geht mich der Fall gar nichts an.«

Wenn's der Wahrheitsfindung dient

»Frau Greifwald, ich muss Sie dringend sprechen.«

»Nein.«

»Ich brauche einige Informationen von Ihnen.«

»Nein.«

»Darf ich Sie daran erinnern, dass die Polizei über jeden neuen Verdächtigen froh ist?«

»Das ist Erpressung!«

»Ja.«

»Ich kann jetzt hier nicht weg.«

»Sie können. Machen Sie etwas eher Mittagspause.«

»Sie sind ein skrupelloser Schuft!«

»Manchmal. Wenn's der Wahrheitsfindung dient.«

Sie bestellte mich nach Nellingen. Die Chefsekretärin traf sich mit dem skrupellosen Schuft bei McDonald's. Wer war hier skrupellos? Das war ein perfider Anschlag auf meinen Magen.

»Das machen Sie absichtlich«, sagte ich sauer und beäugte den BigMac vor mir.

»Hier sieht uns mein Chef garantiert nicht.«

»Aber vielleicht Ihre Arbeitskollegen.«

»Die kennen Sie nicht.«

»Und dann geht das Getratsche los. Wer ist denn das, mit dem sich die Greifwald da heimlich getroffen hat? Das wird doch nicht ihr neuer Liebhaber sein? Oh, so ein attraktiver junger Mann!«

»Hören Sie auf mit dem Quatsch! Was wollen Sie?«

»Stichwort Liebhaber. Hatte Susanne einen oder nicht?«

»Woher soll ich das wissen?«

»Sie kannten Susanne. Sie kennen Helmut Eulert. Als Chefsekretärin bekommen Sie notgedrungen auch viel vom Privatleben mit. Ich weiß, Sie haben Susanne alles erdenklich Schlechte gewünscht, aber bestimmt nicht, dass sie umgebracht wird, so sind Sie nicht. Versuchen Sie, mal objektiv zu sein. Trauen Sie Susanne das zu?«

»Eigentlich nicht. Soweit ich das mitbekommen habe, war die Ehe in Ordnung. Aber warum dann diese geheime Wohnung?«

»Das ist vorerst noch ein Rätsel. Hätten Sie Helmut Eulert von Ihrem Verdacht erzählt?«

Sie zögerte. Sie kämpfte mit sich. Ich gab ihr Zeit. Es war nicht leicht, sich selber eingestehen zu müssen, dass man sich in bestimmten Situation vielleicht mies verhalten würde.

»Es geht mir nicht um ein moralisches Urteil«, versuchte ich zu helfen. »Ich will auf etwas anderes hinaus.«

»Wahrscheinlich hätte ich schon eine Andeutung gemacht.«

»Erst wenn Sie Gewissheit gehabt hätten, oder schon auf den bloßen Verdacht hin?«

»Hätte ich unterm Bett warten sollen?«

»Halten Sie es für möglich, dass Helmut Eulert von der Wohnung gewusst hat?«

»Das kann ich mir nicht vorstellen. Das hätte sich in der Stimmung niedergeschlagen, und das hätte ich bemerkt.«

»Gutes Stichwort. Die beiden Chefs sollen in letzter Zeit nicht sonderlich entspannt sein.«

»Woher wollen Sie das wissen?«

»Man hat so seine Quellen. Ist es so?«

»Die Zeiten sind schwierig, da ist man als Unternehmer nicht entspannt.«

»Wie schlecht geht es der Firma wirklich?«

»Woher soll ich das wissen? Ich habe keinen Einblick in die Bilanzen.«

»Aber Sie schnappen manches auf. Sie spüren Stimmungen. Also?«

»Wegen der Krise haben wir natürlich Probleme, wie alle Unternehmen. Aber wir werden uns der Herausforderung stellen und …«

»Reden Sie keinen Stuss. Sie müssen hier keine Presseerklärung absondern.«

»Wie reden Sie denn mit mir? Was bilden Sie sich eigentlich ein, wer Sie sind?«

»Jemand, der ein kleines Geheimnis zu bewahren weiß.«

»Und daran weiden Sie sich, was? Sie sind erbärmlich, Dillinger!«

»Der Firma geht es schlecht, nicht wahr? Richtig schlecht. So wird wenigstens gemunkelt. Und wenn es die Spatzen von den Dächern pfeifen und wenn ich es schon höre, obwohl ich nicht von hier bin, wird es verdammt gefährlich, ob es stimmt oder nicht. Ein schlechter Ruf ist tödlich fürs Geschäft. Tödlicher als schlechte Bilanzen. Da reicht es nicht mehr, tapfer zu sagen, wir trotzen der Krise. Da muss ein Coup her, ein richtiger Knaller, damit die anderen sagen: Wow, die Jungs haben es noch drauf, die jammern nicht bloß über die schlechten Zeiten, die schauen nach vorne, die sind innovativ.«

»Warum erzählen Sie mir das alles?«

»Was läuft in der Firma? Was haben Eulert und Kieninger vor?«

»Das weiß ich nicht. Aber Sie haben recht, irgendetwas geht da vor. Es gibt dauernd Meetings.«

»Der erfolgreiche Manager definiert sich über die Anzahl seiner Meetings.«

»Mehr als sonst.«

»Wer mit wem?«

»Die beiden Chefs natürlich. Der Steuerberater, der Anwalt, Banken.«

»Auch ein Investmentberater namens David van Forstmann?«

»Ich glaube, einmal war er auch dabei.«

»Sie sind plötzlich so auskunftsfreudig.«

»Ich mache mir Sorgen um die Firma. Ich habe fast mein ganzes Berufsleben bei der Eula verbracht.«

»Hat sich Susanne auch Sorgen gemacht?«

»Schwer zu sagen. Sie war jedenfalls öfter bei Meetings mit Helmut und Kieninger dabei.«

»Wie ist die Stimmung zwischen Eulert und Kieninger?«

»Etwas angespannt im Moment.«

»Das heißt, sie zoffen sich?«

»Manchmal schon.«

»Ist das normal?«

»Auseinandersetzungen gibt es natürlich immer wieder, das ist nichts Außergewöhnliches.«

»Mehr als sonst?«

»Schon.«

»Kann man daraus schließen, dass sie sich uneins sind, wie es mit der Firma weitergehen soll?«

»Möglich.«

»Was wissen Sie über Knittinghausen?«

»Was soll das sein?«

»Ein Örtchen im Hohenlohischen.«

»Nie gehört.«

»Wieder so verschlossen?«

»Ich weiß nicht, warum ich Ihnen das alles erzähle. Ich glaube, ich gehe jetzt zur Polizei und sage alles. Dann haben Sie nichts mehr gegen mich in der Hand.«

No risk, no fun

David van Forstmann, Investmentberater, hatte sich für sein Büro eine feine Adresse in der Esslinger Altstadt ausgesucht. Im Heppächer hieß die Gasse, gesäumt von hübschen Häuschen.

Ich wollte eine Menge Geld investieren und hatte lange geschwankt, welche Garderobe dafür angemessen sei. Der richtige Eindruck war wichtig.

Ein gedeckter Anzug mit Krawatte? Das sah zu sehr nach Geschäftsmann aus, nach einer Kompetenz, die ich nicht vermitteln wollte. Ein schriller Anzug? Hatte ich nicht. Schlabberlook mit Jeans und Turnschuhen? Würde zu meiner Geschichte passen, wirkte aber zu unseriös.

Ich griff schließlich zu einer sandfarbenen Hose, einer braunen Lederjacke und einem passenden Rolli.

Wer einen Blick dafür hatte, der sah, dass meine Kleidung nicht vom Wühltisch beim Discounter stammte.

Ich war auf gut Glück gekommen und hatte Glück. Der Herr war anwesend. Und legte offensichtlich ebenso Wert auf den passenden Eindruck. Wenige und schlichte Möbel, zwar Premium, aber nicht Luxusklasse. Der Mann selber, freundliches Gesicht mit randloser Brille und sauber gescheiteltem Haar, etwas pummelig, war konventionell in einen dunkelblauen Anzug, weißes Hemd und dezenter Krawatte gewandet. Ich schätzte ihn auf Ende Dreißig.

Das alles sollte suggerieren: Ich hab's, aber ich protze nicht damit. Ich bin vertrauenswürdig. Also her mit der Kohle.

Und ich hatte sie.

Es kam jetzt darauf an, den richtigen Ton zu finden. Leicht prollig. Und vor allem in finanziellen Dingen unbedarft.

Es würde mir wenigstens nicht schwer fallen, mich in dieser Hinsicht dumm zu stellen.

»Bei Ihnen kann man Geld loswerden, nicht wahr?«, legte ich los, kaum dass er mich begrüßt hatte.

»Bei mir können Sie Geld investieren, das Sie dann mit einer ordentlichen Rendite wieder zurückbekommen.«

»Ordentliche Rendite ist gut. Das brauche ich. Schießen Sie los, was haben Sie denn da so im Programm?«

»Vom klassischen Sparbuch halten Sie wohl nicht viel?«

»Machen Sie Witze? Wir reden von Rendite.«

»Noch einmal klassisch: die Aktie. Oder wenn Sie das Risiko streuen möchten: der Aktienfonds.«

»Hm.«

»Wenn Sie ein Spielertyp sind, kämen auch Derivate in Frage.«

»Was ist das denn?«

»Eine Art Wette, wie sich Ihre Papiere im Vergleich zu einem Basiswert entwickeln.«

»Aha.«

»Dann hätten wir natürlich die Hedge-Fonds, die allerdings in letzter Zeit etwas in Verruf geraten sind. Zu unrecht, wie ich finde. Für einen mutigen Anleger haben sie durchaus ihren Reiz.«

»Davon habe ich schon mal gehört. Das ist mir alles zu kompliziert. Wissen Sie, ich kenne mich da nicht so aus. Es muss auch nicht die schnelle Kohle sein, Geld habe ich genug. Mir schwebt da irgendeine Investition vor, die langfristig einen hübschen Batzen abwirft. Darf ruhig auch ein bisschen risikoreich sein. Sonst macht's ja keinen Spaß, nicht wahr?«

»Langfristig äußerst rentabel sind ganz sicher die regenerativen Energien. Windparks, Biogasanlagen, solche Dinge.«

Der Typ war mir viel zu geduldig und unverbindlich. Hatte er mich schon durchschaut? Zeit, etwas Gas zu geben.

»Das ist mir zu konventionell, das macht doch jeder. Haben Sie nicht etwas Abgefahreneres?«

»Wie viel wollen Sie denn investieren?«

»Für den Anfang dachte ich an eine Million.«

Der Mann war große Summen sicher gewohnt, aber ich merkte, wie er doch schluckte. »Das ist eine Menge Geld.«

»Und ob! Wissen Sie, ich habe im Lotto gewonnen, 'ne schöne Stange Geld. Das glauben Sie nicht, was? Ist aber so. Mein Leben lang habe ich geschuftet, und jetzt hau ich auf den Putz. Sofort den Job gekündigt, schicken Wagen gekauft, mal eine Reise nach Rio oder so. Aber ich bin ja nicht blöd. Wenn ich nicht aufpasse, ist das Geld gleich weg, ich kenne mich doch. Deshalb: investieren. Ein bisschen was auf die Seite, da ist es sicher vor mir, haha, und kann vor sich hin arbeiten, ohne dass ich einen Finger rühren muss. Wissen Sie, das gefällt mir: dass ich nicht mehr für andere arbeiten muss, sondern andere für mich. Wenn Sie für eine Mille nix haben, können wir auch über eineinhalb reden.«

Erschöpft von dieser langen Rede ließ ich mich in meinen

Besucherstuhl zurückfallen. »Puh, reich sein ist anstrengend, sage ich Ihnen. Haben Sie ein Glas Wasser für mich?«

Er sprang so schnell auf, dass sein Schreibtischstuhl gegen die Regalwand dahinter schepperte. Jetzt war ich hoffentlich der gute Kunde, dem man jeden Wunsch von den Augen abliest.

»Kommt sofort. Darf ich Ihnen auch einen Kaffee anbieten?«

»Klar. Und gern einen Schuss zur Verstärkung dazu, wenn Sie haben.«

Die Kaffeemaschine knackte und ratterte, auch so ein Vollautomat, dann stellte er mir die Tasse hin und ein gut gefülltes Cognacglas daneben. Er nahm nur den Kaffee.

Ich stürzte mich sofort auf den Cognac. »Kein schlechter Tropfen.«

»Ein spanischer Brandy, Carlos Primero. Etwas sehr Edles.«

»Schmeckt man. Muss ich mir auch zulegen, ich kann's mir ja jetzt leisten.«

Und jetzt erst einmal entspannt plaudern, bevor wir wieder zu den Geschäften kommen.

»Sind Sie schon lange hier in Esslingen? Sie sind mir noch nie aufgefallen. Na ja, bisher hatte ich auch noch keinen Bedarf. Als kleiner Angestellter hat man ja nicht viel übrig zum Investieren.«

»Auch kleine Anlagen werfen Gewinn ab. Aber natürlich nur kleinen.«

»Aber mit Kleinvieh geben wir uns nicht ab. Wie lange sind Sie jetzt schon hier?«

»Seit drei Jahren ungefähr.«

»Ach, so kurz erst? Und wo haben Sie sich davor rumgetrieben?«

»Ich habe in verschiedenen Städten gearbeitet.«

»Hummeln im Hintern, was? Wo denn?«

»In Münster zum Beispiel. Und in Kiel.«

»War ich noch nie. Könnte ich ja jetzt mal hinreisen. Aber was ist schon Kiel gegen Rio, was?«

Höflich stimmte er in mein Lachen ein.

»Und gefällt's Ihnen in Esslingen?«

»Sehr gut. Eine angenehme Stadt und eine angenehme Kundschaft.«

»Und eine zahlungskräftige, was? Wissen Sie, ich habe Ihren Namen von Helmut Eulert, den kennen Sie ja. Hab im Tennisclub was aufgeschnappt. Direkt hat er das natürlich nicht gesagt, ich war ja bisher nicht seine Klasse, wenn Sie verstehen, was ich meine, aber das hat sich ja jetzt geändert, nicht wahr? Das war das

Stichwort, zurück zum Geschäft. Also, ich will so was richtig Abgefucktes, wissen Sie, wo die Leute dann später sagen, Mann, der hat den richtigen Riecher gehabt, und wo sie sich schwarz ärgern, dass sie nicht auch dabei sind. Ich sage nur: Goldhamster!«

War da tatsächlich ein leichtes Zucken? Oder sah ich nur, was ich sehen wollte?

»Okay, von mir aus auch zwei Mille«, legte ich nach. »Aber nur, wenn Sie mich wirklich überzeugen.«

Er sah mich etwas unschlüssig an. War ich tatsächlich der naive Neureiche, als der ich mich zu geben suchte? Plapperte ich nur so daher, oder wusste ich etwas?

»Also, was ist nun?«, drängte ich.

»Ich habe da in der Tat ein äußerst interessantes Objekt, das genau zu Ihnen passen würde.«

»Her mit dem Prospekt! Sie haben doch einen schönen, bunten Prospekt, wo alles so drin steht, dass ich es nicht verstehe? So was habt ihr doch immer, habe ich bei meiner Bank gesehen.«

»Zu diesem Projekt gibt es keinen Prospekt. Das biete ich nur sehr wenigen ausgewählten Kunden an.«

»Wie Helmut, was?«

»Mein Geschäft beruht auf äußerster Diskretion, das werden Sie verstehen, deshalb kann ich über meine Kunden nichts sagen. Ich kann Ihnen allerdings versichern, dass Sie bei diesem Projekt in allerbester Gesellschaft sind.«

»Jetzt raus mit der Sprache, was ist das?«

»Da muss ich etwas ausholen.«

»Ich habe Zeit. Muss ja nicht mehr auf Arbeit.«

»Essen Sie gerne Fisch?«

»Komische Frage. Sind Sie jetzt Investmentberater oder Fischhändler? Klar esse ich gerne Fisch, letztes Jahr im Urlaub, Kroatien, frisch aus dem Meer. Hier weniger. Bis die endlich bei uns sind, kriegen sie ja schon Junge.«

»Und genau das ist der springende Punkt. Die Transportwege sind lang, was Kosten verursacht, und durch den langen Transport leidet die Qualität. Wie Sie sagen, aus dem Wasser auf den Teller. Nun kann man Fisch natürlich auch tiefgefrieren, aber das ist kein Vergleich mit einem frischen Fisch. Man muss ja auch bedenken, dass die Ware oft schon mehrere Tage unterwegs ist, bis sie im Hafen anlandet und von dort aus weitertransportiert wird. Es kommt also darauf an, Transportwege und Transportzeiten zu minimieren und damit die Qualität zu erhöhen.«

»Klingt logisch, aber nicht nach einer zündenden Geschäftsidee. Wollen Sie die Fische mit einem Kampfjet einfliegen lassen?«

»Wir in unseren Breiten haben das Problem, dass wir nicht am Meer leben. Also holen wir das Meer zu uns.«

»Wie wollen Sie das anstellen? Einen großen Graben buddeln? Oder das Klima anheizen, bis das Meer zu uns schwappt? Das haben sie doch mal vorausgesagt, die Klimawarner. Aber das dauert mir zu lange, das erlebe ich nicht mehr.«

»Viel einfacher. Genial einfach geradezu. Wir errichten hier im Land eine Fischfarm, wo wir die Meeresfische züchten. Doraden, Wolfsbarsch, Stör – eben alles, was sonst aus dem fernen Ozean kommt.«

»Meeresfische hunderte Kilometer vom Meer entfernt? Toll, das zischt!«

»In der Tat. Damit sind auf einen Schlag alle Probleme gelöst. Die Transportwege sind kurz, womit wir auch die Umwelt entlasten, der Fisch ist frisch. Und wir steuern damit der Überfischung der Meere entgegen. Ökologische Aspekte sind heutzutage ein gewichtiges Argument.«

»Und woher kommt das Salzwasser? Mit Tankwagen von der Nordsee?«

»Das wird vor Ort aufbereitet. Wir haben erstklassiges Quellwasser zur Verfügung, dem Meersalz beigemischt wird. Eine hochkomplexe Anlage, aber die gesamte Technologie steht. Wir könnten sofort loslegen.«

»Müssen nur noch das nötige Kleingeld zusammenkratzen, was?«

»Dass wir hier von einer hohen Investition reden, versteht sich. Aber mit Kleingeld geben wir uns nicht ab. Dieses Projekt ist ausschließlich einem kleinen und deshalb exklusiven Kreis von Anlegern vorbehalten, die deshalb auch über eine gewisse finanzielle Potenz verfügen müssen.«

»Nun legen Sie die Zahlen schon auf den Tisch.«

»Das Minimum sind zweieinhalb Millionen.«

»Ganz schöner Batzen. Bisschen mehr, als ich mir eigentlich vorgenommen hatte.«

»Sie werden es nicht bereuen. Eine absolut sichere Investition. Und das hier ist erst der Einstieg. Das Pilotprojekt. Wir haben die Technologie und alle Patente. Nichts spricht dagegen, weitere Fischfarmen zu errichten, im Inland und im Ausland.«

»So habe ich das noch gar nicht gesehen. Große Zukunft, wie?

Und wenn der Helmut dabei ist, kann ja nichts schiefgehen. Der weiß, wo die Kohle vergraben ist, der hat ein Händchen für so was. Ich muss mit ihm mal ein paar Takte über diese Fischfarm reden.«

Seine professionell glatte Fassade bekam ein paar Beulen. Er konnte eine gewisse Nervosität nicht überspielen.

»Das bleibt Ihnen natürlich unbenommen, ich kann Ihnen keine Vorschriften machen, aber ich möchte dringend davon abraten, mit überhaupt jemandem zu reden. Wie gesagt, ein sehr exklusiver Kreis. Mit Ihrer Anlage wäre der Fonds geschlossen, das ist die letzte Tranche. Wenn auch nur eine Kleinigkeit nach außen dringt, kann es sein, dass Ihnen jemand zuvorkommt. Oder dass jemand seine Einlage aufstockt. Die Herrschaften, die sich hier engagieren, sind sehr darauf bedacht, dass die Anteilseigner – nehmen Sie das jetzt bitte nicht persönlich, aber ich muss das so deutlich sagen – nun ja, nur aus gewissen Kreisen kommen.«

»Versteh schon. Die Goldhamster unter sich. Und da pass ich nicht rein, in diese Kreise.«

»Ein unbedachtes Wort, und die Tür fällt zu, und diese einmalige Gelegenheit bleibt Ihnen verschlossen. Also bitte äußerste Verschwiegenheit!«

»Logo, von mir erfährt keiner was, ich kann die Klappe halten. Ich bin doch nicht blöd und versemmel mir diese Chance.«

»Und noch etwas. Ich kann Ihnen das nicht reservieren. Sie kennen ja das Sprichwort: Wer zuerst kommt, mahlt zuerst. Sie müssen sich also schnell entscheiden.«

»Alles klar. Wo wollen Sie diese Fischfarm eigentlich hinklotzen?«

»Sie werden verstehen, dass ich Ihnen das erst sagen kann, wenn wir uns handelseinig geworden sind.«

»Nee, versteh ich eigentlich nicht, aber sei's drum. Na, dann werd ich mal in den Keller steigen und die Scheinchen zählen. Junge, die werden Stielaugen kriegen, wenn ich da auch dabei bin.«

»Wie kann ich Sie erreichen, Herr …?«

»Dillinger.«

»Wie dieser Gangster aus Chicago?«

»Ein direkter Abkömmling. Legen Sie mich also nicht aufs Kreuz, der Colt sitzt locker. Hier ist meine Handynummer.«

»Und wenn ich auch um Ihre Anschrift bitten darf?«

»Sie werden verstehen, dass ich Ihnen das erst sagen kann, wenn wir uns handelseinig geworden sind. Ich lass von mir hören.« Und damit stiefelte ich höchst beglückt hinaus.

Die ganze Zeit über hatte ich schon einen vagen Verdacht gehabt. Der Mann war zwar auch ein paar Jahre älter geworden, aber er hatte sich nicht wirklich verändert. Zu meinem Glück hatten wir nie näher miteinander zu tun gehabt, sonst säße ich ganz schön in der Tinte.

Karriere eines Betrügers

Auch Betrüger fangen bescheiden an. In der Schule vertitschte er auf dem Pausenhof Kassetten mit den aktuellsten Hits zum halben Preis. Seit sein Vater der ohnehin imposanten HiFi-Anlage einen dieser brandneuen CD-Player hinzugefügt hatte, war das Überspielen eine leichte Übung.

Damals hieß er noch David Herrlich.

Es war eine einfache Rechnung. Konnte er drei Kassetten verkaufen, hatten sich die Investitionen für CD und Leerkassetten amortisiert, und übrig blieb ein kleiner Gewinn.

Die Geschäfte liefen gut, allerdings machte er die Erfahrung, die keinem Unternehmer erspart bleibt: Es gab Kunden, die gerne orderten, aber es mit dem Bezahlen nicht so hielten. Großen Kummer bereitete ihm in dieser Hinsicht Holger, ein Junge aus der Parallelklasse. Er war mit acht Kassetten im Zahlungsrückstand.

Glücklicherweise war dieser Holger ein rechter Hänfling. Eines Tages packte David Herrlich ihn am Kragen und redete nicht lange herum: »Morgen will ich mein Geld, sonst singst du im Knabenchor, verstanden?«

Holger nickte ängstlich.

Als am nächsten Tag Holger auf ihn zu kam, grinste David zufrieden. Na also, geht doch! Fordernd streckte er die Hand aus.

Im selben Augenblick bekam er einen solchen Stoß in den Rücken, dass er auf die Knie fiel. Wütend rappelte er sich hoch, drehte sich um und sah sich dem Terminator höchstpersönlich gegenüber. Der Kerl war knappe Zwanzig, hatte breite Schultern und Muskeln wie ein Möbelpacker. Hinter ihm standen zwei ähnlich gebaute Gestalten und feixten.

Der Terminator sah ihn freundlich lächelnd an. »Du hast Ärger mit meinem kleinen Bruder? Dann hast du Ärger mit mir.«

Die folgende Rechte kostete David einen unteren linken Schneidezahn.

Der Terminator sprach: »Wie war das? Mein Bruder hat Schulden bei dir?«

David Herrlich schüttelte so vehement den Kopf, dass das Blut, das ihm aus Mund und Nase lief, nur so spritzte.

Der Terminator tätschelte Davids Wange. »Ich sehe, du hast's kapiert.«

Soll ja keiner sagen, in der Schule lerne man nichts für Leben.

David Herrlich lernte: Nicht die Produktion ist das Problem, sondern der Vertrieb. Und: Kassiere erst. Dann kannst du die Prügel leichter verschmerzen.

David Herrlich machte, mit nunmehr wieder vollständigem Gebiss, eine Ausbildung zum Bürokaufmann in einem kleinen Eisenwarengeschäft, das vornehmlich Handwerker belieferte.

Der Chef war etwas altmodisch, hielt sich viel auf seine Menschenkenntnis zugute und plauderte lieber mit seinen Kunden, als sich mit so hässlichen Dingen wie dem Rechnungswesen zu befassen.

Glücklicherweise erwies sich der neue Azubi als anstellig und intelligent, und der Chef erläuterte ihm das Prinzip seiner Buchhaltung.

»Es ist ganz einfach«, meinte er. »Hier hast du den Lieferschein, du schreibst eine Rechnung, und wenn die bezahlt wird, wirfst du den Lieferschein weg, und die Kasse stimmt. Ein Blick in den Ordner mit den Lieferscheinen, und du siehst, welche offenen Posten du noch hast. Mahnungen schreiben wir keine, das regle ich im persönlichen Gespräch.«

David Herrlich nickte. Er hatte begriffen, und sein Chef widmete sich erleichtert seiner Kundenpflege.

Eines Tages kam der Steuerberater und zeigte mit sorgenvollem Gesicht auf das Einnahmekonto, das einen bedenklichen Tiefstand aufwies.

Das war mysteriös. Der Ordner mit den Lieferscheinen war leer, mithin standen keine Rechnungen mehr offen. Genauere Nachforschungen ergaben, dass in der Tat alle Rechnungen bezahlt worden waren, allerdings nicht alle auf das Firmenkonto, sondern auf ein Konto, als dessen Besitzer David Herrlich ermittelt werden konnte.

Zu der Zeit hatte David Herrlich längst gekündigt und war unbekannt verzogen, das Konto gab es nicht mehr. Es waren nie große Beträge gewesen, die er abgezweigt hatte, so war es lange Zeit nicht aufgefallen. Wieder hatte er etwas fürs Leben gelernt, diesmal, dass manchen Volksweisheiten ein Wahrheitsgehalt nicht abzusprechen war: Kleinvieh macht auch Mist.

Als die Internetblase zu wachsen begann, sah er eine blendende Chance, zumindest mit einem Bläschen daran teilzuhaben. Er beherzigte die Lehren seines Lebens und kam auf eine Idee, die wenig Investitionen erforderte, aber maximalen Gewinn versprach.

Zu der Zeit lernte ich ihn kennen, zumindest indirekt. Mein mich damals noch liebendes Eheweib fand es originell, mich zum Geburtstag mit einem schottischen Laird-Titel zu beglücken. So etwas vertrieb David Herrlich, zusammen mit Sternschnuppen, Sterntaufen und ähnlichem Firlefanz.

Lauter Zeug also, das niemand wirklich brauchte, das keinerlei materiellen Wert darstellte und das deshalb wunderbar geeignet war als nettes Geschenk, wenn einem gar nichts Sinnvolles mehr einfiel.

Er schien einen Nerv getroffen zu haben. Und vor allem gelang es ihm, sich als jungen, ideenreichen und durch und durch sympathischen Geschäftsmann darzustellen. Die Presse machte ziemlichen Wirbel um ihn (daher wusste ich, wie er aussah), er bekam viel Kundschaft, die Kundschaft ein hübsch bedrucktes Stück Papier. Anfangs noch. Bis David Herrlich Phase zwei seines Geschäftsmodells in Gang setzte. Er lieferte nur gegen Vorkasse, das heißt, von einem bestimmten Zeitpunkt an kassierte er nur noch und lieferte nicht mehr.

Seine Kundschaft schimpfte, drohte ein paar Mal und resignierte schließlich. Dumm gelaufen. War man halt auch einmal auf einen jener Abzocker hereingefallen, vor denen in Zeitungsartikeln hin und wieder gewarnt wurde. Schade um das Geld. Aber keiner, darauf hatte David Herrlich gesetzt, macht einen Aufstand wegen dreißig oder vierzig Euro.

Bis auf Roswitha. Sie konnte ganz schön wütend werden, meine Ex. In diesem Fall war sie fuchsteufelswild. Sie recherchierte, sie forderte ihr Geld zurück, selbstverständlich erfolglos, sie schickte Mahnungen, die selbstverständlich nichts fruchteten, und dann einen Vollstreckungsbescheid. Ein gutmütiger Anwalt hatte den zum Freundschaftspreis auf den Weg gebracht.

Doch Roswitha kam zu spät. Die Konten waren abgeräumt, und David Herrlich hatte Insolvenz angemeldet: Phase drei. Nichts war mehr zu holen.

Seltsamerweise hatte ihn nie jemand wegen Betrugs angeklagt. Keiner wollte diesen Aufwand auf sich nehmen. Und jedem war es peinlich, dass er einem Betrüger aufgesessen war.

Roswitha tobte, ich amüsierte mich und zeigte meine heimliche Schadenfreude darüber, dass jemand auf einen so offensichtlichen Schwachsinn hereinfallen konnte – Frauen eben! –, etwas zu deutlich, woraufhin Roswitha noch mehr tobte und mir die Scheidung ankündigte. Die kam dann auch tatsächlich, aber der mangelnde Laird-Titel war ganz gewiss nicht daran schuld. Wann immer mir diese Geschichte wieder in den Sinn kam, googelte ich ein wenig und konnte so die Karriere des David Herrlich zumindest bis zu einem gewissen Punkt verfolgen.

Denn David Herrlich machte munter weiter. Der Internetshop bekam einen anderen Namen und wurde offiziell von seiner damaligen Freundin betrieben. Als die Wohlverhaltensfrist vorüber war, nahm er sich eine andere Frau und deren Namen und zog als David Huger in eine andere Stadt.

Das Angebot wurde stetig erweitert, um Kaffeeplantagen in Afrika, Goldminen in Alaska, Olivenbäume in Italien. In Florida, wo das anscheinend problemlos möglich war, gründete er eine ominöse christliche Universität und verlieh Ehrendoktorwürden. Gegen eine großzügige Spende, versteht sich.

Diesmal machte er es anders. Er lieferte brav und gab seiner Kundschaft keinen Grund zur Klage. Das Geschäft war bombensicher. Er verschickte ja nur bedrucktes Papier und billige Blechanhänger. Die Rendite dürfte bei neunzig Prozent oder mehr gelegen haben.

Doch gegen die Widrigkeiten des Geschäftslebens ist auch der beste Unternehmer nicht gefeit, und so musste David Huger wieder einmal und zu seinem größten Bedauern den Gang zum Insolvenzgericht antreten. Diesmal waren das Finanzamt, Banken, Druckereien, diverse Zulieferer und ein Autohändler die Geprellten, mit einigen Hunderttausend stand er bei ihnen in der Kreide.

Wohin das Geld geflossen war, konnte nie geklärt werden. Man machte sich auch nicht allzu viel Mühe bei der Aufklärung. Nicht bei diesen doch eher bescheidenen Beträgen, da hatte man sich mit ganz anderen Summen herumzuschlagen. Peanuts eben. David Huger hatte das richtig vorausgesehen.

Für mehrere Jahre blieb er verschwunden, wechselte zwischenzeitlich die Frau und mit ihr wieder einmal den Namen und tauchte als Investmentberater David van Forstmann in Esslingen wieder auf, wo er anscheinend gute Geschäfte machte und sich in die bessere Gesellschaft hochgearbeitet hatte.

Und so jemand sollte ehrlich geworden sein? Die Läuterung des reuigen Betrügers? Das sah eher nach dem ganz großen Coup aus.

Marikultur

Mit der Marikultur ist es so bestellt: Üblicher- und sinnvollerweise wird im Meer ein Netzgehege errichtet, in dem die Fische heranwachsen. An Land, wo es keinen ständigen Zufluss von frischem Meerwasser gibt, müssen geschlossene Kreislaufanlagen eingesetzt werden.

Das benötigte Salzwasser wird vor Ort angemischt. Normalem Trinkwasser wird eine spezielle Salzmischung zugegeben, man rechnet mit durchschnittlich zwanzig Kilogramm Salz je Kubikmeter Wasser. Ein Produktionsbecken fasst etwa eintausendfünfhundert Kubikmeter.

Das Wasser wird naturgemäß durch Fischkot und Futterreste verunreinigt, von Medikamenten ganz zu schweigen, deshalb wird es über spezielle mechanische und biologische Filter geleitet, um die Feststoffe zu separieren. Das gereinigte Wasser wird den Produktionsbecken wieder zugeführt und mit Sauerstoff angereichert.

Idealerweise ist der Fischfarm eine Biogasanlage angeschlossen. Mit ihrer Abwärme lassen sich die Becken beheizen, der Abfall aus der Fischzucht kommt wiederum in die Biogasanlage zur Energiegewinnung.

Na also, das passte doch alles wunderbar zusammen.

Das Wasser in den Zuchtbecken musste ständig umgewälzt werden. Dazu brauchte man Pumpen. Und da war die Eula Marktführer.

In Knittinghausen gab es große leerstehende Hallen, die einige Produktionsbecken aufnehmen konnten. Der Autobahnanschluss garantierte schnellen Abtransport der Ware. Der Bürgermeister von Knittinghausen musste seine Hallen dringend loswerden und griff sicher nach jeder noch so abstrusen Idee.

Soweit war alles klar. Aber die Fragen wurden deshalb nicht weniger.

Was hatte David van Forstmann damit zu schaffen? Wahrscheinlich hatte er das alles eingefädelt. Dann allerdings stank die Sache zum Himmel, wie vergammelter Fisch.

Ich wollte einfach nicht glauben, dass er sich geändert hatte. Sobald das von ihm eingesammelte Geld benötigt wurde, würde man feststellen, dass das Konto leer war, und van Forstmann war verschwunden oder ging wieder einmal in Insolvenz.

Wie hatte er Eulert dazu gebracht, in die Fischfarm zu investieren? Vermutlich nach seinem alten Muster: Erst vertickerte er seriöse Anlagen, die ordentlich Rendite abwarfen, und wartete dann geduldig, bis er das Vertrauen seiner Kunden gewonnen und herausgefunden hatte, bei wem er zum letzten großen Schlag ausholen konnte.

Warum fallen immer wieder gerade erfolgreiche Menschen darauf herein, wenn ihnen jemand das Blaue vom Himmel verspricht, obwohl man bei nüchternem Nachdenken darauf kommen musste, dass eine solche Sache zumindest riskant, wenn nicht gar idiotisch war? Wahrscheinlich siegt die Geldgier über die Vernunft.

Bei Helmut Eulert allerdings konnte ich mir vorstellen, dass es eine Verzweiflungstat war. Ihm stand offenbar das Wasser bis zum Hals.

Funktionierte die Fischfabrik, war er seine Sorgen los, mehr noch, er hatte sich ein neues Geschäftsfeld erobert. Wer immer in Zukunft etwas Ähnliches plante, würde an den Eula-Pumpen nicht vorbeikommen.

Wieso nahm van Forstmann mich unbedarften Lottomillionär in eine Geldanlage auf, die angeblich geheim und nur einem exklusiven Kreis vorbehalten war? Wahrscheinlich war sie nicht so geheim. Wahrscheinlich war ich nur ein weiteres leichtgläubiges Opfer, das er abzocken wollte. Ein kleiner Zusatzgewinn, den man gefahrlos mitnehmen konnte.

Viele Wahrscheinlichkeiten.

Keine Gewissheiten.

Keine Beweise.

Und dem Mörder von Susanne Eulert war ich noch immer keinen Schritt näher gekommen.

Berichte meiner Informanten

»Irmgard Hauber war zum Tatzeitpunkt gar nicht in ihrem Friseursalon«, erzählte Sonja. »Sie hat sich freigegeben. Außerplanmäßig. Ohne Begründung. Niemand weiß also, wo sie war. Warum fragst du sie nicht einfach direkt? Übrigens fährt sie einen pannacottafarbenen Astra. Pannacottafarben, so ein Schwachsinn! Wenn ich Pannacotta mache, sieht die anders aus. Na, egal. Diese überaus erhellende Information wird dir aber nicht viel nützen, denn ich erinnere mich, dass du mehrere solcher Autos in der Straße fotografiert hast. Meine neue Frisur ist richtig gut geworden, das findet sogar Miriam. Also als Friseurin ist diese Frau toll, solltest du auch mal ausprobieren, Dillinger.«

»Nach meinen Recherchen ist die Bonitätsauskunft für die Eula nicht sehr befriedigend«, berichtete mein Kundenberater bei der Bank. »Ich würde zögern, denen einen Kredit zu bewilligen. Aber ich habe ja auch keinen Einblick in die Bücher und weiß nichts über künftige Pläne. Das musst du selber herausfinden.«

»Diese leerstehenden Hallen in Knittinghausen hat eine GmbH aufgekauft, die eine Wirtschaftstochter der Gemeinde ist«, erzählte meine Immobilienfachfrau Isabel. »Liegt natürlich trotzdem noch viel Gemeindegeld brach. Diese GmbH hat auch das Gelände übernommen und ziemlich viel Land im Anschluss an dieses Gelände gekauft. Sieht nach einem abgerundeten Gebiet aus. Nur ein Bauernhof liegt noch mittendrin. Übrigens nehme ich an, dass das am Gemeinderat vorbeiging, sonst hätte ich das erfahren. Was haben die vor? Na, das musst du herausfinden.«
»In Knittinghausen rumort es«, hatte Norbert Czichon gehört. »Die machen ihrem Dettweiler Beine, weil er ihnen zu forsch ist. Da ist was im Busch, habe ich den Eindruck, aber keiner rückt mit der Sprache raus, du hörst sie nur grinsen. Setzt dich mal mit dem Bauern Buchholz in Verbindung, der scheint einer der Wortführer zu sein. Aber lass dich nicht täuschen, der hat's faustdick hinter den Ohren. Sag ihm schöne Grüße von mir. Und übrigens, er hat einen wunderbaren Selbstgebrannten.«

Feuerwasser

Ich lasse mich doch noch zu einem Schnaps überreden, der besseren Verdauung wegen. Nach wie vor liegt die Schrotflinte auf dem Tisch, Bauer Buchholz streichelt sie gedankenverloren und beinahe zärtlich.

»Wissen Sie, dass Sie auf einer Goldgrube sitzen?«, frage ich.

»So ertragreich war die Schweinemast noch nie.«

»Ich meine Ihre Quelle.«

»Was ist an der Besonderes? Das ist doch nur Wasser.«

»Wenn man Fische züchten will, braucht man Wasser. Viel Wasser. Sauberes Wasser. Billiges Wasser.«

Der Bauer schaut mich nachdenklich an und nickt. »So ist das also.«

»Der Bürgermeister hat Ihnen nichts von der Fischfarm gesagt?«

»Nein. Nur dass halt Industrie kommt und er meinen Hof braucht. Hätte aber auch nichts geändert. Ich geb nichts her.«

»Wie sieht man das sonst so im Dorf?«

»Wie immer. Es gibt ein paar, die sowieso aufhören wollen und mitnehmen, was sie kriegen können. Aber den Dettweiler kann keiner verputzen.«

»Kann sein, ihr habt ihn sowieso bald los. Sieht so aus, als ob die Geschichte auf den großen Showdown zuläuft.«

»Showdown?«

»Wie im Western, wenn sich die Guten und die Bösen gegenüberstehen. Wer langsam zieht, ist schneller tot.«

»So, so.«

Immer noch fährt Bauer Buchholz mit den Fingern die Konturen seiner Schrotflinte nach.

»Dann müssen wir uns was einfallen lassen«, sagt er irgendwann mit einem hinterhältigen Grinsen. »Die Guten sind schließlich wir, gell?«

»Richtig.«

»Dann trink noch was von dem Feuerwasser, Cowboy, bevor es losgeht.«

Er prüft, ob eine Patrone im Lauf ist, und prostet mir zu: »Zielwasser!«

166

Helden wie wir

Ich stürmte durch das Vorzimmer und ignorierte die Proteste. »Besten Dank, meine Damen, ich kenne den Weg.«

Helmut Eulert saß hinter seinem Schreibtisch, buddhagleich. Es war wieder mehr Luft im Ballon und Farbe im Gesicht.

»Stichwort Goldhamster. Ziemlich doof, dieser Codename.«

»Ziemlich unverschämt, so hereinzuplatzen. Was wollen Sie schon wieder?«

»Nicht viel. Nur die Wahrheit.«

Er lachte bitter.

»Wahrheit! Welche Wahrheit? Ihre? Meine?«

»Vielleicht die Ihrer Frau. Wussten Sie von der Wohnung?«

»Ich muss Ihnen keine Fragen beantworten.«

»Nein, müssen Sie nicht. Aber vielleicht wollen Sie.«

»Warum sollte ich wollen?«

»Wir haben dasselbe Interesse. Wir wollen beide wissen, wer Ihre Frau umgebracht hat. Ich zumindest will das wissen. Sie möglicherweise nicht, zugegeben. Weil die Wahrheit zu schrecklich ist für Sie. Oder weil Sie es selber waren.«

»Ich habe ein Alibi, ich war auf Mallorca. Abgesehen davon ist es absurd, mir so etwas zu unterstellen.«

»Tatsächlich? Sie wären nicht der erste Mann, der aus Eifersucht durchdreht.«

»Ich wusste nichts von der Wohnung, um auf Ihre Frage zurückzukommen.«

»Lassen Sie uns doch mal ein paar Möglichkeiten durchspielen.«

»Ich sollte Sie rauswerfen.«

»Sicher. Aber deswegen werden Sie mich auch nicht los. Ich bin nun mal in diese Geschichte verwickelt. Wäre es denkbar, dass Ihr Kompagnon der Liebhaber Ihrer Frau war?«

»Horst? Blödsinn!«

»Warum sind Sie da so sicher? Kieninger ist nicht verheiratet. Ist er schwul?«

»Wenn ein Mann keine Frau oder Freundin hat, muss er nicht schwul sein. Und Horst ist nicht schwul, glauben Sie mir. Und mit Susanne hat er nichts gehabt, garantiert nicht. Außerdem war er nicht besonders gut zu sprechen auf Susanne. Er hat mich sogar davor gewarnt, sie zu heiraten. Sie sei zu jung und nur auf mein Geld aus.«

»Aber Sie haben nicht auf ihn gehört.«

»Natürlich nicht. Glücklicherweise nicht. Im Übrigen stimmen wir uns im geschäftlichen Bereich ab, aber nicht im privaten.«

»Die Ansichten über eine Person können sich ändern. Das kennen wir doch alle: Jemand ist einem zunächst unsympathisch, dann lernt man ihn näher kennen, und unversehens sieht alles anders aus. Plötzlich kann man sich gut leiden. Oder sogar mehr.«

An seinen Augen sah ich, dass ich den Keim des Misstrauens gesät hatte. Gleichwohl schüttelte er den Kopf.

»Trotzdem nicht. Sie haben recht, Susanne und Horst haben sich arrangiert. Aber so etwas würde Horst nicht tun. Nicht Horst. Wir sind nicht bloß Geschäftspartner, uns verbindet mehr.«

»Nehmen wir einmal an, Sie hätten von dieser Wohnung erfahren, irgendwie. Und was Sie erfahren hätten, legt den Schluss nahe, dass sich Ihre Frau dort jemandem trifft, der nach Lage der Dinge eigentlich nur ihr Liebhaber sein kann. Wie hätten Sie reagiert?«

»Ich hätte wahrscheinlich zunächst reagiert wie jeder: traurig, enttäuscht, wütend. Und dann hätte ich versucht, mich mit ihr auszusprechen.«

»Nobel.«

»Ach, wissen Sie, in meinem Alter hat man in manchen Dingen einen anderen Blickwinkel auf bestimmte Aspekte des Lebens.«

»Die Altersweisheit.«

»Ich würde es lieber Lebenserfahrung nennen. Und die sagt mir, dass es an beiden Partnern liegt, wenn es in einer Beziehung nicht mehr gut läuft. Vielleicht passt man einfach nicht mehr zusammen, jeder entwickelt sich ja weiter, ein junger Mensch wie Susanne besonders. Vielleicht hat sich im Alltag zu sehr die Routine eingeschlichen. Vielleicht redet man nicht mehr genügend miteinander. Schenkt sich nicht mehr ausreichend Beachtung. Solche Dinge gehen einem durch den Kopf, wenn es zu spät ist.«

»Könnte es sein, dass Susanne Sie mit dieser Wohnung provozieren wollte? Weil sie Sie anders nicht erreicht hat?«

»Eine seltsame Idee.«

»Frauen sind seltsam. Meine Lebenserfahrung.«

Ein Lächeln umspielte seine Lippen, nach dem Motto: Du musst noch viel lernen in deinem Leben, Junge! Aber das Eis war anscheinend gebrochen. Er drückte eine Taste der Gegensprechanlage und bestellte zwei Kaffee. Das Püppchen brachte ihn und zwinkerte mir zu. Eulert bemerkte es nicht, er war in Gedanken versunken. Ausgiebig rührte er in seiner Tasse, dann schaute er mich an.

»Ich grüble viel über diese Wohnung nach, seit ich davon erfahren habe. Das passt einfach nicht zu ihr. Ich kann mir keinen Reim darauf machen. Der Aspekt, den Sie erwähnt haben, ist nicht uninteressant. Muss ich mal drüber nachdenken. Sie wollte mich eifersüchtig machen, meinen Sie?«

»Möglich. Oder Sie aufrütteln. Damit Sie nachdenken. Worüber?«

»Ich habe keine Erklärung.«

»Hat es mit der Operation Goldhamster zu tun? Der Fischfabrik?«

»Sie scheinen ja schon alles zu wissen. Woher?«

»Mein Job. Was hat es mit dieser Fischfabrik auf sich?«

Ich hatte einen Fehler begangen. Ich war zu forsch gewesen, ich hätte das Thema behutsamer anschneiden müssen. Die Phase stillen Einvernehmens war vorbei, er klappte innerlich das Visier herunter.

»Sie haben mir zu einigen bedenkenswerten Einsichten verholfen«, sagte er förmlich, »wofür ich Ihnen dankbar bin. Aber ich bin nicht gewillt, mit Ihnen über geschäftliche Überlegungen zu diskutieren.«

Das Kind war schon in den Brunnen gefallen, also konnte ich auch pokern. Mit gezinkten Karten.

»Was gibt es da zu diskutieren? Die Sache läuft ja wohl. Ihnen fehlt nur noch dieses eine Grundstück.«

»Ich weiß nicht, was Sie meinen.« Wie er das sagte, hätte man es beinahe glauben können.

»Übrigens, es könnte sein, dass wir bald Geschäftspartner sind. David van Forstmann hat mir die Fischfarm als äußerst lohnenswerte Investition ans Herz gelegt.«

»Ach?«

Seine Miene versteinerte.

Wie ich es geahnt hatte: Es war nicht abgesprochen, andere Partner mit ins Boot zu holen, van Forstmann wollte sich meine Millionen quasi unter der Hand krallen. Dann zog ich das Ass aus dem Ärmel.

»Aber ich glaube nicht, dass ich das Angebot annehmen werde. Dazu ist mir die Vergangenheit dieses van Forstmann zu dubios. Und wollen wir wetten? Ich glaube, dass Susanne das gewusst oder zumindest geahnt hat.«

Hoch erhobenen Hauptes verließ ich Eulerts Büro. Meine beiden Freundinnen im Vorzimmer sahen mich erwartungsvoll an.

»Wenn er demnächst einen Tobsuchtsanfall bekommt«, sagte ich, »bin nicht ich daran schuld. Wo finde ich den kleinen Chef?«

»Der ist den ganzen Tag außer Haus«, erklärte Kristin Greifwald.

»Und wir haben keine Ahnung, wo er ist«, fügte Sabrina hinzu, was ihr einen strafenden Blick von Kristin Greifwald eintrug.

»Kristin!«, bellte es aus der Gegensprechanlage.

»Dann mache ich mich mal besser vom Acker«, meinte ich grinsend.

Es muss nicht immer Kaviar sein

Über das Privatleben von Horst Kieninger war kaum etwas bekannt, was logischerweise zu wilden Gerüchten führte. Der vorherrschenden Meinung nach war er schwul oder impotent oder beides oder schlicht so unerträglich, womöglich gar pervers, dass es keine Frau (und kein Mann) mit ihm aushielt.

Romantischere Gemüter seufzten von einer unerfüllten Liebe, deren Unerreichbarkeit ihn zu einem lebenslangen Verzicht bewogen habe. Eine Zeitlang war es ein beliebtes Spiel, nach den geeigneten Kandidatinnen dafür Ausschau zu halten.

Dann wurde auch das langweilig, zumal sich Horst Kieninger aus der Esslinger Gesellschaft fernhielt, dieses Parkett überließ er seinem Kompagnon Helmut Eulert.

Fest stand nur, dass er allein lebte und sich mit einem unscheinbaren Reihenhaus auf dem Schurwald begnügte. Ein Umstand, der sofort die Frage aufwarf, was er mit dem vielen Geld anfing, das die Firma offensichtlich abwarf, wenn man in Betracht zog, wie Helmut Eulert residierte.

Ich hatte mir das angeschaut. Schanbach, ein Ortsteil der Gemeinde Aichwald, musste früher ein Bauerndorf gewesen sein, die Spuren sah man noch, und war dann gewuchert. Der Ort lag, umgeben von Wiesen und Streuobstanlagen, schön auf einer Hochfläche, die mit einem Netz dicker Hochspannungsleitungen überzogen war. Nicht unbedingt das Ambiente, in dem ich gern leben wollte. Vor allem, wenn ich mir etwas anderes leisten konnte.

Ich klingelte an dem Haus in der Oberen Burgstraße, wenn auch ohne große Hoffnung. Niemand öffnete. Die kleine Straße dämmerte still vor sich hin, keiner war unterwegs, nicht einmal ein Hund, der Gassi geführt wurde. Schade. Ich hätte gern mit den Nachbarn über Horst Kieninger geplaudert.

Ich traf ihn in einem Restaurant der Plochinger Innenstadt, das, wie nur wenige wussten, ihm gehörte. Er war in der Küche und sprach mit dem Koch.

»Wie haben Sie hierhergefunden?«, fragte er erstaunt.

»Das nennt man wohl einen Insidertipp.« Mit dem Daumen wies

ich auf den Kellner in meinem Rücken. »Der kann nichts dafür. Er hat sich wacker geschlagen, aber er hatte keine Chance. Ich war zu hartnäckig.«

»Ist schon gut, Heinrich«, sagte Kieninger, und ich meinte, hinter mir ein erleichtertes Aufatmen zu hören. Kieninger schien ein schwieriger Chef zu sein.

»Schick hier«, sagte ich anerkennend.

»Ein eigenes Restaurant war schon immer mein Traum.«

»Sie sehen nicht gerade so aus, als würden Sie gern am Herd stehen.«

»Ich kann überhaupt nicht kochen. Aber ich kann sagen, was ich gern essen möchte. Und das machen meine Leute dann.«

»Ein Privatrestaurant.«

»Beileibe nicht. Aber wir nähern uns allmählich der Vision, die ich von einem guten Restaurant habe. Beste Ausgangsprodukte, kreative Zubereitung, faire Preise. Kein Convenience, keine Zusatzstoffe, keine künstlichen Aromen.«

»Wie bringen Sie das unter einen Hut, die Firma und das Restaurant?«

»Der Tag hat vierundzwanzig Stunden. Man muss die Zeit nur sinnvoll einteilen.«

»Dann sind Sie ja voll ausgelastet.«

»Jeder hat sein Hobby. Manche haben eine Frau oder einen Garten, ich habe das Restaurant. Was wollen Sie?«

»Einige Dinge klären.«

»Tun Sie's. Aber erwarten Sie nicht, dass ich Ihnen dabei helfe.«

»Wäre aber gut. Dann lassen sich vielleicht einige Gerüchte zerstreuen, die so im Umlauf sind.«

»Was die Leute über mich sagen, ist mir gleichgültig.«

»Es geht eigentlich gar nicht um Sie, sondern um die Firma.«

»Und?«

»Gestern standen Sie noch vor dem Abgrund, jetzt sind Sie schon einen Schritt weiter. Der Pleitegeier zieht seine Kreise enger.«

»Alles Quatsch.«

Ich sagte nichts darauf. Ich wartete. Ich hatte Zeit. Alle Zeit der Welt.

Kieninger war gut einen Kopf größer als ich und hager. Er war so alt wie Eulert, also zweiundsechzig, was ihm nicht anzusehen war. Sein dunkelbraunes Haar war voll, wenn es auch schon seit langem die Flucht aus der Stirn angetreten hatte. Das Gesicht war von tiefen Furchen durchzogen, was sein ausgeprägtes Kinn umso präg-

172

nanter hervorhob. Ich hatte schon bemerkt, dass er häufig mit dem Unterkiefer mahlte, wahrscheinlich, um aufkeimenden Ärger zu unterdrücken.

Er kam mir jähzornig vor, vielleicht stand er auch nur ständig unter Strom. Derb und direkt war er auf alle Fälle und damit der Konterpart zu Eulert, der sich immer um Verbindlichkeit und eine gepflegte Ausdrucksweise bemühte, auch wenn ihm etwas gegen den Strich ging.

»Ich sollte Sie rauswerfen lassen«, meinte er schließlich.

»Nur mit Waffengewalt. Vielleicht mit diesem schönen Fleischmesser da? So eines, wie es in Susannes Rücken steckte? Hat die Polizei mal nachgezählt, ob die noch alle vollzählig sind?«

»Ich werde Sie wohl nicht so einfach los.«

»Nein.«

»Gehen wir in mein Büro, hier wird es gleich hektisch. Suchen Sie sich was zum Essen aus. Das geht natürlich aufs Haus.«

»Besten Dank, nein. Das könnte als Bestechungsversuch gewertet werden.«

Er ging mir voraus in das kleine, karg eingerichtete Büro. Wenn ich das hier betrachtete und das bescheidene Häuschen, könnte man auf den Gedanken kommen, Kieninger habe sich der Askese verschrieben.

Das aber passte nicht zum Restaurant. Sein Hobby, wie er sagte. Ein teures Hobby vermutlich.

Der Raum roch verqualmt, und tatsächlich, Kieninger klopfte sich eine Zigarette aus der Schachtel.

»Reval?«, staunte ich. »Wer Reval raucht …«

»… frisst auch kleine Kinder, ich weiß«, ergänzte Kieninger. »Wundert mich, dass ihr jungen Leute diesen Spruch noch kennt.«

»Mich wundert, dass es diese Marke überhaupt noch gibt.«

»Manches Gute bleibt erhalten, wenn auch weniges. Auch eine?«

»Bewahre! Ich habe viele Laster, aber das Rauchen zählt nicht dazu.«

»Mein einziges. Von meinem Restaurant abgesehen.«

»Zu einem Restaurant gehören doch wohl auch gutes Essen und gute Weine.«

»Ich zähle das aber nicht zu den Lastern, sondern zu den Lebensnotwendigkeiten. Wussten Sie übrigens, dass Vegetarier zum Essen viel Wein trinken sollten? Im Gemüse sind Stoffe, die nur durch Alkohol gelöst werden. Ein abstinenter Vegetarier lebt mithin ungesund. Aber genug geplaudert. Weswegen sollte ich Sie bestechen wollen?«, fragte er und goss mir ungefragt einen Armagnac ein. Die Flasche sah teuer aus. Ich rührte das Glas nicht an.

»Damit ich bestimmte Informationen nicht weitergebe. An die Polizei beispielsweise.«

»Die wären?«

»Dieses Restaurant etwa.«

»Ich halte mich zwar im Hintergrund, aber es ist kein Geheimnis. Jeder, der will, kann im Handelsregister nachschlagen. Und viele Leute wissen es ohnehin. Sie ja auch.«

»Die vielen Messer hier. Eines davon hat man vielleicht in Susannes Rücken gefunden.«

»Ein solches Messer können Sie in jedem besseren Haushaltswarengeschäft kaufen.«

»Das wissen Sie so genau? In den Presseberichten war immer nur ganz allgemein von einem Fleischmesser die Rede.«

Er wirkte verunsichert, zuckte dann aber mit den Schultern. »Wir verwenden handelsübliche Messer, allerdings von bester Qualität. Wie jeder Hobbykoch auch. Noch was?«

»Hat die Polizei schon erfahren, dass Sie in Susannes Geheimwohnung waren?«

»Wer sagt das?«

»Ein Zeuge.«

»Ein Zeuge! Zeugen können irren.«

»Zeugen können aber auch recht haben und Ihr Auto identifizieren. Also, waren Sie?«

»Ich weiß nicht, weshalb ich überhaupt mit Ihnen rede.«

»Weil ich ein angenehmer Gesprächspartner bin? Weil Sie Ihren Armagnac nicht alleine trinken wollen? Weil Sie wissen wollen, was ich weiß?«

Er sah mich prüfend an und schien abzuwägen. Was konnte, was sollte er zugeben? Was wusste ich wirklich? Er stürzte seinen Armagnac in einem Zug hinunter.

»Zu den ersten beiden Punkten: nein. Zum dritten Punkt: Ist mir scheißegal. Aber um Ihnen eine Freude zu machen: Was wissen Sie denn?«

»Zum Beispiel, dass Sie in der Wohnung waren.«

»Das können Sie gar nicht wissen, höchstens vermuten. Es sei denn, Sie haben mich gesehen.«

»Und woher wollen Sie wissen, dass das nicht der Fall war?«

»Dann hätten Sie es gesagt und nicht einen Zeugen vorgeschoben.«

174

Der Mann verfügte über einen Verstand so scharf wie die Messer in seiner Küche. Plötzlich verstand ich, weshalb das Duo Eulert/Kieninger so gut funktionierte.

Eulert war, wie ich ihn einschätzte, ein eher gefühlvoller Typ, der sicher bisweilen zu impulsiven Handlungen neigte. Kieninger hingegen analysierte gründlich, wog das Für und Wider ab und dachte weit voraus. Ein Schachspieler, ohne Zweifel. In der Hinsicht musste Susanne ihm ähnlich gewesen sein.

Er füllte sein Glas wieder.

»Ja, ich war in der Wohnung, zufrieden?«

»Welche Frage sich anschließt, können Sie sich denken.«

»Das könnten mehrere sein. Zum Beispiel: Was wollten Sie dort? Mit ihr einige Dinge klären. Und um die naheliegende nächste Frage gleich zu beantworten: Das geht Sie nichts an. Firmeninterna.«

»Ich dachte, sie hätte sich aus dem – wie nennt man das? – aus dem operativen Geschäft zurückgezogen?«

»Sie war die Frau vom großen Chef – ja, ich kenne die Spitznamen, die kursieren – und hat einige Zeit in der Firma mitgearbeitet. Ganz normal, dass sie sich für die Entwicklungen interessiert.«

»In jüngster Zeit mehr als früher.«

»Auch normal. Wir hatten vor kurzem eine Wirtschaftskrise, schon mal davon gehört? An den Folgen haben wir noch zu knabbern.«

»Es soll bei den Gesprächen Unstimmigkeiten gegeben haben.«

»Glauben Sie dem Vorzimmertratsch nicht alles. Die hören, was sie hören wollen.«

»Sie waren nicht besonders gut zu sprechen auf Susanne, hört man.«

»So, so, hört man. Stimmt ausnahmsweise sogar. Ich war skeptisch, als Helmut sich mit ihr eingelassen hat. Als Betthäschen: meinetwegen. Aber so ein junges Ding gleich heiraten? Ich hatte die Befürchtung, dass die Hormone sein Bewusstsein vernebeln könnten.«

»Aus Loyalität der Ehefrau gegenüber?«

»Um Himmels willen, nein. Irmgard war ein nettes Mädchen, aber total überfordert mit der Entwicklung, die das Unternehmen genommen hat. Diese ganzen gesellschaftlichen Verpflichtungen waren nicht ihr Ding. Und Helmut kann ganz schön dominant sein. Diese Trennung war sicher von Vorteil für sie. Sie konnte endlich sie selbst sein. Ich treffe mich ab und zu mit ihr, und ich muss sagen, ich bin beeindruckt. Sie ist jetzt die Frau, die Helmut schon vor zwanzig Jahren gebraucht hätte.«

»Was zu einer interessanten Spekulation führt.«

»Zu welcher?«

»Das wissen Sie genau.«

»Sie meinen, sie wollte ihre Rolle mit zwanzig Jahren Verspätung einnehmen und hat deshalb Susanne aus dem Weg geschafft? Lächerlich!«

»Sie hat kein Alibi für den Tatzeitpunkt.«

»Und wenn schon? Habe ich auch nicht. Hätte ich gewusst, dass sie sich ermorden lässt, hätte ich mir natürlich eines besorgt, ist doch logisch, nicht? Nur so interessehalber: Welches Motiv hätten Sie denn für mich?«

»Wie wäre es mit Ihrer Abneigung gegen Susanne?«

»Hat sich zumindest in Respekt verwandelt, wenn auch nicht in herzliche Zuneigung. In Respekt vor ihrem Scharfsinn, ihrer Zielstrebigkeit. Sie war keineswegs das junge Hascherl, das sich nur ins gemachte Nest legen will. Okay, ich habe mich getäuscht und meine Meinung geändert.«

»So sehr, dass Sie sich mit ihr zu einem Schäferstündchen verabredet haben?«

»Blödsinn!«

»Die Umstände legen eine solche Überlegung nahe.«

»Um das Thema ein für alle Mal zu erledigen, Schnüffler, weil Sie mich nerven und damit Sie nicht unsinnige Gerüchte herumposaunen: Ich habe eine Prostata-Totaloperation hinter mir. Ich kann nicht mehr, wenn Sie verstehen, was ich meine. Ich bin impotent. Und das seit fünfzehn Jahren. Aus und vorbei.«

»Scheiße.«

»Kann man so sagen, aber auch damit kann man sich arrangieren. Die gute Nachricht ist: Der Krebs ist seitdem nicht zurückgekommen. Ist doch auch was. Übrigens weiß niemand davon. Außer Helmut natürlich. Ich wollte nicht, dass darüber geredet wird.«

»Ist ja auch ein unangenehmes Thema.«

»Nicht für mich, ich habe mich damit abgefunden, was nicht leicht war, das können Sie mir glauben. Unangenehm höchstens für die anderen. Auf diese mitleidigen Blicke kann ich verzichten.«

»Hat Susanne davon gewusst?«

»Was spielt das für eine Rolle?«

»Ich verfolge eine bestimmte Theorie.«

»Eigentlich müsste ich jetzt fragen: welche? Ich habe keine Ahnung, ob sie es gewusst hat. Von mir jedenfalls nicht. Vielleicht hat Helmut es ihr erzählt, aber das glaube ich nicht. Ich weiß es nicht. Und jetzt: welche Theorie?«

»Hat Susanne versucht, Sie ins Bett zu kriegen?«

»Nein. Absolut nicht.«

»Mir ist diese Wohnung ein Rätsel. Man denkt natürlich sofort: ein geheimes Liebesnest. Aber dafür war sie nicht geheim genug, offensichtlich wussten einige Leute davon. Meine Theorie ist: Die Leute sollten es auch wissen. Sie wollte Eulert aus irgendeinem Grund provozieren. Vielleicht eifersüchtig machen.«

»Indem sie, zum Beispiel, den Eindruck erweckt, dass sie mit seinem Kompagnon schläft?«

»Zum Beispiel. Übrigens, woher wussten Sie von der Wohnung?«

»Sie hat mich angerufen und, nun ja, herbestellt.«

»Oh.«

»Damit, Dillinger, stehen Sie ganz schön bedröppelt da. Entweder hat sie von meiner kleinen Unfähigkeit nichts gewusst. Oder Ihre Theorie ist falsch.«

»Haben Sie Eulert von der Wohnung erzählt?«

»Nein. Ich wollte erst herausfinden, was da gespielt wird, ehe ich die Pferde scheu mache.«

»Und was haben Sie herausgefunden?«

»Nichts. Da kam jemand mit einem scharfen Messer dazwischen.«

»Aber Sie haben sie doch bestimmt gefragt, was es mit dieser Wohnung auf sich hat.«

»Sie hat aber nicht geruht, mich in ihre Geheimnisse einzuweihen.«

»Ihre Theorie?«

»Hab keine. Interessiert mich auch nicht mehr. Susanne ist tot.«

Schweigen. Kieninger zündete sich die nächste Zigarette an, ich weiß nicht, die wievielte es schon war. Dass er das aushielt in diesem verrauchten Zimmer.

»Ihr Lokal scheint gut zu laufen«, sagte ich schließlich.

»Geht so. Auch um die Restaurants macht die Krise keinen Bogen. Und die Menschen sind immer weniger bereit, für beste Qualität auch den angemessenen Preis zu bezahlen. Soll immer alles nur billig sein, wie es schmeckt, ist einerlei, und was an Chemie drin ist auch. Und dann wundern sie sich, wenn sie aufgehen wie ein Pfannkuchen und Allergien bekommen. Alles Idioten.«

»Wie lange haben Sie das Restaurant schon?«

»Seit fünfzehn Jahren.«

»Seit …«

»Richtig, seit dieser Prostatageschichte. Ich musste meine Energien in andere Bereiche lenken.«

»War das auch als Notgroschen gedacht, falls es mit der Eula vollends bergab geht?«

»Der Eula geht es gut.«

»Das wissen aber die Spatzen besser, Sie wissen schon, die auf den Dächern.«

»Mich hat das Geschwätz der Leute noch nie gekümmert.«

»Sie vielleicht nicht. Ihre Banken schon.«

»Die Banken lassen Sie mal unsere Sorge sein.«

»Haben Sie auch Fisch auf der Speisekarte?«

»Abrupter Themenwechsel. Natürlich.«

»Welchen denn?«

»Lachs immer, die Leute wollen das, und ansonsten je nach Tagesangebot. Heute Dorade und Meerbrasse. Zander und Saibling.«

»Geht es Ihnen als Profi auch wie mir als Hobbykoch? Der Meeresfisch ist immer schon so alt, wenn er bei uns ankommt. Wäre doch schön, wenn man ihn direkt von nebenan beziehen könnte.«

»Wir leben nun mal nicht am Meer.«

»Dann holen wir eben das Meer zu uns.«

»Wie meinen Sie das?« Kieninger musste ein guter Pokerspieler sein. Er verzog keine Miene, obwohl ihm längst klar sein musste, worauf ich abzielte.

»Ich habe eine Vision«, sagte ich. »Ich sehe große Becken vor mir, mit Meerwasser gefüllt, das mit großen Pumpen umgewälzt wird, Eula-Pumpen natürlich, und in den großen Becken wachsen kleine Doraden langsam zu großen Doraden heran. Die dann in Ihrem Lokal frisch auf den Tisch kommen. Frischer als bei der Konkurrenz.«

Er lachte schallend.

»Zum eigenen Kräutergarten die eigene Fischzucht. Nette Vision, Dillinger. Aber halt eine Vision.«

»Die Fische kann man natürlich auch verkaufen. Kurze Transportwege, beste Qualität. Genausogut verkaufen kann man auch die Technologie, die hinter einer solchen Fischfarm steckt. Vor allem die Pumpen, ohne die der Laden nicht läuft.«

178

Er schaute mich aus zusammengekniffenen Augen an, und das lag nicht am Rauch seiner Zigarette. Das war das Vertrackte bei solchem Geplänkel für einen Mann seiner Intelligenz. Er konnte sich nicht sicher sein, ob ich nur im Trüben fischte oder tatsächlich die richtigen Informationen hatte.

»Spucken Sie schon aus, was Sie zu wissen glauben«, sagte er.

»Zwei Stichworte: Goldhamster und Knittinghausen.«

»Was soll damit sein?«

»Tun Sie nicht so unschuldig! Van Forstmann hat mir von der Fischfarm erzählt.«

»Van Forstmann? Labermaul!«, murmelte er, und es klang eindeutig verärgert. »Wenn Sie's schon wissen, warum fragen Sie dann?«

»Warum diese Geheimnistuerei?«

»Wenn ich mal besserer Laune bin, Dillinger, kann ich Ihnen ein paar Feinheiten übers Geschäftsleben verraten. Zum Beispiel, dass man mit Projekten erst dann hausieren geht, wenn sie auf sicheren Beinen stehen und keiner mehr querschießen kann.«

»Wer sollte denn querschießen? Etwa der Gemeinderat von Knittinghausen, wenn der von den unkonventionellen Geschäftsmethoden seines Bürgermeisters erfährt?«

»Überlegen Sie gut, was Sie sagen, Dillinger, vor allem aber, was Sie weitersagen. Sie bewegen sich in vermintem Gelände.«

»War das jetzt eine Drohung?«

»Ein gut gemeinter Ratschlag.«

»Ein Ratschlag, an den sich Susanne Eulert nicht gehalten hat?«

»Was wollen Sie damit andeuten?«

»Eine Fischfarm für Meeresfische in einem Hohenloher Kuhdorf, hunderte Kilometer vom Meer entfernt! Wer kommt denn auf sowas?«

»Wozu Meer? Wasser reicht, das kann man mit Meersalz versetzen. Und Ihr Hohenloher Kuhdorf ist nah am Endverbraucher.«

»Die europäischen Meeresküsten sind auch nur eine Nachtfahrt entfernt. Und Transportkosten spielen ja heutzutage keine große Rolle mehr.«

»Sie reden über etwas, das Sie nicht verstehen.«

»Aber Susanne Eulert hat es verstanden, nicht wahr? Lassen Sie mich raten. Susanne Eulert war ganz entschieden gegen dieses Projekt. Mit dem Scharfsinn, den Sie ihr attestiert haben, hat sie sofort gesehen, dass diese revolutionäre Idee in Wahrheit eine Schnapsidee ist.«

»Sie blicken gar nichts, Dillinger. Es geht nicht um ein paar Fische.«

»Ihr habt euch blenden lassen, und Susanne hat das erkannt. Hat sie deshalb sterben müssen? Weil sie als Bedenkenträgerin im Weg stand? Fragt sich nur wem.«

»Finden Sie's heraus, Sie Schlaumeier. Und jetzt machen Sie die Fliege. Ich habe zu tun.«

Kann man einer so netten Aufforderung widerstehen? Vorher stürzte ich aber noch den Armagnac hinunter.

Er sah nicht nur teuer aus, er schmeckte auch so.

Kinder, Kinder!

»Sag nichts, ich sehe es dir an: war ein ganz schlechter Tag heute.«

»Was habe ich doch für eine einfühlsame Frau! Stell dir vor, ich saß in einem Top-Restaurant und konnte nichts essen.«

»Das nennt man einen Albtraum.«

»Dann wurde ich mit meiner Vergangenheit konfrontiert, und ich hatte noch Begegnungen mit zwei möglichen Mördern, nein, wenn ich's recht überlege, sogar drei oder vier, und eine frustrierte Chefsekretärin hat mich vergewaltigt.«

»Wirklich?«

»Oder wie nennst du das, wenn man mich zwingt, bei McDonald's zu essen?«

»Du Armer! Komm in meine Arme und lass dich trösten.«

»Das ist gut so. Und, geliebte Nele, wenn du mir jetzt noch die Schuhe ausziehst und meine Pantoffeln holst ...«

»Das machst du gefälligst selber. Ich bringe dir dafür ein Glas Wein.«

»Womit habe ich diese Fürsorge verdient?«

»Wir müssen reden.«

»Dachte ich mir's doch, so fängt es immer an. Worüber reden?«

»Über uns.«

»Ich wollte eigentlich einen entspannten Abend genießen. Probleme gewälzt habe ich den ganzen Tag.«

»Ich bin also ein Problem für dich?«

»Wenn Frauen reden wollen, geht es immer um Probleme. Welches genau meinst du jetzt gerade?«

»Ich weiß nicht, was ich machen soll. Soll ich hier bleiben? Soll ich nach Berlin gehen? Nach Hamburg? Das wirft so viele Fragen auf.«

»Ich könnte jetzt sagen: Bleib einfach hier, das ist auf alle Fälle für mich das Bequemste. Aber das sage ich nicht. Nicht mehr.«

»Bin ich dir mittlerweile so egal?«

»Ganz und gar nicht. Aber ich habe eingesehen, dass du das nur so entscheiden kannst, wie es für dich richtig ist. Für dich allein.«

»Aber es geht ja nicht um mich allein, Dillinger, es geht um uns beide.«

»Das kriegen wir schon hin, Nele. Irgendwie. Ich weiß was. Wir machen zusammen etwas völlig Neues. Schafe züchten in Neuseeland, dann haben wir immer etwas zu essen. Maultaschen verkaufen auf Lanzarote, da ist es immer warm, und du kannst den ganzen Tag nackig herumlaufen, das würde mir gefallen, ja. Lanzarote! Das ist mein Traum!«

»Jetzt lenk nicht ab, Dillinger, das Thema ist ernst. Es gibt ja so vieles, was man in diesem Zusammenhang bedenken muss. Was hältst du eigentlich von Kindern?«

»Ich mag sie. Wenn es nicht die eigenen sind und ich sie wieder abgeben kann, sobald sie brüllen. War das jetzt eine ernsthafte Frage? Eine, die uns beide betrifft?«

»Ja. Es dauert nicht mehr lange, und meine Eierstöcke gehen in Rente.«

»Uff! Wenn ich mal davon ausgehe, dass du mich nicht nur als Erzeuger eines Kindes, sondern als Vater meiner Kinder haben willst ...«

»So ist es.«

»... dann fühle ich mich im Moment mit einer Antwort etwas überfordert. Um nicht zu sagen überfahren. Über dieses Thema habe ich noch nicht wirklich ernsthaft nachgedacht.«

»Wir müssen das ja nicht heute entscheiden.«

»So ein Kind ist nicht bloß ein Kind, das hat auch Folgen.«

»Vollgeschissene Windeln, vollgekotzte Kleider, durchgebrüllte Nächte.«

»So ein Kind, das bringt ja auch eine Verantwortung mit sich, das würde ja irgendwie in Richtung einer ... einer ... einer dauerhaften Bindung gehen.«

»Ist das eine so schreckliche Vorstellung, Dillinger, dass du deswegen zu stottern anfängst?«

»Ungewohnt. Wir beide haben in der Hinsicht nicht die besten Erfahrungen gemacht.«

»Man kann es ja noch einmal versuchen. In der Hoffnung, dass es dann besser geht.«

»Wie soll das überhaupt praktisch gehen, Nele? Du in Berlin oder Hamburg, ich hier?«

»Siehst du, genau das ist das Problem, dem ich mich stellen muss, bevor ich eine Entscheidung treffe. Aber nicht heute. Jetzt gehen wir erst einmal schlafen, du siehst fertig aus.«

Nele neben mir röchelte schon längst vor sich hin, aber ich konnte nicht einschlafen, zu viel ging mir im Kopf herum. Seltsamerweise dachte ich keine Sekunde an Susanne Eulert, zum ersten Mal seit Tagen. Es gab genug andere Rätsel, die zu lösen waren.

Kinder. Eigentlich hört sich das gar nicht so schlecht an. Mein Fleisch und Blut. So schön wie ihre Mutter, so intelligent wie ihr Vater. Zusehen, wie die Racker heranwachsen. Wie aus Kindern Männer und Frauen werden. Ein Bub oder ein Mädchen? Oder beides?

Die Welt, von oben betrachtet

Ich hatte auf einen Termin bei der Chefin höchstpersönlich bestanden und vorsichtshalber einen falschen Namen angegeben. Dementsprechend überrascht zeigte sich Irmgard Hauber, als sie hinter mich an den Friseurstuhl trat.

»Warum dieses Versteckspiel?«, fragte sie.

»Damit Sie sich nicht unerwartet einen Tag freinehmen. Wie an dem Tag, an dem Susanne Eulert ermordet wurde.«

»Und jetzt möchten Sie wissen, warum und wo ich war und weshalb ich Ihnen das nicht gesagt habe.«

»So ungefähr habe ich mir das vorgestellt.«

»Sie hätten mich doch nur zu fragen brauchen.«

»Habe ich getan. Aber Sie geruhten nicht, mir darauf eine Antwort zu gewähren.«

»Ups! Sondern Sie einen solch gewundenen Satz einfach so ab, oder haben Sie ihn auswendig gelernt? Wie hätten Sie's denn gern? Alles etwas kürzer?«

»Einen ganz neuen Look. Man hat von Ihren Künsten geschwärmt.«

»Hm. Wird schwierig. Da hinten lichtet es sich schon ziemlich.«

»Was? Im Ernst? Das habe ich noch gar nicht gesehen.«

»Sie sehen sich ja auch nicht von oben.«

»Zum Teufel aber auch! Warum hat mir das meine bisherige Friseurin noch nicht gesagt?«

»Weil sie feinfühliger ist als ich. Oder es ist ganz neu. Macht Ihnen Ihr Fall so viel Kopfzerbrechen, dass Ihnen darüber die Haare ausgehen? Jetzt werden sie erst einmal gewaschen.«

Das Mädchen, das mich zum Waschbecken führte, war hübsch und etwas stämmig und hatte einen bemerkenswerten Vorbau, den ihr tief ausgeschnittenes T-Shirt prachtvoll zur Geltung brachte. Ich kam nicht umhin, diese Pracht genauer in Augenschein zu nehmen, denn genau dort war ihr Namensschild befestigt. Sie hieß Ayşe. Ich musste lange hinschauen, um das entziffern zu können. Wahrscheinlich brauchte ich jetzt doch bald eine Lesebrille.

Mir war das schon öfter aufgefallen bei diesen jungen Türkinnen der zweiten oder dritten Generation. Wenn sie kein Kopftuch und langen Mantel trugen, zeigten sie offenherzig alle Reize, die sie hatten, und kleideten sich sehr körperbetont. Wie viele Spanierinnen auch. Und es kümmerte sie anscheinend nicht, ob etwas quoll oder sich Wülste abzeichneten. Ob es darüber eine Studie gab? Dass die Mittelmeerküche nicht nur gesünder ist, sondern die Frauen auch selbstbewusster macht? Und das in ausgesprochenen Macholändern?

Nur hatte ich nicht viel davon. Männerhaare sollten grundsätzlich von vorne gewaschen werden, damit man genießen kann, wie die Natur sich verausgabt hat. So sehr ich auch den Kopf nach hinten streckte, ich erblickte nur eine blassblaue Decke mit weißem Stuckrand.

Also schloss ich die Augen, genoss es, wie zarte und dennoch kräftige Frauenhände meine Kopfhaut massierten, und gab mich weiteren unsachgemäßen Gedanken hin. Es gehört sich ja nicht, einer Frau ausdauernd auf den Busen zu starren. Wenn selbiger aber so offensiv zur Schau gestellt wird, wäre es dann nicht nachgerade unhöflich, das nicht zu tun, weil das eine erklärte Missachtung der Absichten der Busenträgerin wäre, die ja, wenn sie nicht zeigen will, was sie hat, durchaus auch zu einem T-Shirt mit weniger Ausschnitt hätte greifen können, was unweigerlich und höchst logisch zu der Annahme führt, dass ...

Meine Gedankenkette wurde abrupt unterbrochen, bevor sie ihren bezwingenden Höhepunkt erreicht hatte, denn Ayşe hielt es nicht für nötig, meine Haare ein zweites Mal zu waschen. Na ja, wenn sie schütter wurden.

Ich wurde mit einem Handtuch verhüllt und zur Schlachtbank geführt.

Irmgard Hauber wuschelte in meinem Haar und guckte bedenklich.

»Ist es so schlimm?«, fragte ich bang. »Muss ich mir den Kopf kahlscheren lassen?«

Sie betrachtete mich von allen Seiten.

»Könnte bei Ihnen flott aussehen, Sie haben eine gute Kopfform. Aber für diesmal ist's noch zu retten. Lassen Sie mich nur machen.«

Was sollte ich auch anderes tun?

»Was macht eigentlich Ihr Sohn?«

»Dies und jenes, und das nicht richtig. Er sucht noch seinen Weg und lässt sich Zeit dabei.«

»War die Scheidung ein Schock für ihn?«

»Ich bitte Sie, er war zwanzig und aus dem Haus. Und er war, genau wie ich, froh. Sein Vater hatte auf einmal eine andere Beschäftigung, die ihn auslastete, und musste sich nicht dauernd fragen, warum er einen solchen Versager in die Welt gesetzt hat, der nicht als sein Nachfolger taugt.«

»Ist Ihr Sohn tatsächlich ein Versager?«

»Wenn einer versagt hat, dann bin ich das. Ich habe bei ihm wahrscheinlich alles falsch gemacht, was man falsch machen kann. Den Kopf bitte nach unten. Haben Sie Kinder?«

»Keine, von denen ich weiß.«

»Dann können Sie das auch nicht verstehen.«

»Ich weiß ja, es geht mich nichts an …«

»Sie fragen nur Dinge, die Sie nichts angehen.«

»Was macht denn Ihr Sohn?«

Sie seufzte, ließ Schere und Kamm ruhen und schaute mich über den Spiegel an.

»Er hat Jura studiert, ausgiebig, sehr ausgiebig sogar. Und Helmut hat die ganze Zeit klaglos gezahlt, ohne ihn zu drängen. Ich glaube, das war der Einfluss von Susanne. Er hat mit Ach und Krach im zweiten Anlauf seine Prüfungen bestanden und danach verkündet, dass er für den Rest seines Lebens mit Jura nichts mehr zu tun haben will. Er hat diverse Praktika gemacht, nur um die Zeit zu füllen, eine Schreinerlehre angefangen und wieder abgebrochen. Jetzt lernt er Koch. Mit vierunddreißig! Übrigens bei Vincent Klink auf der Wielandshöhe. Und diesmal könnte es was werden. Warum interessiert Sie das eigentlich?«

»Die böse Frau hat mir meinen Papi weggenommen, und jetzt …«

»Quatsch! Klaus und Susanne haben sich nicht oft gesehen, aber sie haben sich gut verstanden.«

»Zu gut?«

Sie kapierte schnell, was ich meinte, und klopfte mit dem Kamm auf meinen Kopf.

»Sie haben eine abstruse Phantasie.«

»Berufsbedingt.«

»Und ich halte Ihnen jetzt berufsbedingt den Spiegel vor. Zufrieden?«

Doch, ja, ich gefiel mir. Sehr geschickt gemacht. Von meiner beginnenden Glatze war nichts zu sehen.

Meine neue Frisur könnte man als wuschelig bezeichnen. Sie sah aus, als hätte ich dringend einen Haarschnitt nötig. Vielleicht war das modern.

»Moment, ich rasiere Ihnen noch die Ohren aus.«

186

»Ach ja«, seufzte ich, »ab einem bestimmten Alter rutschen die Haare dorthin, wo man sie nicht gebrauchen kann.«

»Kopfmassage?«

Da musste ich nicht lange überlegen und hoffte auf Ayşe, die ich dann wenigstens im Spiegel sehen würde, aber die Chefin legte selber Hand an. Sie machte das auch nicht schlecht, und ich genoss stumm, bis sie sich zum Abschluss meinen Nackenmuskeln zuwandte. Teufel aber auch, hatte die Frau einen harten Griff! Mit Mühe konnte ich ein Aufstöhnen unterdrücken. Die machte das doch absichtlich, oder?

Jedenfalls lächelte sie ironisch, als sie mir den Umhang abnahm. Ich blieb sitzen und suchte über den Spiegel Blickkontakt.

»Und nun zur Sache: Wo waren Sie zum fraglichen Zeitpunkt? Jedenfalls nicht hier im Salon, das habe ich herausgefunden.«

»Mich wundert, dass Sie erst jetzt wieder auf das Thema kommen.«

»Zwei Dinge sollte man nie tun, während eine Friseurin an einem herumschnippelt: mit ihr flirten oder mit ihr schwierige Themen erörtern. Beides kann sie zu sehr aufregen und fatale Folgen haben.«

»Kommen Sie, gehen wir um die Ecke, einen Kaffee trinken. Dort sind wir ungestört.«

Als wir gemeinsam dem Ausgang zustrebten, fing uns eine der Friseurinnen ab. »Frau Klöckler hat jetzt gleich einen Termin bei Ihnen.«

Irmgard Hauber winkte ab. »Soll Ayşe übernehmen.«

»Die arme Frau Klöckler«, sagte ich, als wir auf dem Gehweg waren. »Keine Chefbehandlung heute.«

»Waschen und legen! Das können meine Mädels genauso.«

»Übrigens ein prachtvolles Mädchen, diese Ayşe.«

»Sie meinen wohl eher den Vorbau als das Mädchen an sich, ich habe Ihre Blicke sehr wohl bemerkt. Wissen Sie, ich bewundere dieses Selbstbewusstsein. Wenn ich dran denke, wie verklemmt ich in diesem Alter war.«

Irmgard Haubers Salon befand sich im Herzen der Innenstadt, und so war es nicht allzu schwer, ein Café zu finden. Es war warm genug, um draußen sitzen zu können. Allein waren wir nicht, aber hier gab es wenigstens nicht die neugierigen Ohren ihrer Mitarbeiterinnen.

Ich wartete, bis der Kaffee serviert war, und fragte dann: »Also?«

Irmgard Hauber zündete sich umständlich eine Zigarette an.

»Ich habe mich mit Helmut getroffen.«

»Was?«

Die Überraschung war ihr gelungen. Ich fuhr auf, und da ich gerade dabei gewesen war, meine Tasse zum Mund zu führen, schwappte der Kaffee über und platschte mir auf den Reißverschluss meiner hellbeigen Hose.

»Mist, verdammter«, fluchte ich und zuckte zusammen, was einen weiteren Schwall Kaffee zur Folge hatte. Die Zunge wenigstens hatte ich mir nicht verbrannt.

»Tut mir leid, dass ich Sie erschreckt habe. Warten Sie!«

Sie zog ein Taschentuch aus ihrer Handtasche und fummelte an meinem Hosenschlitz herum. Ärgerlich schob ich ihre Hand beiseite.

»Unterstehen Sie sich! Machen Sie's nicht noch peinlicher, als es schon ist. Wie sieht denn das aus, wenn ich mit einem Fleck an dieser Stelle herumlaufe?«

»Drüben beim Breuninger können Sie sich neu einkleiden.«

»Und wie komme ich ungesehen dort hin? Da starrt doch jeder drauf!«

»Na und? Haben Sie was zu verbergen?«

Das war wohl die Retourkutsche für die prachtvolle Ayşe. Geschah mir ganz recht. Der Gentleman genießt und schweigt bekanntermaßen. Und er glotzt unauffällig. Jetzt kam es darauf an, meine Würde zurückzufinden. Am liebsten hätte ich auch eine Zigarette geraucht, aber wahrscheinlich wäre mir davon schlecht geworden.

»Sie haben sich also mit Ihrem Exmann getroffen. Auf Mallorca?«

»Nein, er war hier.«

Die nächste Überraschung. Glücklicherweise hatte ich nicht während des Haareschneidens gefragt. So oft, wie ich zusammenzuckte, hätte ich jetzt einige Löcher in meiner schütter werdenden Pracht.

»Ich verstehe nicht ganz …«

»Er hat eine frühe Maschine genommen und wollte am selben Tag wieder zurückfliegen. Niemand sollte davon wissen. Er hat seinen Golfkumpels gesagt, er wolle mal einen Tag allein über die Insel gondeln. Damit es nicht auffällt, wenn er vom Hotel wegfährt.«

»Für ein heimliches Stelldichein mit Ihnen war das aber etwas aufwendig.«

»Das war kein romantisches Treffen, wo denken Sie hin. Er wollte mit mir etwas bereden.«

188

»Und das war so dringend, dass es nicht noch ein paar Tage warten konnte? Und das ließ sich auch nicht per Telefon erledigen?«

»Er hatte Unterlagen dabei, die er mir zeigen wollte.«

»Knittinghausen? Die Fischfarm?«

»Sie wissen davon?«

»Ja. Aber Unterlagen kann man heutzutage doch auch per Fax oder E-Mail oder meinetwegen in einer Videokonferenz austauschen.«

»Helmut war misstrauisch. Er wollte unter allen Umständen vermeiden, dass irgendjemand die Unterlagen zu Gesicht bekommt, und sei es auch nur zufällig.«

»Das erklärt aber noch nicht diesen heimlichen und überstürzten Tagestrip nach Hause.«

»Helmut hat ungewollt einige Bemerkungen seiner Golfkumpels aufgeschnappt, die ihn zum Nachdenken gebracht haben, und da schien ihm schnelles Handeln geboten. Ich weiß nicht, ob das wirklich nötig war, Helmut handelt schon mal impulsiv.«

»Warum haben Sie mir das nicht eher gesagt?«

»Dillinger, Sie wissen genau, was das bedeutet.«

»Sein Alibi ist futsch. Mehr noch, er rückt auf der Liste ganz nach oben. Uneinholbar.«

»Eben.«

»Warum jetzt dieser plötzliche Sinneswandel?«

»Ich denke mittlerweile, Susanne lag richtig mit ihren Befürchtungen. Helmut ist in eine üble Sache verwickelt.«

»Erzählen Sie mal, was er mit Ihnen besprochen hat.«

»Was wissen Sie über die Fischfarm?«

»Sagen Sie mir, was ich wissen sollte.«

Irmgard Hauber winkte einen Kellner herbei und orderte einen Espresso mit Schuss.

Sie sah mich fragend an, doch ich winkte ab. Mein Bedarf an Kaffee war für heute gedeckt. Dann zündete sie sich eine neue Zigarette an.

»Wird Zeit, dass diese Geschichte zu einem Ende kommt«, murmelte sie. »Ich rauche zu viel.«

Ich schwieg und wartete.

»Ich gebe Ihnen jetzt mal die Kurzfassung, so wie Helmut es mir geschildert hat«, sagte sie schließlich. »Die Eula will in Knittinghausen diese Fischfarm aufziehen. Eingefädelt hat das Projekt ein Investmentberater namens David van Forstmann, mit dem Helmut schon öfter Geschäfte gemacht hat, wohl zu seiner Zufriedenheit.

189

Die Eula sieht diese Fischfarm als Riesenchance, Susanne, mit der Helmut das besprochen hat, war vehement dagegen, aber er hat ihre Einwände ignoriert. Auf Mallorca hat er einige Dinge aufgeschnappt, aus denen er Folgendes geschlossen hat: Erstens, dieser David van Forstmann scheint nicht so seriös zu sein, wie es den Anschein hat. Er muss in der Vergangenheit in einige unsaubere Sachen verwickelt gewesen sein.«

Das war er, in der Tat. Ich hätte sie aufklären können, aber ich hielt mein Wissen zurück.

»Zweitens ging das Gerücht, Susanne sei irgendwie mit diesem van Forstmann verbandelt, privat und geschäftlich. Möglicherweise kannten sie sich von früher.«

»Gerüchte!«

»Das habe ich Helmut auch gesagt. Es gibt immer Neider, und es wird viel geschwätzt, wenn der Tag lang ist. Das sah er auch so, aber trotzdem war er beunruhigt und wollte möglichst schnell Klarheit. Vielleicht konnte er bei seinen Kumpels diskret nachfragen, wenn er was in der Hand hatte.«

»Warum kam er damit zu Ihnen?«

»Er hat gemeint, ich sei die einzige Person, zu der er noch Vertrauen hat. Auch, weil ich mit diesem ganzen Projekt nichts zu tun habe.«

»Was sollten Sie tun? Und warum diese Hauruck-Aktion?«

»Ich sagte ja schon, dass Helmut bisweilen sehr spontan reagiert. Irgendwie schien er mir fast paranoid. Was ich tun sollte? Ich sollte diesem van Forstmann auf den Zahn fühlen. Helmut hat gesagt, er vertraut meiner Menschenkenntnis. Und ich sollte herausfinden, was Susanne so treibt.«

»Und das haben Sie gemacht.«

»Ich wollte zu van Forstmann, aber er war ich nicht da.«

»Wann war das?«

»Helmut hatte sich ein Zimmer im Flughafenhotel genommen, dort haben wir uns getroffen und anschließend noch etwas gegessen. Krottenschlecht übrigens. Ich war etwa Viertel vor zwei bei van Forstmanns Büro, aber, wie gesagt, er war nicht da. Ich habe mir gedacht, vielleicht macht er länger Mittagspause, habe einen Kaffee getrunken und war gegen Viertel nach zwei wieder bei ihm, aber das Büro war immer noch geschlossen. Dann bin ich zu Susanne gefahren, aber auch sie war nicht da. Genauer gesagt: Sie hat nicht aufgemacht. Wir wissen ja jetzt, warum nicht.«

»Damit haben Sie auch kein Alibi.«

»Ich habe die Parkquittung noch, da müssten eigentlich die Zeiten draufstehen.«

»Auch die Quittung aus dem Café?«

»Nein. Aber vielleicht würde mich jemand wiedererkennen.«

»Dann sind Sie wohl aus dem Schneider. Der Tatzeitpunkt war etwa vierzehn Uhr. Und wie sieht es bei Ihrem Exmann aus? Vielleicht saß er zum fraglichen Zeitpunkt im Flieger?«

»Nein.« Sie schüttelte den Kopf und wirkte unglücklich. »Helmut wollte den Flug um fünfzehn Uhr dreißig nehmen.«

»Warum so spät erst?«

»Er wusste nicht, wie lange unser Gespräch dauern würde.«

»Vielleicht hat er umgebucht.«

»Nein. Die anderen Flüge waren ausgebucht.«

»Was hat er gemacht, nachdem Sie sich getrennt haben?«

»Das ist ja das Problem. Er hat vor unserem gemeinsamen Mittagessen im Hotel ausgecheckt und ist danach spazieren gegangen. Er musste nachdenken.«

»Spazieren gehen in Echterdingen am Flugplatz? Wie idyllisch! Was Besseres ist ihm nicht eingefallen? Und natürlich hat ihn keiner gesehen, nehme ich an. Da könnte man ja auf einen ganz dummen Gedanken kommen.«

»Sehen Sie jetzt unser Dilemma?«

»Warum erzählen Sie mir das alles?«, fragte ich.

»Ich brauche Ihre Hilfe.«

»Sind Sie von seiner Unschuld nicht mehr überzeugt?«

»Eigentlich schon.«

»Eigentlich?«

Sie wirkte unglücklich.

»Wer kann schon in einen Menschen hineinschauen? Im Grunde kann ich mir das von ihm nicht vorstellen, aber irgendwie schleichen sich halt doch auch Zweifel ein.«

»Sie sollten das der Polizei sagen.«

»Nein. Ich kann doch Helmut nicht anschwärzen. Und wenn nichts dran ist? Dann redet Helmut nie mehr mit mir. Finden Sie Susannes Mörder, und entlasten Sie Helmut. Ich bezahle auch dafür. Sagen Sie, was Sie verlangen.«

»Ich habe schon eine Klientin.«

»Die ist mittlerweile tot.«

»Das spielt keine Rolle. Ich fühle mich an meinen Auftrag gebunden. Mehr denn je.«

»Bitte, tun Sie alles Menschenmögliche. Wie gesagt, am Geld soll es nicht liegen. Fragen Sie am Flughafen herum oder im Hotel … Ich weiß auch nicht, was man in einem solchen Fall macht.«

»Ich schon.«

Sie stand auf und gab mir die Hand. Und tatsächlich, ihre Augen schimmerten feucht. Ich sah ihr nach, wie sie Richtung Schulstraße davonging, eine elegante Frau kurz vor der Rente, die immer noch einen solchen Hüftschwung draufhatte, dass er ihren wadenlangen Rock sanft schwingen ließ.

Was war das jetzt gewesen? Ein neuer Anhaltspunkt? Vernebelungstaktik? Schuldzuweisung? Doch versteckte Rachsucht?

Könnte auch sein, dass hier jemand gerade eine Grube aushob, in die ein anderer ganz tief fallen sollte. Irmgard Hauber musste genau wissen, was sie ihrem Exmann mit dieser Aussage antat.

Dieser Fall wurde immer mysteriöser, ich wusste nicht mehr, was ich glauben sollte, und war verwirrter denn je. Konnte nicht mal jemand die Hand heben und sagen: Ja, ich war's? Ich hatte den Eindruck, dass mich jeder nur anlog, Irmgard Hauber eingeschlossen. Ihr Alibi klang gut, war es aber nicht. Auf der Parkquittung standen vielleicht Ein- und Ausfahrtzeit, aber nicht, wer es gezogen hatte.

Die paar Schritte zum Breuninger waren ein mentaler Spießrutenlauf. Jeder starrte auf meinen Hosenlatz und grinste hämisch, bildete ich mir ein. Die Verkäuferin starrte tatsächlich.

»Das ist nur ein Kaffeefleck, was denken Sie denn?«, sagte ich. Die Verkäuferin wurde rot. Was dachte sie denn?

Wenigstens ergatterte ich eine Hose zum Schnäppchenpreis.

Alte Liebe rostet nicht

Wir trafen uns nur selten, weil die Atmosphäre dabei meist angespannt war. Denn wir hatten noch immer nicht gelernt, als Freunde miteinander umzugehen, die alte Bitterkeit war übermächtig.

Meine frühere Frau hatte sich als Bühnenbildnerin am Stuttgarter Staatstheater etabliert und war mit einem Regisseur liiert, der mir eigentlich etwas sagen sollte, was er aber nicht tat. Wir trafen uns in der Kantine des Theaters.

»So eine Überraschung!«, sagte Roswitha.

»Ich war gerade in der Nähe und dachte mir, wenn du gerade Zeit hast ...«

Ich wollte nicht lange um den heißen Brei herumreden.

»Bist du rachsüchtig, Roswitha?«

»Wegen dir? Manchmal.«

»Eigentlich wegen eines gewissen David Herrlich.«

»Muss ich den kennen?«

»Ich gebe dir ein Stichwort: schottischer Laird.«

Sie lachte. Es war ein bezauberndes Lachen. Hatte ich das früher nicht bemerkt?

»Diese Geschichte! Ich erinnere mich. Ich war so wütend. Ich mag es nicht, wenn mich jemand aufs Kreuz legt.«

»Du hast doch damals diesen Vollstreckungsbeschluss erwirkt.«

»Blöd genug war ich, meine Energie darauf zu verschwenden. Wegen dieser paar Kröten.«

»Hast du den noch?«

»Keine Ahnung. Warum?«

Ich erzählte ihr von den Häutungen des David van Forstmann und erklärte: »Ein Vollstreckungsbeschluss gilt unbegrenzt, es sei denn, er hat bei einer seiner Insolvenzen Restschuldbefreiung erwirkt. Aber das lässt sich nachprüfen.«

»Ich bin rachsüchtig genug, um nach dem Papier zu suchen.«

Wieder dieses Lachen. »Der wird Augen machen, wenn wir ihm das unter die Nase halten und er löhnen muss.«

»Mitsamt Zinsen.«

»Da will ich aber dabei sein. Sein Gesicht möchte ich sehen.«

»Versprochen.«

Dann trat, wie üblich, wenn wir uns trafen, verlegenes Schweigen ein. Hatten wir uns nichts mehr zu sagen, oder hatten wir Angst, das Falsche zu sagen?

»Und? Wie geht's so?«, fragte ich.

»Passt.«

»Bist du noch mit deinem Regisseur zusammen?«

»Nicht mit diesem. Und du? Neue Liebe?«

»Hm.«

»Was Ernstes?«

»Vielleicht.«

»Ich würde sie gerne mal kennenlernen.«

»Vielleicht.«

»Ich wünsche dir, dass es hält.« Das klang sogar aufrichtig. »Interessante Frisur übrigens. Steht dir.« Das wiederum klang eher höflich.

Früher begann der Tag mit einer Schusswunde

Ich würde nicht noch einmal als tumber Anleger auftreten. Wahrscheinlich hatte David van Forstmann meine Maskerade längst durchschaut, aber das war egal. Es war an der Zeit, mit dem Herrn ein paar Takte Klartext zu reden.

Ich kam zu spät. Im Heppächer, wo sich das Büro des Investmentberaters befand, war großes Polizeiaufgebot. Mir war gar nicht wohl bei diesem Anblick.

Ich drängte mich durch die Schaulustigen, sah Hauptkommissar Gellert, witschte unter der Absperrung durch und ignorierte die Proteste der Streifenbeamten.

»Was ist hier los?«, fragte ich.

»Wonach sieht's denn aus?«, gab Gellert gereizt zurück.

»Wenn Sie da sind, nach einem Mord. David van Forstmann?«

»Woher wissen Sie das?«

»Ich kombiniere: Das ist sein Büro, und Sie sind da.«

»Sie auch. Wieder mal.«

»Diesmal liege ich nicht auf dem Mordopfer.«

»Diesmal haben Sie sich rechtzeitig vom Acker gemacht.«

»Man lernt aus seinen Fehlern. Verraten Sie mir, was passiert ist?«

»Warum sollte ich?«

»Weil Sie für eine Minute in Ihrem Leben mal ein netter Mensch sein wollen.«

»Kannten Sie ihn?«

»Allerdings.«

»Dann erzählen Sie mal.«

»Erst Sie.«

Gellert seufzte. »David van Forstmann ist erschossen worden.«

»Sind Sie sicher, dass es David van Forstmann ist?«

»Ja.«

»Es gibt noch Gerechtigkeit auf Erden.«

»Danke für dieses Eingeständnis. Damit sind Sie mein erster Verdächtiger. Wieder mal.«

»Die Schlange hinter mir ist ziemlich lang.«

»Wie das?«

»Information gegen Information.«

»Ich krieg's auch ohne Sie heraus, Dillinger.«

»Aber nicht so schnell. Wie ist das mit den Spuren, die erkalten?«

»Schießen Sie los.«

»Erst Sie.«

Er sagte es nicht gern, aber er sagte es.

»Nach ersten Erkenntnissen heute morgen zwischen zehn und zwölf Uhr, Kaliber 7,65. Ein Kunde hat ihn gefunden. Bisher keine Anhaltspunkte, aber die Spusi arbeitet noch, und die Befragungen laufen. Reicht Ihnen das als Kurzfassung?«

»Reicht. Und jetzt ich. Forstmann war ein Betrüger. Begann mit Kleinkram und hatte jetzt vermutlich einen großen Fisch am Haken. Die Kürzestfassung.«

»Sind Sie selber betroffen?«

»Das würde Ihnen gefallen, was? Endlich hätten Sie ein Motiv für mich. Sie werden's nicht glauben: Ja, indirekt, aber das ist schon ewig her, eher eine Petitesse und tut nichts zur Sache.«

»Was sachdienlich ist, müssen Sie schon mir überlassen. Also raus mit der Sprache.«

»Seinetwegen bin ich heute kein schottischer Laird. Bei Gelegenheit erzähle ich Ihnen mal die ganze Story, aber das ist jetzt nicht so wichtig. Interessanter ist die Gegenwart. Jetzt sammelt er Geld ein. Viel Geld. Und ich wette mit Ihnen, dass das Geld mitsamt seinem Sammler im Ernstfall verschwunden gewesen wäre. Und ja, möglicherweise werden Sie meine Fingerabdrücke finden. Ich war vor ein paar Tagen bei ihm.«

»Und Sie werden mir sicher gleich verraten, weshalb.«

»Aber gewiss doch, mit dem größten Vergnügen. Ich wollte mir anhören, was er einem Kleinanleger wie mir anzubieten hat. Was soll man sonst schon bei einem Investmentberater tun? Ach, da wir gerade so nett miteinander plaudern: Was gibt es Neues im Fall Susanne Eulert?«

»Sie wissen doch eh alles.«

»Ich weiß nur, was Sie Keller sagen und was Keller mir sagt. Und das ist bestimmt nur ein Bruchteil.«

»An dem Messer, auf dem Ihre Fingerabdrücke sind, gibt es Minimalspuren. Nicht von Ihnen.«

»Vielleicht von dem Herrn da drinnen?«

»Gibt es Verbindungen? Und jetzt keine Ausflüchte bitte. Sonst könnte ich anhand Ihrer Fingerabdrücke an diesem Tatort, dem zweiten Tatort wohlgemerkt, an dem ich Sie antreffe, auf ganz dumme Gedanken kommen. Ihnen hat doch die Nacht gefallen bei uns, nicht wahr?«

»Diesmal nehme ich meine Anwältin mit in die Zelle.«

»Ah, die hübsche Anwältin! Endlich darf ich sie kennenlernen! Warten Sie mal kurz, ich will nur die Handschellen holen für Sie. Oder rücken Sie gleich mit der Sprache heraus? Also, wie sind die Verbindungen zwischen meinem Mordopfer und Susanne Eulert?«

»Ehrlich gesagt, weiß ich es nicht genau. Ich habe nur Vermutungen, die Sie sowieso als wirr abtun werden, weshalb ich Sie damit nicht belästigen will. Ein Tipp unter Kollegen: Schauen Sie mal, ob Sie David van Forstmanns Fingerabdrücke in Susanne Eulerts Wohnung finden. Aber das hätten Sie ja sowieso getan, schließlich sind Sie Profi.«

Er musterte mich mit einem Gesichtsausdruck, als wolle er mir an den Kragen.

»Nein, sind Sie nicht. Von selber wären Sie nie auf die Idee gekommen, nach einer Verbindung zwischen beiden Morden zu suchen. Habe ich recht?«

»Dillinger, Sie sind eine Nervensäge. Und Sie überschätzen sich gewaltig. Wenn's nicht zu viel Mühe wäre, könnte ich Ihnen immer noch einiges anhängen. Aber mein Kollege Keller aus Schwäbisch Hall scheint ja große Stücke auf Sie zu halten.«

»Manchmal ist er wie ein Vater zu mir. Moment, hat er das tatsächlich so ausgedrückt?«

»So ungefähr.«

»Hol ihn der Teufel! Mir hat er das noch nie gesagt.«

»So sind Väter eben. Übrigens, Dillinger, Sie haben doch hoffentlich kein Alibi für den Tatzeitpunkt?«

»Pech für Sie. Schauen Sie mich doch an. Ich war beim Friseur.«

»Und ich dachte schon, Sie sehen immer so aus. Übrigens, Dillinger, Sie sollten was gegen Ihren Haarausfall tun. Hinten wird's schon licht. Und das in Ihrem Alter!«

»Das kommt von den häufigen Begegnungen mit Ihnen. Man sieht sich.«

»Hoffentlich nicht. Jedesmal, wenn wir uns begegnen, gibt's eine Leiche, und ich habe die Arbeit.«

»Ich biete Ihnen großzügig meine Hilfe an. Vorausgesetzt, das Honorar stimmt.«

»Verschwinden Sie! Und übrigens, Dillinger, auch das ist mein Fall. Verstanden?«

Ich widerstand der Versuchung, stramm zu stehen und zu salutieren. Dann drängelte ich mich wieder durch die Schaulustigen, die darauf warteten, dass irgendwas Tatort-mäßiges passierte, und wäre fast gegen Kieninger geprallt.

»So sieht man sich wieder«, sagte ich überrascht. »Kleiner Verdauungsspaziergang?«

»Was ist hier passiert?«

»David van Forstmann ist ermordet worden.«

In seinem Gesicht regte sich nichts. Wortlos drehte er sich um und ging davon.

Ich sehe was, was du nicht siehst

Ganz formell hatte meine Sekretärin bei seiner Sekretärin einen Termin vereinbart, und jetzt saß ich in Knittinghausen Bürgermeister Christian Dettweiler gegenüber und überreichte meine Visitenkarte, eben frisch ausgedruckt. »Deininger Consulting« stand darauf, dazu eine echte Adresse in Stuttgart und eine echte Telefonnummer, die allerdings nicht zu der Adresse gehörte. Wenn es dem Bürgermeister einfallen sollte, dort anzurufen, würde das für einige Verwirrung sorgen.

Kaum hatte ich sein Amtszimmer betreten, kam Dettweiler strahlend und mit ausgestreckten Armen auf mich zu. Ich streckte ihm ebenfalls meine Hand entgegen, die er überschwenglich schüttelte. So freudig werde ich selten begrüßt.

Er trug eine mausgraue Stoffhose, Hemd und Krawatte und darüber eine Art dunkelgrünen Janker, seine Schuhe, derb und aus Leder, waren mit seltsamen Troddeln verziert. Ein Aufzug, den er wohl für rustikal und volksnah hielt. Er war Anfang Dreißig jetzt, hatte ein offenes Gesicht, ein freundliches Lächeln und machte rundum einen sympathischen Eindruck.

Das also war der klamme Bürgermeister von Knittinghausen. Doch, auf den ersten Blick hätte ich ihm schon einen Gebrauchtwagen abgekauft. Und auch all die Versprechungen, die er mir geben würde.

Ich hatte Mühe, mir meine Überraschung nicht anmerken zu lassen. Diesen Mann hatte ich schon einmal gesehen, ohne damals zu wissen, wer er war.

Noch einmal betrachtete ich ihn genau, vom akkuraten Scheitel bis zu den Troddelschuhen. Es war ein Detail, das in mir etwas auslöste, und in meinem Kopf begannen sich ein paar lose Fäde zu verbinden. Ich straffte mich und besann mich wieder auf die Rolle, die ich zu spielen gedachte.

Ich hatte mich in den teuersten Anzug geworfen, den mein Kleiderschrank aufzuweisen hatte. Der äußere Eindruck zählte. Und ich fand, ich machte einen guten Eindruck in meinem Brioni.

Nach dem beiderseitigen Austausch der üblichen Leerfloskeln kam ich gleich zur Sache.

»Ich will nicht lange herumreden«, sagte ich, »wir beide haben unsere Zeit nicht gestohlen.«

Er nickte und musterte mich genau. Besser gesagt, meinen teuren Anzug.

»Ich handle im Auftrag eines Firmenkonsortiums, das nach einem neuen Standort sucht, und da sind Sie uns ins Auge gefallen. Sie sind eine dynamische, aufstrebende Gemeinde, Sie haben Platz, Sie haben Autobahnanschluss – was rede ich, Sie wissen selber, welche Standortvorteile Sie haben.«

Ich konnte es geradezu sehen, wie es in ihm jubilierte. Erst die Eula und jetzt noch ein großer Fisch. Alle Sorgen hatten ein Ende, Knittinghausen und sein Bürgermeister schwammen im Glück. Und im Geld.

Er nickte eifrig.

»Vergessen Sie auch die Infrastruktur nicht. Ihre Mitarbeiter finden bei uns alles, was sie brauchen, Schule, Einkaufsmöglichkeiten, günstige Bauplätze nicht zu vergessen.«

»Apropos, da sind wir schon bei einem der Knackpunkte, nämlich, was den Preis der Grundstücke betrifft. Aber das können wir dann später noch im Detail besprechen.«

»Ich bin sicher, wir werden eine vernünftige Lösung finden.«

»Was ja auch in Ihrem Interesse ist. Aber Sie wissen selber, zwischen Absicht und Verwirklichung klafft mitunter eine große zeitliche Lücke. Wenn wir uns hier engagieren, gehen wir davon aus, dass Sie alle Steine aus dem Weg räumen, Sie wissen schon, diesen ganzen langweiligen Formalienkram. Wir erwarten von Ihnen, dass das alles ohne Verzögerung über die Bühne geht.

»Keine Sorge, meinen Gemeinderat habe ich im Griff.«

»Das hört man gern, das kann nicht jeder Bürgermeister von sich sagen. Es soll auch Ihr persönlicher Schaden nicht sein, wenn wir das Prozedere schnell und unbürokratisch hinter uns bringen.«

Jetzt hätte er eigentlich zumindest protestieren müssen, doch er tat so, als hätte er nichts gehört. Stattdessen meinte er: »Darf ich fragen, um wen es sich bei Ihrem Kunden handelt? Welche Branche?«

»Fragen dürfen Sie alles, lieber Herr Bürgermeister, aber Sie werden nicht auf alle Fragen eine Antwort bekommen. Auf diese zum Beispiel nicht, gegenwärtig zumindest nicht. Wir sind noch in der Sondierungsphase, Sie sind einer der möglichen Kandidaten. Meine Auftraggeber legen Wert auf Diskretion.«

»Ich verstehe. Über welchen Platzbedarf reden wir denn?«

»Wenn ich jetzt ein Häuslebauer wäre, würde ich sagen: Ich hab's gesehen und habe mich sofort darin verliebt.«

Wir lachten beide pflichtschuldig.

»Wir reden exakt über diese leeren Hallen, die in Ihrem Industriegebiet vor sich hin rosten.«

Jetzt wurde er aber unruhig, der liebe Herr Bürgermeister, und begann, auf seinem Stuhl hin und her zu rutschen.

»Wir werden sicher einen anderen Platz finden, der Ihren Bedürfnissen entspricht.«

»Warum? Gibt es mit diesem Gelände ein Problem? Altlasten oder so?«

»Nein, nein, das nicht, aber wir haben schon einen Interessenten für diese Hallen.«

»Ach so? Nun, sagen Sie den Preis, und wir werden sehen, was sich machen lässt.«

Im Amtszimmer des Bürgermeisters von Knittinghausen breitete sich dieses ganz spezielle Odeur aus, das die Gier erzeugt.

»Das ist sicherlich ein interessanter Vorschlag, aber Sie verstehen, aus Gründen der Fairness muss ich zuerst mit dem anderen Interessenten sprechen.«

»Tun Sie das. Um das noch einmal klar zu stellen: Wir sind wirklich außerordentlich interessiert an diesem Gelände, und sollten wir den Zuschlag erhalten, werden wir uns – nun ja, erkenntlich zeigen. Aber uns interessieren hier in diesem Dorf nur die Hallen, sonst nichts. Wenn es nichts wird, werden wir uns mit den anderen Kandidaten unterhalten müssen. Wir bleiben in Verbindung?«

»Ich bin sicher, dass Sie bald von mir hören«, sagte der Bürgermeister.

Wir schüttelten zum Abschied die Hand. An der Tür drehte ich mich nochmal um. »Übrigens, ich glaube, wir haben einen gemeinsamen Bekannten. David van Forstmann. Er ist tot und lässt Sie grüßen.«

»Wie ... was ...«, stotterte Dettweiler.

»Er ist heute morgen ermordet worden.«

Der Bürgermeister wurde blass und wirkte plötzlich sehr fahrig.

»Wer soll das sein?«, entrang er sich mühsam.

»Ein Investmentberater. Übler Bursche. Soll in windige Geschäfte verwickelt sein, wie man hört. Ich möchte nicht wissen, was da alles zum Vorschein kommt, wenn die Polizei in seinen Unterlagen stöbert. Mit dem möchte ich wirklich nicht in Verbindung gebracht werden.«

Im Amtszimmer des Bürgermeisters von Knittinghausen war das Odeur der Gier plötzlich dem penetranten Geruch panischer Angst gewichen.

Häschen in der Grube

Ich parkte meinen Wagen im Industriegebiet von Knittinghausen, direkt an den leerstehenden Fabrikhallen. Wenn ich richtig vermutete, waren Eulert und Kieninger schon auf dem Weg, der Bürgermeister in seiner Panik hatte sie garantiert angerufen.

Ich gab ihnen eineinhalb Stunden. Zeit, die ich füllen musste. Vielleicht ein kleiner Spaziergang? Mal das Gelände ansehen? Im feinen Zwirn war das nicht ideal, aber es würde schon gehen, wenn ich Obacht gab.

Ich hatte meine Hilfstruppe weiter in Bewegung gehalten und einige interessante Details erfahren. Wie immer dieser Fall auch enden sollte, mich kostete er ein opulentes Menü für alle meine Helfer, darauf hatten wir uns geeinigt. Ich konnte schon mal überlegen, was ich kochen wollte. Jedenfalls keinen Fisch aus Hohenlohe.

Das Schloss an der Tür war aufgebrochen und nicht wieder repariert worden. Ich ging durch die leeren Werkshallen und störte ein paar Ratten in ihrem Frieden, meine feinen Schuhe wirbelten Staub auf. Irgendwo war das Dach undicht, am Boden eine Pfütze, die noch nicht ganz ausgetrocknet war. Überreste von nächtlichen Orgien waren zu sehen. Die Dorfjugend hatte die Hallen längst auf ihre Weise in Betrieb genommen.

Ich versuchte mir vorzustellen, was Helmut Eulert empfunden hatte, als er die Hallen zum ersten Mal betreten hatte. Für ihn musste das ein Erlebnis der besonderen Art gewesen sein. So ähnlich hatte er einst angefangen, vor vielen Jahren in Bad Cannstatt, er hatte geschuftet und sich krumm gelegt, und er hatte es geschafft. Vielleicht hatten sich Eulert und Kieninger gegenseitig auf die Schultern geklopft und sich gesagt: Wir haben das einmal hingekriegt, wir kriegen das auch ein zweites Mal hin. Der Beginn der neuen Gründerzeit in Knittinghausen. Sie hatten wieder eine Vision.

Die zwei Menschen das Leben gekostet hatte.

Hinter den Hallen, wo jetzt noch Äcker und Wiesen waren, sollten bald weitere Hallen entstehen, in denen sich Meeresfische tummelten und auf ihren Schlachttag warteten. Eine Armada von Lastwagen würde sie zu ihren Abnehmern karren.

Esst Fisch, und ihr bleibt gesund.

Wenigstens zwei Menschen würden das anders sehen, wenn sie noch könnten.

Ich ging weiter, einen Wiesenweg entlang. Es war trocken, keine Gefahr also für meine Slipper. Ich näherte mich dem Hof von Bauer Buchholz.

Isabel, die rotgelockte Maklerin, hatte mir das auf dem Flurplan gezeigt und dabei noch ein Extra-Dinner für zwei herausgeschlagen, skrupellos, wie sie war.

»Siehst du«, sagte sie, »es ist ein schön abgerundetes Gelände. Und mittendrin der Bauer Buchholz. Wie dieses gallische Dorf. Er stört.«

Und wie dieses gallische Dorf leistete Bauer Buchholz dickschädelig Widerstand. Niemand hatte es bisher geschafft, ihn zum Verkauf zu überreden.

Warum baute man dann nicht einfach um ihn herum?

»Wäre sicher machbar«, hatte Helmar Haag, der Lokalreporter, gemeint und an seiner Pfeife gezogen. »Der Hof an sich ist auch gar nicht das Problem, sondern das, was zu dem Anwesen gehört.«

Nämlich eine Quelle mit bestem munter sprudelnden Wasser, eine ergiebige Quelle zudem. Pures Gold im Schweinestall.

Fisch muss schwimmen. Wenn das Wasser aus dem Wasserhahn kommt, wird es teuer. Es hat schon seinen Grund, weshalb Meeresfische üblicherweise im Meer gezüchtet werden.

»Woher wusste van Forstmann das? Das weiß ja nicht einmal ich.«

»Du solltest mein Blatt aufmerksamer lesen«, sagte Haag. »Ich habe über den Bauern und seine Quelle mal eine Geschichte gemacht. Ist noch gar nicht so lange her.«

»Dann bist du sozusagen der geistige Vater dieser Fischfarm. Van Forstmann hat deine Geschichte gelesen und hatte einen Einfall.«

»Na und? Was kann ich mir dafür kaufen?«

»Frischen Fisch. Kann man gegen Buchholz nicht etwas machen, baurechtlich, wasserrechtlich, was weiß ich?«

»Sicher, irgendwas geht immer, wenn man nur will. Aber hier geht es ja nicht ums Gemeinwohl, sondern um private Interessen. Und Dettweiler muss aufpassen, dass es keinen Volksaufstand gibt. Die Knittinghausener haben nämlich mittlerweile ihren dynamischen Bürgermeister dicke, ich habe mich da mal umgehört, sie wissen nur noch nicht, wie sie ihn am elegantesten loswerden können, und er weiß das, er ist ja nicht blöd. Die ahnen schon lange, dass er dabei ist, ihre Gemeinde zu ruinieren.«

»Warum haben sie noch nichts dagegen unternommen?«

»Du kennst doch die Hohenloher Bauern, und auch wenn die meisten in Knittinghausen keine Höfe mehr haben, sind und bleiben sie doch Bauern. Die sind geduldig. Die überstürzen nichts. Die warten erst einmal ab. Vielleicht kriegt der Bürgermeister ja noch die Kurve. Aber wenn sie dann der Zorn packt, sind sie gnadenlos. Dann steckt Dettweiler ganz tief in der Scheiße.«

Und jetzt stand ich vor dem Schweinestall mit der Goldquelle. Von außen war er nichts Besonderes. Gerümpel lag herum, wie das so ist auf Bauernhöfen, wo nichts weggeworfen wird, was man vielleicht noch einmal gebrauchen könnte. Und Dreck natürlich. War doch keine gute Idee gewesen, in meinem feinen Aufzug hierherzukommen. Wenigstens die Krawatte konnte ich lockern.

Die Schweine grunzten, hinter dem Stall hörte ich ein Geräusch.

»Hallo?«, rief ich, »jemand zu Hause?«

Ich ging auf das Geräusch zu, unter meinen Füßen knackte es, und dann tat sich die Erde auf, ich fiel in die Güllegrube, ich ruderte und strampelte und hielt die Luft an und kämpfte um mein Leben.

Wir stehen jetzt gemeinsam vor der Güllegrube, der Bauer, seine Frau und ich. Mit einer Hand halte ich die überweite Hose fest, damit sie mir nicht auf die Knöchel rutscht.

»Das hätte auch böse ausgehen können«, sagt Buchholz.

Der Mann hat Humor. Genau das hat er bezweckt, als er die Abdeckung angesägt hat.

»Hier schleicht keiner rum, wenn ich das nicht will«, wiederholt er wie ein Mantra, und seine Frau grinst dazu. »Das werden die auch gleich merken.«

Mit seiner Schrotflinte deutet er hinüber zu den Fabrikhallen, wo Bürgermeister Dettweiler, Eulert und Kieninger erregt aufeinander einreden.

Ich kann natürlich nicht hören, was sie sagen, aber ich kann es mir denken.

Das Gespräch der drei Gehenden

EULERT (schnaufend): Ich bin nicht hierher gekommen, um einen Landspaziergang zu machen.

DETTWEILER: Manche Wände haben Ohren. Im Rathaus wird sowieso schon geredet. Was machen wir denn jetzt?

KIENINGER: Wir müssen das jetzt durchziehen, koste es, was es wolle. Bevor dieser Dillinger noch mehr Unheil anrichtet.

DETTWEILER: Dillinger? Wer ist das?

KIENINGER: Nennt sich Privatdetektiv. Schnüffelt überall herum und stellt dabei dumme Fragen. War der denn noch nicht bei Ihnen?

DETTWEILER: Nein.

KIENINGER: Wundert mich aber. Der steckt doch sonst in alles seine Nase.

DETTWEILER: Weiß der was?

KIENINGER: Zu viel.

DETTWEILER: Wenn van Forstmann jetzt tot ist, werden die doch bestimmt seine Unterlagen durchsuchen.

KIENINGER: Natürlich werden die das.

DETTWEILER: Dann werden sie von unseren Plänen erfahren.

KIENINGER: Jetzt geht Ihnen die Muffe, was? Die werden darauf kommen, dass van Forstmann Sie geschmiert hat.

DETTWEILER: Was erlauben Sie sich!

KIENINGER: Machen Sie mir nichts vor, Dettweiler, Typen wie Sie kenne ich. Aber mir ist das egal, das ist Ihr Problem. Ich will nur meine Hallen.

EULERT: Warum haben Sie uns nichts davon gesagt, dass Sie das Land mit der Quelle noch nicht haben?

KIENINGER: Das frage ich mich allerdings auch. Sie sind eine Niete, Dettweiler. Sie wissen genau, dass wir diese Quelle brauchen. Damit steht und fällt das ganze Projekt.

DETTWEILER: Das ist nur eine Frage der Zeit. Der Bauer ist ein Dickschädel.

KIENINGER: Das bin ich auch. Und deshalb werden wir diesem Bauern jetzt mal ordentlich Dampf machen.

EULERT: Wir sollten uns das nochmal überlegen, Horst.

KIENINGER: Wozu? Ich will das jetzt endlich geregelt haben. Und wenn der Bauer Sperenzchen macht, wird er mich kennenlernen.

EULERT: Es ist so viel passiert.

KIENINGER: Und deshalb will ich das jetzt zu einem Ende bringen, bevor noch mehr passiert.

DETTWEILER: Aber ohne van Forstmann ...

KIENINGER: Den brauchen wir nicht mehr. Bürgermeister schmieren kann ich auch selber. Sie protestieren ja gar nicht mehr, Dettweiler.

EULERT: Wir sollten nichts überstürzen, Horst.

KIENINGER: Was ist denn plötzlich in dich gefahren, Helmut? Ja, natürlich, Susanne ist tot, und du stehst noch unter Schock. Versteh ich. Aber das Leben geht weiter, wir müssen auch wieder an uns denken. Wir haben uns etwas vorgenommen, und das machen wir auch, wie wir das immer getan haben. Wenn du dich im Moment überfordert fühlst, ist das okay. Ich nehm das in die Hand.

Bauernkrieg

Buchholz steht ganz entspannt vor seinem Haus, beide Hände in den Hosentaschen. Wir beobachten die drei.

»Sie war hier«, sagt der Bauer plötzlich.

»Wer war hier?«

»Die Frau von dem Dicken.«

»Susanne Eulert?«

»Ja.«

»Sind Sie sicher, dass sie es war?«

»Sie hat mir ihren Ausweis gezeigt, damit ich ihr glaube.«

»Wann war das? Was wollte sie?«

»Letzten Dienstag, glaube ich. Sie hat mir Geld geboten.«

»Damit Sie verkaufen?«

»Damit ich nicht verkaufe. Aber dazu muss mich keiner extra überreden.«

»Was hat sie sonst noch gesagt?«

»Nicht viel. Was von einem Investmentberater, den Namen habe ich mir nicht gemerkt.«

»David van Forstmann?«

»Kann sein. Wenn der kommt, soll ich sie sofort anrufen.«

»Ist er gekommen?«

»Nein.«

Allmählich begreife ich, weshalb Susanne Eulert ausgerechnet zu mir gekommen ist. Sie hatte gewusst, dass die Spuren ins Hohenloher Land weisen. Und hatte sich jemanden ausgesucht, der sich hier auskennt.

Buchholz zieht sein Handy aus der Tasche, wählt eine Nummer und sagt nur: »Sie kommen.«

»Sie kommen«, wiederholt er, an mich gewandt. Überflüssigerweise, denn ich sehe selbst, dass sich das Trio in Bewegung setzt. Ich kann den dicken Eulert geradezu schnaufen sehen.

Buchholz geht ins Haus zurück, und als er wiederkommt, hält er seine Schrotflinte in der Hand. Die Bäuerin folgt ihm, in ihren Händen einen Metallstickel, wie man ihn zum Umzäunen von Weideland verwendet. Wo hat sie den her? Der Hof hat doch nur Schweine, keine Kühe.

208

Habe ich laut gedacht oder intensiv fragend geschaut? Jedenfalls fühlt sich die Bäuerin zu einer Erklärung bemüßigt: »Im Sommer kommen die Schweine ins Freie. Da fühlen sie sich sauwohl.«

Ah so!

Wir marschieren den Weg entlang, dem Trio entgegen. Buchholz deutet wortlos auf eine Stelle, und die Bäuerin rammt den Stickel in den Boden, mitten im Weg. Keiner von den beiden hält es diesmal für nötig, mich über diese Aktion aufzuklären, aber ich kann mir die Gründe denken. Was immer jetzt kommt, die beiden haben das lange vorher abgesprochen.

Der Bauer macht kehrt und geht vielleicht zehn Meter zurück, die Bäuerin folgt, und ich dackle ergeben hinterdrein. Wir drehen uns um und schauen dem Trio entgegen. Keiner sagt ein Wort. Buchholz steht breitbeinig da und hält in der rechten Hand locker seine Schrotflinte, deren Lauf auf den Boden zeigt. Auf seinem Gesicht ist keine Regung zu sehen, die Bäuerin zeigt ihr Dauergrinsen.

Ich sehe, wie bei den Fabrikhallen ein Auto vorfährt, und selbst in der hereinbrechenden Dämmerung erkenne ich, dass es Kristin Greifwald ist. Sie hastet den dreien hinterher, die langsam auf uns zukommen. Offensichtlich passen sie ihr Tempo dem von Helmut Eulert an, der sich mühsam fortbewegt. Er macht einen angeschlagenen Eindruck, und mittlerweile kann man sein Keuchen tatsächlich hören.

»Die war auch hier«, sagt Buchholz.

Da sonst keine Frau zu sehen ist, außer seiner eigenen, kann er nur Kristin Greifwald meinen.

»Und was wollte die?«

»Wissen, was die Frau vom Dicken gewollt hat. Das war am Tag danach, wenn du das wissen willst.«

Der Dicke und die zwei anderen sind jetzt noch wenige Schritte von dem Stickel entfernt, und der Bauer sagt ganz ruhig: »An diesem Stickel da beginnt mein Grundstück. Niemand betritt mein Grundstück ohne meine Erlaubnis. Und ich verbiete euch, mein Grundstück zu betreten.«

»Nun mach mal halblang, Buchholz-Bauer«, entgegnet der Bürgermeister, »wir müssen reden.«

Und er überschreitet die Grenze.

Buchholz hebt den rechten Arm ein wenig und drückt ab. Die Schrotladung prasselt vor den Füßen des Bürgermeisters in den Weg, Erdbrocken und Kies spritzen auf und treffen Dettweiler an den Hosenbeinen.

»Bist du verrückt?«, schreit er auf und springt zur Seite.

»Mein Grundstück.«

»Du hättest mich treffen können!«

»Sollte auch so sein. Runter von meinem Grundstück.«

»Lass uns vernünftig miteinander reden.«

»Gibt nichts zu bereden. Es ist alles gesagt. Ich geb nichts her.«

Dettweiler ist nur auf die Seite gesprungen, nicht zurück, und befindet sich deshalb immer noch auf Buchholz' Boden.

Der Bauer drückt wieder ab.

Die Kugeln schlagen haarscharf vor Dettweilers Schuhen in den Boden, ohne ihn zu treffen.

Entweder kann der Bauer verdammt gut schießen, aus der Hüfte heraus, oder der Bürgermeister hat Glück gehabt. Buchholz macht nicht den Eindruck, als würde er sich groß drum scheren, und das scheint auch Dettweiler kapiert zu haben.

»Mach dich nicht unglücklich, Buchholz!«, schreit er und verzieht sich hinter die Grenze.

Die Greifwald hat unterdessen zu den Männern aufgeschlossen. Sie klammert sich an Eulerts Arm und verfolgt erschreckt das Geschehen. Eulert selber verzieht keine Miene, er wirkt apathisch. Kieninger grinst und scheint sich über die Situation zu amüsieren.

Der Bauer lädt seine Flinte nach, und Kieninger stellt sich unmittelbar vor den Stickel. Er zündet sich eine Zigarette an. Mit einem Streichholz, das er lässig auf das Grundstück des Bauern schnipst. Buchholz hebt die Waffe, bis sie auf die Brust von Kieninger zeigt.

»Schluss jetzt mit den Kindereien, Bauer«, sagt Kieninger, »kommen wir zur Sache.«

Buchholz spuckt vor ihm aus.

Kieninger ist unbeeindruckt. »Du hast deinen Spaß gehabt, aber jetzt reden wir mal Klartext. Ich brauche dein Grundstück, und ich kriege dein Grundstück, verlass dich drauf. Es liegt an dir, ob du dabei deinen Schnitt machst oder nicht. Sag ja, und ich mache dir ein gutes Angebot. Sag nein, und du wirst deines Lebens nicht mehr froh. Ich mach dich fertig, Buchholz, und glaub mir, ich habe den längeren Atem.«

»Was willst du machen? Willst du meine Schweine vergiften?«

»Keine schlechte Idee, ich werde darüber nachdenken.«

»Oder willst du mich umbringen wie die Frau vom Dicken?«

Kristin Greifwald zuckt zusammen, Eulert scheint gar nicht wahrgenommen zu haben, was der Bauer gesagt hat. Der Bürgermeister schaut von einem zum andern.

Kieninger bleibt gelassen.

»Red keinen Unsinn.«

»Sie hat gesagt, ich soll mich vor dir in Acht nehmen. Du bist skrupellos.«

»Das hat sie richtig erkannt, also lass es darauf nicht ankommen. Niemand macht mir meine Fischfarm kaputt, niemand, und so ein dummer Bauer schon gar nicht.«

Kieninger schnipst ihm seinen Zigarettenstummel vor die Füße wie vorhin das Streichholz.

Eulert ist aus seiner Lethargie erwacht. »Was hat der Bauer über Susanne gesagt?«

»Hör nicht auf ihn, Helmut, der will dich nur verunsichern.«

»Sag, dass das nicht wahr ist, Horst.«

Kieninger bleibt die Antwort erspart, denn hinter ihm erklingt ein Lied:

Wir sind des Geyers schwarze Haufen.
Hei a ho ho!
Und wollen mit Tyrannen raufen.
Hei a ho ho!!

Der schwarze Haufen besteht aus zehn, fünfzehn Männern, die mit Sensen, Mistgabeln und Äxten bewaffnet sind und jetzt das Quartett aus Dettweiler, Eulert, Kieninger und Kristin Greifwald umringen.

Kieninger ist herumgefahren und herrscht die Männer an: »Wollt ihr jetzt Bauernkrieg spielen?«

»Genau das«, sagt Buchholz und grinst. Er freut sich diebisch, dass ihm die Überraschung gelungen ist. Auch das Grinsen der Bäuerin ist breiter geworden.

»Also Leute ...«, fängt der Bürgermeister an.

»Dettweiler«, unterbricht ihn Buchholz, »du hast es immer noch nicht kapiert: Wir sind nicht deine Leute.«

Die Leute stimmen ein neues Lied an:

Oh hängt ihn auf,
Oh hängt ihn auf – den Kranz voll Lorbeerbeeren
Ihn, unsern Fürst
Ihn, unsern Fürst, den wollen wir verehren.

Die Männer konzentrieren sich auf den Bürgermeister und rücken näher. Eine Mistgabel piekst ihn in den Hintern, er steht Auge in Auge mit einer Sense.

»Seid ihr verrückt geworden?«, schreit er in sichtlicher Panik. Er merkt gar nicht, dass sich die Bauern mit Mühe das Lachen verkneifen.

»So gehen die Bauern mit Tyrannen um, Dettweiler«, sagt Buchholz, immer noch breit grinsend. »Oder mit einem Bürgermeister, der seine Leute hinters Licht führen will. Glaub ja nicht, wir hätten das nicht bemerkt.«

Kristin Greifwald schaut genauso entsetzt drein wie Dettweiler, Eulert scheint vor sich hin zu brüten, Kieninger ist sauer.

»Tragt euern Streit ein andermal aus«, giftet er. »Wir haben jetzt andere Themen zu bereden.«

Sofort richten sich Mistgabeln und Sensen auf ihn, was ihn jedoch nicht zu beeindrucken scheint.

»Das genau ist das Thema«, sagt Buchholz. »Was haben sie dir gezahlt, Dettweiler, damit du da mitmachst?«

Von Kieninger kommt ein Lachen. »Vielleicht verstehst du was von deinen Schweinen, aber sonst nichts«, sagt er verächtlich. »Nicht wir haben euern Bürgermeister bezahlt, er hat uns bezahlt, damit wir dieses Ding hier aufziehen. Bezahlt mit euren Steuergeldern. Habt ihr das immer noch nicht kapiert? Euer Bürgermeister muss alles wieder reinholen, was er verzockt hat. Der ist so am Arsch, dass er über Leichen geht, um seine Hallen loszukriegen.«

Der Bürgermeister will aufbrausen, aber mit einer herrischen Handbewegung stoppt ihn Kieninger. Und Dettweiler kuscht wie ein Schuljunge, den man beim Abschreiben ertappt hat.

»Auch über die Leiche von Susanne Eulert?«, frage ich.

Bei dieser Anschuldigung fährt der Bürgermeister auf. »Was erlauben Sie sich! Wer sind Sie überhaupt?«

Kieninger wendet sich an mich. »Ah, der Schnüffler meldet sich auch zu Wort. Hab schon gedacht, Ihnen hat es die Sprache verschlagen. Schick sehen Sie übrigens aus, Dillinger.«

»Jetzt erkenne ich ihn!«, ruft Dettweiler. »Das ist dieser Unternehmensberater, der vorhin bei mir war.«

»Das ist kein Unternehmensberater, das ist dieser Privatdetektiv, der überall herumschnüffelt und doch nichts findet«, sagt Kieninger.

»Zu mir hat er gesagt …«

Kieninger bringt den Bürgermeister abermals zum Schweigen. Aber mich nicht.

»Sie kannten Susanne Eulert, nicht wahr? Sie war doch mal bei Ihnen?«

Dettweiler wirkt bockig.

»Nein, war sie nicht, Sie können bei mir im Vorzimmer nachfragen. Warum sollte sie auch?«

»Eben, warum sollte sie?«, assistiert ihm Kieninger.

»Weil Susanne mehr Verstand hatte als ihr alle drei zusammen. Ihr war klar, dass diese Fischfarm nur eine Luftnummer ist. Das kann zum einen als Geschäftsmodell gar nicht funktionieren, aber die Einzelheiten erspare ich mir jetzt. Und was schlimmer ist, ihr seid alle einem Betrüger aufgesessen. Ihr habt euch von David van Forstmann blenden lassen. Der Bürgermeister, weil er unbedingt seine leeren Hallen loswerden muss, und ihr – ich weiß nicht, warum. Aus Gier?«

»Jetzt pass mal auf, du Schlaumeier.« Nach außen wirkt Kieninger hart und gelassen und überlegen, aber ich muss einen Nerv getroffen haben, sonst würde er mich nicht auf einmal duzen. Von mir aus darf er das, mich stört das nicht. Weniger gefällt mir allerdings, dass er ganz dicht zu mir herangetreten ist, unsere Nasen berühren sich fast. Ein kleiner Höhenunterschied besteht, er ist etwas größer als ich.

Hoffentlich ist er keiner, der spuckt, wenn er sich ereifert. Und es hat ganz den Anschein, als wolle er sich langsam in Rage reden.

»Unserer Firma geht es richtig dreckig, das hast du schon richtig erkannt. Na und? Geht die Eula eben pleite. Was ist dann? Unsere Leute sind arbeitslos, das ist tragisch, ja, aber so ist nun mal das Leben. Und wir? Uns passiert nichts. Wir haben genügend Geld beiseitegeschafft, und zwar so, dass es uns niemand wegnehmen kann. Was redest du da von Gier? Wegen des Geldes brauche ich weiß Gott keine Fischfarm.«

Eulert ist aus seiner Lethargie erwacht. Er schüttelt den Arm von Kristin Greifwald ab, die sich die ganze Zeit an ihn geklammert hat, und kommt auf uns zu.

»Wir hatten mal Ideale, Horst, erinnerst du dich?«, sagt er. Kieninger dreht sich um.

»Erinnerst du dich, Horst, damals, als wir auf der Bank saßen und ins Neckartal hinunterschauten? Die Geburtsstunde der Eula. Unsere eigene Firma wollten wir haben und viel Geld verdienen, sicher, aber wir wollten es anders machen. Wir wollten gerecht sein. Und was sind wir geworden? Genauso geldgierig und machtgierig wie alle anderen. Da musste erst eine junge Frau kommen, um mir das klar zu machen. Ich habe das nur nicht verstanden. Erst, als es zu spät war.«

»Du weißt, dass das nicht stimmt, Helmut. Wir wollten die Firma vor dem Untergang retten.«

»Aber nicht aus Sorge um unsere Angestellten. Wir wollten unser Gesicht nicht verlieren. Wir wollten nicht, dass die Gesellschaft, in die wir uns so mühsam hochgearbeitet haben, mit dem Finger auf uns zeigt.«

»Mir war schon immer scheißegal, was die sogenannte Gesellschaft von mir denkt.«

»Du belügst dich selber, Horst. Es stimmt, diesen ganzen gesellschaftlichen Verpflichtungen hast du dich entzogen, aber die Anerkennung hast du genauso gesucht. Und dein Ehrgeiz lässt es nicht zu, dass du scheiterst. Wenigstens nicht als Ingenieur und als Unternehmer.«

Kieningers Kieferknochen mahlen, die Anspielung auf seine Impotenz war deutlich gewesen. »Vielleicht hast du recht, vielleicht ist das mein Antrieb.«

»Ich habe recht, ich kenne dich lange genug.«

»Und deshalb will ich diese Fischfirma, und niemand hält mich davon ab.«

»Niemand?«

»Niemand. Und dieser Schwachkopf von Bauer schon gar nicht.«

Es sieht so aus, als wolle sich Geyers schwarzer Haufen gleich auf ihn stürzen, aber Buchholz grinst nur und winkt ab. Es braucht mehr, um ihn zu provozieren. Gleichwohl schimpfen die Bauern vor sich hin.

Es wird Zeit, dass ich mich wieder einschalte.

»Niemand außer Susanne Eulert«, sage ich. »Und deshalb ist sie zu mir gekommen.«

»Und was hast du herausgefunden, Schnüffler? Nichts, was nicht jeder wissen konnte.«

»Ich brauchte nicht viel herauszufinden. Ich musste nur auf den Busch klopfen und warten, was darunter hervorkriecht. Ich nehme an, genau das war die Absicht von Susanne, als sie mich beauftragt hat. Deshalb hat sie für mich diese angebliche Bedrohung erfunden. In Wahrheit gab es die gar nicht. Vielmehr, es gab sie, aber in anderer Form. Die Bedrohung des Helmut Eulert war: er selbst. Weil er blind war.«

Ich schaue Helmut Eulert ins Gesicht. Seinen Augen sehe ich an, dass er langsam zu begreifen beginnt.

»Blind auch gegenüber seinem Kompagnon«, fahre ich fort, »der wider alle Vernunft am Projekt Goldhamster festhielt.«

Kieninger macht eine verächtliche Geste und zündet sich eine seiner Filterlosen an.

»Susanne war klar, dass ich mich auch mit ihr selbst beschäftige und deshalb auf die Wohnung stoße. Das war alles inszeniert. Mit dem einzigen Ziel: ihren Mann zu provozieren, ihn zu verstören, damit er aufwacht und ins Nachdenken kommt.«

Eulert regt sich immer noch nicht, dafür kommt Kieninger auf mich zu und bläst mir den Rauch seiner Zigarette ins Gesicht.

»Schöne Geschichte. Aber sie hat ein paar Haken. Erklär mich doch mal, wie deine Erkenntnisse zu Helmut gelangen sollten.«

»Das weiß ich nicht. Ich nehme an, dass sich Susanne auch dafür etwas ausgedacht hat, aber das werden wir nie erfahren. Ihr Mörder war schneller.«

»Vollkommen absurd. Warum sollte sie das so kompliziert eingefädelt haben? Dazu noch mit einem Privatdetektiv? So weh das auch tun mag, Helmut, wir müssen uns damit abfinden, dass sich Susanne nebenbei ihre kleinen Vergnügungen gesucht hat. Von der Wohnung hat doch jeder gewusst. Ich auch.«

»Du auch?«, fragt Eulert erstaunt. »Warum hast du mir nichts gesagt?«

»Da war es schon zu spät.«

»Nein«, entgegne ich. »Nicht jeder hat davon gewusst. Nur eine Person. Nämlich Kristin Greifwald. Sie hat das nicht vom Flurfunk erfahren, wie sie behauptet hat. Sie hat Susanne schon seit Längerem nachspioniert, weil sie nach irgend etwas gesucht hat, was sie ihr anhängen könnte. Damit hat Susanne nicht gerechnet, und das hat ihren ganzen Plan zunichte gemacht.«

»Stimmt das, Kristin?«, fragt Eulert.

Kristin Greifwald schiebt das Kinn vor.

»In einem hat dieser Dillinger recht, Helmut: Du warst blind, vollkommen blind. Susanne war drauf und dran, dieses Projekt kaputt zu machen, eure letzte Chance, und das hätte sie geschafft. Oh ja, Susanne war immer sehr erfinderisch, wenn es darum ging, ihre Interessen durchzusetzen. Mit eurer Hochzeit fing das an. Ich musste handeln.«

Eulert schüttelt fassungslos den Kopf. »Woher hast du das alles gewusst? Von dem Projekt? Von Susannes Widerstand?«

»Eine gute Chefsekretärin weiß alles. Mehr als die Ehefrau.«

Wie tief muss der Hass bei dieser Frau sitzen? Wenn sie auch keine Hoffnung haben konnte, ihren Helmut zurückzuerobern, so wollte sie wenigstens alles tun, um Susanne zu schaden.

Helmut Eulert scheint das ähnlich zu sehen, denn seine Stimme klingt fast traurig, als er fragt: »Warum hast du nicht mit mir darüber geredet, Kristin?«

»Weil ich erst alles wissen wollte. Mit wem sie sich trifft und wie oft.«

»Weil auch heutzutage der Überbringer schlechter Nachrichten Gefahr läuft, geköpft zu werden«, widerspreche ich ihr. »Wenigstens sinnbildlich. Und Kristin Greifwald wollte nicht diejenige sein, die Susanne bei ihrem Mann denunziert. Vielleicht gab es doch noch eine klitzeleine Chance, Frau Eulert Nummer Drei zu werden.«

Eulert starrt die Greifwald an. »Du hast allen Ernstes geglaubt, wir …«

»Wir sind ein gutes Team«, erwidert sie widerborstig. »Wir hätten das Projekt Goldhamster gestemmt. Ich wäre für dich dagewesen. Ich hätte dich unterstützt, im Gegensatz zu Susanne.«

»Und weil Kristin Greifwald vor Helmut Eulert gut dastehen wollte«, erkläre ich weiter, »hat sie Kieninger über das angebliche Liebesnest informiert, nicht wahr? Besser, ihr geliebter Helmut erfährt es von seinem Kompagnon als von ihr. Es war keineswegs so, Kieninger, dass Susanne Sie quasi einbestellt hat, wie Sie behauptet haben. Sie sind aus eigenem Antrieb hingegangen, als Kristin Greifwald Ihnen von der Wohnung erzählt hat.«

Kieninger zuckt mit den Schultern. »Na und? Was spielt das für eine Rolle?«

»Du warst bei ihr in der Wohnung?« Eulert ist entgeistert, er muss viel schlucken im Moment.

»Ich habe versucht, mit ihr zu reden. Damit sie wieder zur Vernunft kommt.«

»Aber sie hat sich nicht umstimmen lassen«, sage ich.

»Nein. Sie war wie besessen.«

»Und weil dann auch noch dieses Messer so schön griffbereit dalag …«

»Schwachsinn!«

»Tja, wenn Sie das nicht waren, wer dann? Wir haben ja noch einige andere Kandidaten, die alle ein ausreichendes Motiv haben. Zunächst einmal, wie in solchen Fällen üblich, der eifersüchtige Ehemann.«

»Ich war bekanntermaßen auf Mallorca«, sagt Helmut Eulert.

216

»Aber nicht an diesem Tag. Da sind Sie schnell mal hergejettet und haben sich mit Ihrer Exfrau getroffen.«

»Wie kommen Sie darauf?«

»Sie hat es mir erzählt.«

»Irmgard?«

»Ja. Interessant, nicht wahr? Sie hat Sie ganz klassisch in die Pfanne gehauen, über die Gründe dürfen Sie gerne spekulieren. Übrigens ist ihr eigenes Alibi für die Tatzeit mehr als dürftig.«

Helmut Eulert sagt nichts, aber ihm ist anzusehen, dass er ziemlich verunsichert ist.

»Oder wie wäre es mit Kristin Greifwald? Sie hat Susanne Eulert gehasst, wie nur eine Frau hassen kann, die vergeblich liebt. Und dann tut sich plötzlich die wunderbare Möglichkeit auf, sie ein für alle Mal loszuwerden, und zwar relativ risikolos, denn es gibt ja genügend vermeintliche Liebhaber, die in Verdacht geraten können.«

Ich nehme an, die Bauern, die uns umringen, hätten längst im Stall sein müssen oder wenigstens beim Abendessen, aber keiner rührt sich von der Stelle. Gespannt hören sie zu, obwohl sie das meiste wahrscheinlich nicht einordnen können. Menschliche Dramen live im Breitwandformat.

Nur einer ist anscheinend gelangweilt und will sich davonschleichen.

»Wohin so eilig, Herr Bürgermeister? Gerade jetzt, wenn es richtig spannend wird?«, rufe ich.

Die Bauern sind im Nu bei ihm und machen es richtig theatralisch. Sie recken ihm die Mistgabeln und Sensen entgegen und haben offensichtlich ihren diebischen Spaß dabei.

»Noch so ein Kandidat, und ein ganz heißer zudem«, sage ich. »Der Bürgermeister braucht diese Fischfarm so dringend wie ein Fisch Wasser. Klappt es, kann er das schon irgendwie hinbiegen, was er verspielt hat. Klappt es hingegen nicht, ist er am Ende, dann kann er seinen nächsten Wahlkampf vom Knast aus führen, und das kommt nicht so gut an.«

Dettweiler ist klug genug, den Mund zu halten, weil er nicht wissen kann, wie entschlossen seine Bauern sind.

»Nur zwei Personen stehen ihm im Weg. Ein Dickschädel von Bauer, der sein Land mit der Quelle nicht hergeben will, nicht für Geld und nicht für gute Worte. Und auch Schikanen beeindrucken ihn nicht.«

Buchholz nickt.

»Und dann ist da Susanne Eulert, die Ihnen in gewisser Weise ähnlich ist. Sie sind wild entschlossen, das Projekt durchzusetzen, genauso wild entschlossen war sie, es zu verhindern. Und sie hat letzten Endes genauso wenig Skrupel gehabt wie Sie. Sie hat sich hier im Dorf umgehört, um irgend etwas zu finden, womit sie Sie unter Druck setzen kann. Und sie hat nicht lange suchen müssen.«

Von den Bauern kommt zustimmendes Gemurmel.

»Dettweiler, Sie haben immer noch nicht begriffen, wie die sozialen Netze in einer kleinen Landgemeinde funktionieren. Nix g'wieß woiß mr net, heißt es bei uns. Man schnappt einiges auf und reimt sich anderes zusammen. Susanne Eulert hat mit ihrem Auftrag an mich darauf gesetzt, dass ich das untermauern kann, was sie an Gerüchten gehört hat. Aber dann lief ihre Inszenierung schief, als Sie plötzlich bei ihr auftauchten.«

»Unsinn!« Der Bürgermeister spielt Empörung, aber er spielt sie schlecht.

»Ich will Ihnen gerne abnehmen, dass Sie nicht mit der Absicht zu ihr gegangen sind, sie zu töten. Es hat sich einfach so ergeben. Susanne Eulert ließ sich nicht überreden, im Gegenteil, sie hat Ihnen zu verstehen gegeben, und das war ein tödlicher Fehler, dass sie Sie unter die Lupe nehmen wird, und dann lag da dieses Messer – tja!«

»Das sind haltlose Verdächtigungen, die Sie erst einmal beweisen müssen!«

»Nichts leichter als das«, kontere ich grinsend. »Ich habe Sie beobachtet, als Sie den Gehsteig entlanggegangen und um die Ecke verschwunden sind, in den Hof zum Hintereingang. Nur kannte ich Sie zu dem Zeitpunkt noch nicht. Ich war zunächst verwundert, dass Sie mich vorhin im Rathaus nicht wiedererkannt haben, aber als Sie mich niedergeschlagen haben in Susanne Eulerts Wohnung, haben Sie mich nur von hinten gesehen, und ich trage mittlerweile eine andere Frisur. Und ich habe noch etwas gesehen. Bevor ich das Bewusstsein verlor. Es war nur eine vage Erinnerung, die ich bisher nicht fassen konnte. Mir ist es wieder eingefallen, als ich vorhin im Rathaus Ihre Schuhe bewundert habe. Die Schuhe mit den schönen Troddeln. Die sind mir nämlich noch aufgefallen, bevor ich umgekippt bin.«

»Glauben Sie, ich bin der einzige, der solche Schuhe trägt? Das ist Massenware.«

»Einerlei. Der Rest ist Sache der Kriminaltechnik. Es gibt Minimalspuren am Messer, und die werden zu Ihnen führen.«

Es ist totenstill um uns, nur in der Ferne schreit passenderweise ein Käuzchen. Jeder beobachtet Dettweiler, wie er mit sich ringt. Er schaut von einem zum andern und sieht in die finsteren Gesichter seiner Bauern. Fliehen kann er nicht, das weiß er, und was würde es auch nützen?

Endlich gibt sich Dettweiler einen Ruck.

»Ja, ich war es«, sagt er. Und er sagt es trotzig.

Das Schweigen wird durchbrochen vom lauten Aufschrei einer Frau, der sich mit empörten Männerstimmen mischt.

»Ich wollte das nicht. Ich wollte nur mit ihr reden. Ich wollte sie überzeugen. Aber sie blieb hart. Es hätte alles gut werden können, und sie wollte es zerstören. Ich bin einfach ausgerastet.«

»Wie sind Sie überhaupt auf diese Wohnung gekommen? Lassen Sie mich raten. Sie haben einen Tipp bekommen. Es war eine Frau, richtig?«

Er nickt.

»Hat sie ihren Namen genannt?«

Er schüttelt den Kopf.

Kristin Greifwald ist ein Bild des Jammers. Sie schluchzt vor sich hin, und es kann sie nicht einmal trösten, dass Helmut Eulert den Arm um ihre Schultern gelegt hat, wovon sie sicherlich ihr Leben lang geträumt hat. Eulert selbst hat sich unter Kontrolle, sein Gesichtsausdruck ist undefinierbar.

»Diese Frau, die Sie angerufen hat, ist übrigens auch eine Augenzeugin, die Sie vor dem Haus gesehen hat, nicht wahr, Frau Greifwald?«

Frau Greifwalds Schluchzen schraubt sich einige Töne höher. Eulert nimmt langsam den Arm von ihrer Schulter und starrt sie mit offenem Mund an, als ihm aufgeht, was das bedeutet.

»Du?«

»Das hatten Sie sich anders vorgestellt, nicht wahr? Sie wollten nur eine kleine Intrige anzetteln, etwas, das Sie ja meisterhaft beherrschen. Sie wollten Ihrem geliebten Helmut beweisen, was für eine hinterhältige, untreue Frau Susanne ist, eine Frau, die nicht hinter ihrem Mann steht, sondern gegen ihn arbeitet. Und dann, so hatten Sie gehofft, lässt Helmut Susanne fallen, und der Weg ist frei für Sie. Stattdessen haben Sie etwas ins Rollen gebracht, was zum Tod von Susanne geführt hat.«

»Ich wollte das nicht!«, schreit Kristin Greifwald auf. »Bitte, Helmut, glaub mir!« Und dann fließen ihre Tränen wieder in Strömen.

Helmut Eulert schüttelt den Kopf. »Du bist krank, Kristin. Wie konntest du nur glauben, dass ich für dich mehr empfinde als

Sympathie und Freundschaft? Habe ich dir jemals einen Anlass gegeben?«

Es ist eine gespenstische Situation. Langsam weicht die Dämmerung und macht den Platz frei für die Nacht. Zwei der Bauern haben den Bürgermeister in die Mitte genommen und halten ihn an den Armen fest. Wahrscheinlich drücken sie kräftig zu. Buchholz hält immer noch seine Schrotflinte in der Armbeuge, als müsse er sich gegen einen Angriff wappnen, dabei müsste ihm klar sein, dass sich niemand mehr für seinen Hof interessiert.

Kieninger steht neben mir. »Gut ermittelt, Dillinger«, murmelt er.

»Gut geblufft«, flüstere ich. Er blickt mich erstaunt an.

Laut sage ich: »Bleibt nur noch zu klären, Dettweiler, warum Sie van Forstmann erschossen haben.«

Dettweiler fährt auf. »Das war ich nicht! «

»Und das soll ich Ihnen glauben?«

»Sie können ihm glauben«, sagt Helmut Eulert, »ich war das.«

Ich erhole mich als erster von der Überraschung.

»Warum? Weil er der Liebhaber Ihrer Frau war?«

»Das war er nicht. Vermutlich nicht. Und wenn schon, es spielt keine Rolle. Ich habe geglaubt, dass er Susanne ermordet hat. Er hat es abgestritten. Jetzt weiß ich, dass er recht hatte.«

Er tritt dicht vor Dettweiler hin und blickt ihm in die Augen. Erstaunlicherweise erwidert Dettweiler den Blick.

»Sie sind ein erbärmliches Stück Scheiße, Dettweiler«, sagt Eulert. »Genau wie ich. Wir waren beide zu gierig. Wir haben beide unseren Verstand ausgeschaltet, ausnahmsweise mal nicht, weil eine schöne Frau mit dem Hintern wackelt, sondern weil ein eloquenter Investmentberater mit den Scheinen winkt.«

Eulert macht einen eigenartig ruhigen, fast entrückten Eindruck, als habe er mit dieser Welt abgeschlossen.

»Ich habe van Forstmann offensichtlich aus den falschen Gründen erschossen. Ich bereue es trotzdem nicht. David van Forstmann hat so oder so Susanne auf dem Gewissen. Ich auch, weil ich nicht auf sie hören wollte, ich habe sie nicht ernst genommen.«

Er ringt mit der Fassung, dann fährt er fort.

»Ich habe in Susannes Unterlagen Notizen gefunden, die zusammen mit dem, was ich seitdem erfahren habe, auch dank Ihnen, Dillinger, den Schluss nahelegen, dass David van Forstmann uns tatsächlich über den Tisch ziehen wollte. Er hat ein paar Dumme gesucht und sie in uns gefunden. Er wäre mit unserem Geld verschwunden. Susanne sah das realistischer als wir und wollte etwas dagegen tun, und das hat sie das Leben gekostet.«

Keiner sagt ein Wort, Kristin Greifwald hat mit dem Flennen aufgehört, Kieningers Unterkiefer mahlen.

Eulert wendet sich an seinen Kompagnon.

»Was sind wir doch für jämmerliche Gestalten, Horst. Wir wollten mal etwas bewegen. Irgendwann ist unser Leben verrutscht. Meines zumindest. Mach es besser, wenn du noch kannst. Ich hatte nicht die Absicht, mich davonzustehlen, ich musste nur noch einige Dinge regeln. Seit Susanne tot ist, scheint mir alles so sinnlos. Mit dem Bewusstsein, am Tod eines Menschen schuld zu sein, komme ich nicht zurecht. Nicht van Forstmann, der ist mir gleichgültig, aber Susanne. Ich habe dir meine Anteile vermacht, Horst.«

Aus der Tasche zieht er eine Pistole, vermutlich Kaliber 7,65, und setzt sie sich an die Schläfe.

Wahrscheinlich schreien alle entsetzt auf, aber ich sehe nur die Hand mit der Pistole, ich mache zwei Schritte nach vorne und sortiere die Optionen, die mir bleiben, ein Fallrückzieher direkt auf den Ellbogen wäre gut, aber das ist zu riskant, ich war im Fußball immer eine Niete, also noch einen Schritt mehr und mit beiden Händen sein Handgelenk gepackt. Mit aller Kraft drücke ich seinen Arm nach unten, genau in dem Moment, als er abdrückt.

Gleichzeitig geht die Schrotflinte los.

Ich hab's geschafft, in letzter Sekunde, jubiliere ich, denn ich sehe über mir keinen Kopf zerplatzen, nur der Aufprall auf dem Boden ist hart, mein Hintern tut scheußlich weh. Ich habe Eulert mit mir gerissen, die Pistole ist ihm wohl aus der Hand gefallen, denn auch die sehe ich nicht mehr, dafür liegt der dicke Eulert auf mir, warum nur achten die Leute nicht mehr auf ihr Gewicht, ich mache das doch auch, tonnenschwer lastet er auf mir und presst mir den Atem aus der Lunge, warum, zum Teufel, zieht ihn denn niemand weg, die müssen doch sehen, was los ist, ich muss um Hilfe schreien, aber das geht nicht, ich bringe nur ein gurgelndes Geräusch zustande, lange halte ich das nicht mehr aus, wer immer dafür zuständig ist sei meiner armen Seele gnädig, und eine Welle unerträglichen Schmerzes schießt durch meinen Körper hindurch und ist so schnell weg, wie sie gekommen ist, und dann ist nur noch –

Plötzlich sind sie alle da. Nele und Sonja, Keller und sein Assistent. Was tun die alle hier?

Über mir sehe ich Neles Gesicht, mit Tränen in den Augen.

»Ist es schlimm?«, fragt sie.

»Er hat Glück gehabt«, sagt der Arzt. »Knapp an der Lunge vorbei. Er wird es überleben, aber er hat viel Blut verloren. Die Ladung Schrotkugeln im Hintern ist nicht so schlimm. Das zwickt nur ein bisschen, und eine Weile muss er auf dem Bauch liegen.«

»Eulert?«, krächze ich.

»Dem ist nichts passiert, du hast die Kugel ja abgelenkt, du Idiot«, sagt Sonja.

»Du Held«, flüstert Nele und streicht mir über die Wange.

»Tut's weh?«, fragt der Arzt.

»Ziemlich«, muss ich zugeben.

»Haben wir gleich. Ich gebe Ihnen was, das Sie sediert.« Etwas piekst in meinen Arm.

Irgendwo fangen Kirchenglocken an zu lärmen. Mitzuzählen schaffe ich nicht, aber ich bin mir sicher, dass sie zwölfmal schlagen. Wenigstens etwas, ich bin um diese bescheuerte Geburtstagsfeier herumgekommen.

Nele wedelt mit irgendwas vor meinem Gesicht herum.

»Was ist das?«

»Mein Geburtstagsgeschenk für uns. Eine Woche Lanzarote. Nur wir zwei. Das ist doch dein Traum, hast du gesagt.«

»Werden wir wohl verschieben müssen«, stöhne ich.

Und dann singt ein Chor von Engeln etwas, was ich als »Happy birthday« identifiziere.

Wieso Engel?

Sind die nicht alterslos?

Wie ich?

Nachwort

Manche der beschriebenen Örtlichkeiten wird man auf Landkarten oder Stadtplänen finden, andere nicht. Aber was macht das schon? Realität ist ohnehin nur eine individuelle Interpretation und mithin Fiktion.

Angeregt wurde die Geschichte durch den Versuch der Stadtwerke Völklingen, eine Farm für Meeresfische aufzubauen. Ungefähr zwanzig Millionen Euro (Steuergelder!) wurden für dieses Projekt versenkt. So richtig zum Laufen kam die Anlage nie und wurde zum Schnäppchenpreis verkauft. Der aktuelle Betreiber ist sehr, sehr optimistisch und will bald schwarze Zahlen schreiben.

Ich fand es amüsant, so etwas auch im Hohenloher Land (mit Autobahnanschluss) auszuprobieren. Selbstverständlich sind größenwahnsinnige Lokalpolitiker, geldgierige Unternehmer und betrügerische Investmentberater reine Erfindung, in der Realität kommen sie nicht vor.

Ich bekenne, dass ich skrupellos Zitate verwendet habe, die nicht als solche ausgewiesen sind. Viel Spaß beim Suchen!

Die Nadel im Heuhaufen
Dillingers erster Fall.

Ein toter Bauer in der Scheune, eine mysteriöse
junge Frau, ein smarter Bauunternehmer:
Dillinger gerät in eine Geschichte um dunkle
Familiengeheimnisse und Dorfintrigen, um
große Träume und unerfüllte Sehnsüchte.

Siedend heiß
Dillingers zweiter Fall.

Das traditionelle Pfingstfest der Schwäbisch
Haller Sieder wird von drei Morden überschat-
tet. Dillinger muss tief eintauchen in die
Geschichte und Traditionen der Sieder und sich
gleichzeitig mit privaten Verwicklungen herum-
schlagen.

Leichenacker
Dillingers dritter Fall

Tödliche Energiewende! Immer mehr
Biogasanlagen entstehen, immer knapper werden die Rohstoffe. Erst sind es nur Sabotageakte
auf Maschinen, doch dann fallen auf einem
Acker Schüsse. In diese angespannte Situation
platzt eine militante Umweltgruppe mit spekta-
kulären Aktionen.

224

Dillinger macht Wind
Dillingers fünfter Fall

Windräder, die sich nicht drehen, ein toter
Windkraftgegner, ein Dorf im Aufruhr, amouröse Avancen von mehreren Seiten: Dillinger weiß
bald nicht mehr, wo ihm der Kopf steht.

Dillinger hat Schwein
Dillingers sechster Fall

Eine ganze Schweineherde verschwindet, Rinder
werden freigelassen, eine Kuh irrt durch die
Gegend und frisst sich durch die Gemüsefelder:
Mysteriöse Dinge geschehen in Hohenlohe. Für
Dillinger sind das Schadensfälle wie andere
auch. Bis eine Scheune brennt und darin eine
Leiche entdeckt wird.

Dillinger sieht Gespenster
Dillingers siebter Fall

Im Freilandmuseum Wackershofen liegt eine
Leiche – die putzmunter wieder auftaucht.
Dillinger ist mehr als nur verwirrt, zumal er den
Eindruck nicht los wird, dass die alten Häuser
mit ihm reden.

Grock spielt die erste Geige
Grocks erster Fall

Ein toter Geiger im Schlossgarten, eine aufrei-
zende Schwiegertochter, eine frustrierte
Unternehmersgattin, und alle haben sie ihre
dunklen Geheimnisse. Dabei hat Grock
eigentlich gerade gar keinen Kopf für schwierige
Ermittlungen.

Drei Vorhänge für Grock
Grocks zweiter Fall

Kurz vor der Premiere am Staatstheater wird
auf der Bühne eine Leiche gefunden: Carlos,
ebenso umjubelter wie umstrittener
Starregisseur. Grock begegnet den ganz großen
Gefühlen: Leidenschaft, Liebe, Hass. Aber was
davon ist echt?

Wenn Oma Öchsle zweimal klingelt

Ein schwerer Schicksalsschlag, wenn man mit
69 seine Wohnung verlassen und ins Reihenhaus
zur ungeliebten Schwiegertochter ziehen muss.
Doch Emma Öchsle stürzt sich fröhlich und un-
bekümmert ins neue Leben und reißt ihre
Altersgenossen mit, immer haarscharf am Chaos
entlang. Eine schräge schwäbische Komödie.

MIX
Papier | Fördert
gute Waldnutzung
FSC® C083411

Zeitfracht Medien GmbH
Ferdinand-Jühlke-Straße 7
99095 Erfurt, Deutschland
produktsicherheit@kolibri360.de